Diethelm Schüssler

FYNBOS

Roman

Zum Autor:

1963 wurde Diethelm Schüssler in Krefeld geboren. Er ist verheiratet und hat zwei Töchter.
Nach seinem Studium arbeitete er selbstständig in Deutschland.
Sein erstes Buch „Verspielt" veröffentlichte er 2017.
Heute verbringe er sein Leben in seiner Wahlheimat Kapstadt und in Köln.

Vorwort:

Berichtet die europäische Presse über Südafrika, geht es meist um die Chancenungleichheit und Kriminalität. In meinen Augen gehört Südafrika zu den schönsten Länder dieser Welt und ist meine große Liebe und zweite Heimat. Südafrika schaffte die Rassentrennung als eines der letzten Länder der Welt erst 1991 ab und nennt sich heute die „Rainbownation", obwohl es von einem friedlichen Miteinander noch weit entfernt ist. Die Handlung dieses Romans trägt sich im wesentlichen in Kapstadt zu und gibt einen Einblick in die gesellschaftliche Realität dieses wunderbaren aber immer noch gespaltenen Landes.

Jean Paul:

„Bücher sind nur dickere Briefe an Freunde."

1. Über der Wüste

Kein Zeichen von Leben lässt sich in den roten Dünen der Namibwüste entdecken, so weit ich meinen Blick über die einsame Landschaft schweifen lasse. Endlos wie die Wellen des Ozeans ziehen sich die Sandformationen entlang der Küste. Ich meine, die trockene erbarmungslose Hitze spüren zu können, nur das Sausen des Windes unterbricht die Totenstille. Es macht mir Freude, meine Augen über die Monotonie der Landschaft wandern zu lassen, ohne zu fokussieren, es beruhigt mich. Ich würde gerne noch einmal die Wüste bereisen, obwohl ich damals nur ahnte, was mich dort hinzog. Die Leere hat etwas Meditatives.

Weiter im Süden erhebt sich ein Gebirge, und ein Fluss bahnt sich durch die Berge seinen Weg ins Meer. Der Flussverlauf des Oranje Rivers markiert die Grenze zu Südafrika. Das Landschaftsbild ändert sich zunächst nur wenig, es bleibt trocken und karg, später wachsen Büsche und gelegentlich werden Felder bestellt. Doch was nun fehlt, ist die Leuchtkraft der Farben, das Ziegelrot des mineralischen Bodens wandelt sich mehr und mehr zu Grau, - und Brauntönen. Dann sehe ich im Westen den Atlantik, der Küstenverlauf ist geradlinig und wird nur selten durch eine Bucht unterbrochen.

Kapstadt liegt am äußersten Landzipfel des Kontinents. Von Weitem schon erkenne ich die Stadt an der Silhouette des Tafelberges. Der Pilot passiert den Berg im Osten über eine Ebene mit nicht enden wollenden Hüttensiedlungen die wie Ornamente eines verblassten Orientteppichs den Flughafen in allen Himmelsrichtungen umgeben. Beim Landeanflug gleiten wir so niedrig über die Wellblechdächer, dass ich zwischen den Häusern Wäscheleinen, schwarze* Kinder und Hunde erkennen kann.

Mit meiner großen Liebe war ich vor vielen Jahren das erste Mal in Afrika. Anna und ich beendeten gleichzeitig unser Studium und wollten die Welt entdecken. Mit dem Geländewagen fuhren wir von Kapstadt nach Windhoek, auf dieser Reise habe ich die

Region zu lieben gelernt. Manchmal hielten wir inmitten der Wüste am Nachmittag an und wanderten endlos durch den warmen roten Sand dem Horizont entgegen. Eine Postkarte an meinem Kühlschrank erinnert mich immer wieder daran, sie zeigt einen einsamen Baobabbaum im Wüstensand. Anna konnte sich über alles freuen, damals begriff ich den Wert dieser Fähigkeit noch nicht und spottete über sie. Ich nannte sie Glückskeks und empfand sie manchmal als naiv. Sie war präsent im Hier und Jetzt und folgte ihren spontanen Neigungen. Einmal fiel sie über mich auf einer unserer Wanderungen her. Wir waren danach vom Sand paniert wie Fischstäbchen. Als Erinnerung an unser kleines Geheimnis überreichte sie mir die Postkarte mit einem koketten Lächeln, das ich nicht vergessen werde.

Auch wenn ich seitdem nicht wiedergekehrt bin, blieben mir die Erinnerungen an Afrika ein Refugium des Glücks in meinem nun so traurigen Leben. Afrika gab mir Sicherheit. Dorthin zurückzukehren wenn alle Stricke reißen, sich neu zu erfinden und ein anderes Leben zu beginnen schien mir in dunklen Stunden eine letzte Möglichkeit zu sein. Die Option ziehe ich jetzt und hoffe, dass der Abstand zu Deutschland mich wieder werden lässt, wie ich früher gewesen bin.

Das grelle Mittagslicht blendet mich, als ich aus dem Flughafen trete. Der Himmel ist tiefblau und es weht eine warme Brise. Ich kläre die Formalitäten für meinen Mietwagen, hieve mühsam mein Surfgepäck auf den Dachträger und fahre los.

Ich habe mir einen Oldtimer geleistet, einen goldfarbenen 280E, auch Chrombenz genannt. Früher liebte ich diese technischen Wunderwerke und träumte davon, eines Tages einen zu besitzen. Hier gibt es sie noch. Der deutsche Vermieter machte sein Hobby zum Beruf. Er erzählte mir, er habe mittlerweile 40 Autos. Über moderne Mietwagen habe ich mich meist geärgert und sie misshandelt. Mit dem Benz bin ich wohlwollend, er ruft eine gewisse Ehrfurcht in mir hervor. Ich mag seinen ruhigen Motor, die hochwertigen Ledersitze und das Design der Armaturen.

Nachdem ich mich an den Linksverkehr gewöhnt habe schalte ich das Radio an. Die fröhliche Musik und der Sonnenschein lassen den Eindruck der endlosen Townships, die sich auf beiden Seiten der Autobahn ausbreiten, nicht ganz so deprimierend erscheinen. Eine kleine Wellblechhütte reit sich an die andere, ein Spalier von Klohäuschen steht parallel zur Straße, kein Meter wird hier verschenkt. Diese Passage bereitet den Neuankömmling auf die Realität in diesem Land vor. Der Verkehr staut sich vor mir und ich fahre stop and go. Nur langsam komme ich dem Massiv des Tafelbergs näher, nehme dann die Abfahrt zur nördlichen Küste und lasse ihn im Rücken liegen. Ich möchte nah des Strandes wohnen und gelegentlich abends in der Stadt ausgehen. Daher buchte ich in einem Vorort meine Unterkunft. Es wird heiß im Wagen, doch aus dem Lüftungsschlitz der Klimaanlage kommt mir nur ein unangenehmer Geruch entgegen. Ich fange an zu schwitzen und muss mich beherrschen nicht jetzt schon mein Traumauto zu verfluchen.

2. Sunset Beach

In Sunset Beach verlasse ich die Autobahn. Palmen säumen die Straße, Wachhunde dösen hinter breiten Toren und eine Villa ist größer und verbauter als die andere. Provinzarchitekten setzten ihrem Geschmack Denkmäler, indem sie alle architektonischen Stilrichtungen wild miteinander kombinierten. Selten beruhigt eindeutiger Bauhausstil oder Klassizismus das beleidigte Auge.
Mein Gästehaus steht auf der Düne weiß getüncht am Ende der Straße. Es ist auch nicht schön, doch wirkt so einladend, wie es versprochen wurde. Den Wagen parke ich davor und gehe hinein. An der Empfangstheke treffe ich auf eine Dame, die an ihrem Laptop arbeitet.
Sie strahlt mich an und fragt auf Englisch:
"Hi, bist du Marcel?"
"Bist du die Managerin, mit der ich geschrieben habe?"

"Ja, ich bin Silvi, wie geht es dir?"", fragt sie und streckt mir die Hand entgegen.

"Es geht so.", antworte ich zu einsilbig auf ihre höfliche Ansprache. Meine Augenlider zucken und ich möchte nur in mein Zimmer.

"Du kommst gerade von einem langen Flug. Lass mir nur deinen Pass da, hier ist dein Schlüssel, den Rest machen wir nächste Tage.", sagt sie verständnisvoll, zeigt mir die Zimmertür und lässt mich gehen.

Im Appartement ziehe mich bis auf die Unterhose aus. Müde registriere ich, dass ich von der Terrasse den Tafelberg und das Meer sehen kann. Erst die Flasche Rotwein, die ich in der Küche finde, bessert meine Stimmung. Ich setze mich auf eine Liege in die abendliche Sonne und trinke ein bauchiges Glas. Dann zünde ich mir eine Zigarette an und blicke auf das aufgewühlte Meer. Nach einem weiteren Glas hören meine Augen auf zu zucken, und ich verachte mich weniger für die weiteren Zigaretten, die ich noch rauche. Meinen Vorsatz, in Afrika gesünder zu leben, verschiebe ich. Pelikane fliegen die Küste entlang in symmetrischer Flugformation. Mein Blick folgt den abendlichen Heimkehrern und ich kann nicht umhin, die Schönheit des Panoramas zur Kenntnis zu nehmen.

Später nackt im Bad werde ich von meinem Spiegelbild erschreckt, dunkle Augenringe, käsige Haut und hängende Schultern. Ich sehe aus wie eine Leiche, mein Schritt wie ein totes Vogelküken und so fühle ich mich auch.

Das Bett unter einem bunten Gemälde sieht einladend aus, mein Tinnitus wird vom Rauschen der Wellen übertönt und lässt mich wegdämmern.

Obwohl ich lange schlief, fühle ich mich eher betäubt als wach. Barfuß trotte ich zum Meer, vor dem Haus verbrennt der heiße Asphalt meine Sohlen und kleine Steinchen bohren sich in meine Haut. Unten am Strand blendet mich der weiße Sand, meine Augen tränen und ich muss sie zusammenkneifen. Wie eine Kellerassel fühle ich mich, die am Ende des Winters unter ihrem

Stein hervorgekrochen kommt. Ich ziehe mein Hemd aus und genieße die warmen Sonnenstrahlen auf meiner camembertfarbenen Haut. Ein bisschen schäme ich mich meiner sich abzeichnenden Wampe und ziehe sie ein. Jetzt sehe ich obendrein noch lächerlich aus und gebe es auf, meinen vernachlässigten Körper besser präsentieren zu wollen als er ist.

Das Wasser ist erstaunlich klar und bitter kalt. Ich las, dass die warme Mosambique Strömung aus den Tropen die Ostküste entlang nur bis zur Kapspitze vordringt, dort auf den eiskalten Benguelastrom vom Südpol trifft und abkühlt. Kein Wunder, dass sich Pinguine hier wohlfühlen. Ich laufe durch die schwappenden Wellen am Ufer entlang bis meine Füße taub werden. Der breite Strand und die mit Gras bewachsenen Dünen erinnern mich an die Ferien meiner Kindheit, die ich häufig an der Nordsee verbrachte. Ich sehe meinen Bruder und mich kreischend um die Wette laufen, meine Eltern schlendern Hand in Hand und ich muss schlucken.

Ich habe das Gefühl für die Zeit verloren und spaziere bis der Durst sich meldet. Dann stapfe ich quer über die Düne, sehe ein Kaffee mit einer Glasfront und gehe hinein. Von meinem Tisch aus blicke ich über das in der Sonne glitzernde Meer auf die Bucht von Kapstadt. Einige große Frachtschiffe ankern vor dem Hafen und rollen in der Dünung. Um mich herum sitzen sportliche Menschen mit frischen Fruchtsäften, strahlenden Gesichtern und brauner Haut. Ich habe den Eindruck, dass keiner hier mein Schicksal teilt. Mal rechts, mal links höre ich den Gesprächen zu, alles dreht sich um Freizeitaktivitäten. Man diskutiert engagiert über Surfen, Fahrradtouren oder Kanufahrten. Eine grauhaarige Frau neben mir erzählt ihrer Freundin mit leuchtenden Augen, wie sie beim Paddeln auf Wale traf. All diese Menschen scheinen mit Leidenschaft am Leben teilzunehmen, mir ist sie auf meinem Weg abhanden gekommen. Ich bin stumpf wie ein Zirkuslöwe, der nach jahrelanger Dressur die Welt aus seinem Käfig nur noch teilnahmslos beobachten kann. Ein Jahrzehnt in einer Unternehmensberatung hat mich dazu gemacht, ich bin 35 Jahre alt, ein lebender Toter, ein emotionaler Zombie.

Bei meiner Nachbarin auf dem Teller sehe ich einen Salat mit Ziegenkäse. Den bestelle ich auch, dazu frisch gepressten Fruchtsaft aus Orangen, Maracuja, Karotten und Ingwer. Kurz glaube ich der Illusion vieler nordeuropäischer Veganer, Vitamine seien psychoaktive Substanzen und ich könnte mir neuen Elan in der Küche bestellen. Die Reize des leckeren Essens treffen meine Geschmacksnerven, erreichen mein Hirn, führen bei mir aber nicht zu dem guten Gefühl, das ein schmackhaftes Gericht hinterlassen sollte. Ich bin einfach nur gesättigt und lasse noch etwas übrig. Ich könnte auch Wasser trinken und trockenes Brot kauen wie der Obdachlose, der vor meinem Fenster sitzt. Er würde sich bestimmt über etwas Gutes freuen. Ich bestelle noch einen Hamburger zum Mitnehmen und verlasse deprimiert das Kaffee. Den Hamburger reiche ich dem schwarzen Herrn auf dem Fußweg und wünsche ihm einen schönen Tag. Er strahlt mich an, als hätte er eine Erscheinung. Während er schon den ersten Bissen verzehrt, ruft er mir mit vollem Munde nach: „Gott segne dich, Gott segne dich!"

Das hoffe ich auch und habe nur den einzigen Wunsch, so wie der Obdachlose das Leben wieder spüren zu können.

Blicke ich zurück, frage ich mich immer wieder, wie ich mich in den Jahren so verändern konnte. Ich war erfolgreich, habe Menschen geführt, Verhandlungen geleitet und viel Geld verdient. Die meiste Zeit saß ich in künstlichen Umgebungen, in Büros, in Flugzeugen oder an Verhandlungstischen. Die abstrakten Themen, mit denen ich mich beschäftigte, existierten die ersten hunderttausend Jahre für die Menschheit nicht. Ständig schaute ich auf Papiere und Bildschirme. Wenn ich mit Menschen sprach, dann um sie zu instruieren oder zu manipulieren. Über 10 Jahre versuchte ich meinen Ehrgeiz zu befriedigen, fuhr Porsche und trug eine teure Armbanduhr. Ich war Sklave dieses modischen Accessoires und hatte es immer eilig. In meinen Kurzurlauben flog ich zum Tauchen oder ging

Skifahren, ich konnte an einem Tag mehr Pisten abfahren als andere in einer Woche. Meine Gefühle konnte ich völlig unterdrücken. Ich habe allerdings nicht damit gerechnet, dass meine Arbeit sich so dauerhaft auf mein Seelenleben auswirken würde, dass ich verlernen würde, Freude zu empfinden. Mein Körper schien die Tortur zunächst zu erdulden, häufig ging ich spät abends noch in ein Fitnessstudio. Oft war ich der Letzte, der die leeren neonbeleuchteten Hallen verließ und wurde vom Personal mitleidig angeschaut. Ich war stolz auf meine Muskeln und wollte meinen Kollegen beweisen, dass man auch mit meinem Arbeitspensum gesund und gut aussehend sein kann. Mit der Zeit häuften sich allerdings eindeutige Symptome einer kranken Seele, die ich nicht mehr übersehen konnte. Früher hatte ich Hunger nach Leben, Liebe und Leidenschaft. Der wich einer dauerhaften Appetitlosigkeit. Meine Stimmung wurde trübsinnig oder war ich schon depressiv? Schließlich baute auch mein Körper ab und ich war ständig müde. Ich suchte zunächst Hilfe bei unterschiedlichen Instantheilveranstaltungen. Mann legte mir Hände auf, ich versuchte zu Schweigen, zu Hungern, zu Meditieren und nahm Kontakt zu meinen lange verstorbenen Vorfahren auf. Nachdem ich einen Kunden geohrfeigt habe, legten meine Mitgesellschafter mir nah mich in eine professionelle Behandlung zu begeben. Meinem verständnisvollen Psychologen Dr. Kleindienst machte ich es nicht leicht. Auch fiel es ihm sichtlich schwer, nur noch fremden Erzählungen zuzuhören. Er erzählte mir gerne von seinen Reisen, wenn wir wieder nicht weiter kamen. Bestimmt in bester Absicht verschrieb er mir verschiedene Psychopharmaka, seine Behandlung machte mich allerdings zum Dauerpatienten. Das Leiden hörte auf, doch die Nebenwirkungen seiner Medikamente waren schwerwiegend. Ich spürte kaum noch etwas, weder Gutes noch Schlechtes. Ständig schlief ich und wurde apathisch. Ich hatte das Gefühl, nur noch gedämpft zu schleichen, mich wie auf einem hochflorigen Teppich zu bewegen. Vergaß ich die Einnahme meiner Pillen, wurde ich aggressiv oder depressiv. Schließlich wurde ich des Lebens müde. Als ich in so einer Phase mit dem Bahngleis liebäugelte, das entlang des Weges führte, fasste ich den Vorsatz, mein Schicksal selbst in die Hand zu nehmen.

Trotz des wunderbaren Panoramas ermüdet mich der Weg zurück zum Gästehaus nur noch. Im Appartement angekommen lege ich mich auf mein Kingsizebett zu einem Mittagschlaf. Im Morgengrauen wache ich wieder auf.

War es das Rauschen der Wellen oder die nach Seetang riechende kühle Meeresluft, die nachts in mein Zimmer zog? Endlich bin ich ausgeschlafen und fühle mich wohl. Ich esse nur einen krümeligen Riegel, den ich aus dem Flugzeug mitnahm, ziehe meine Joggingschuhe an und gehe an den Strand. Dort stehen vier alte Herren in schwarzen Neoprenanzügen in der Morgensonne. Sie machen Dehnungsübungen fröhlich im Gespräch miteinander. Dann beenden sie ihre Gymnastik und paddeln stehend auf ihren großen Brettern hinaus auf das ruhige Meer, man könnte meinen, die Krücken durch Paddel ersetzend. Als ich den lang gezogenen Strand entlang laufe, heute in die entgegengesetzte Richtung dem Tafelberg entgegen, kann ich nicht umhin, immer wieder das Bergmassiv zu betrachten. Nicht nur durch seine kolossale Größe und Symmetrie dominiert er das Landschaftsbild. Die ständige Veränderung seines Erscheinungsbildes, gleich der eines lebendigen Wesens, lässt die Aufmerksamkeit des Betrachters nicht ermüden. Gerade formt sich ein weißer Wolkenstreifen über seiner horizontalen Kante und zieht sich gleich einer Tischdecke über seine Hänge bis hinunter in die Stadt. Das ist das Zeichen dafür, dass der Südostwind bald einsetzen wird.

Nach ein paar Kilometern erreiche ich einem Leuchtturm, betrachte ihn als Zielmarke und drehe um. Mittlerweile mächtig erschöpft freue ich mich nun über den Schub des Windes auf dem Rückweg. Die vier alten Herren treffe ich vor dem Gästehaus wieder, sie haben Mühe, ihre großen Bretter den Strand hochzutragen. Aufgeregt unterhalten sie sich über etwas, dass sie gerade bei ihrer Safari auf dem Meer gesehen haben. Es scheint sie so beeindruckt zu haben, dass einer den anderen unterbricht, um seine Perspektive der Geschichte zu erzählen. Ich kann mich an nichts erinnern, was mich in den letzten Jahren so begeistert hat, dass mein Blick so gestrahlt hätte und versuche, mich von ihrer Lebensfreude anstecken zu lassen.

Im Gästehaus springe ich in den Pool, dusche und fahre zu dem Kaffee, in dem ich gestern schon aß. Der obdachlose Herr sitzt auch heute wieder an derselben Stelle vor dem Gebäude und begrüßt mich lachend mit militärischem Gruß. Er scheint meinem deutschen Akzent mit militärischer Disziplin zu verbinden. Vielleicht ist tatsächlich ausgeprägte Selbstdisziplin eine typisch deutsche Eigenschaft. Mich hat sie dem Glück nicht näher gebracht.

Während ich frühstücke, denke ich darüber nach, was ich mit meiner Zeit nun anfangen möchte. Ich besitze genügend Geld, erst einmal nicht arbeiten zu müssen. Spätestens nach drei Monaten zum Ablauf meines Visums muss ich das Land wieder verlassen. Nur einmal habe ich so lange Urlaub gemacht, nämlich als ich zum ersten Mal hier in Afrika war. Dieser Urlaub steht unter einem anderen Stern. Er sollte nicht nur ein selbstverordneter Kuraufenthalt sein, sondern der Versuch mein Leben grundsätzlich zu ändern. Daher nehme ich mir vor, soweit wie möglich den Kontakt zu Deutschland einzustellen.

Neue Bekanntschaften zu machen ist mein zweiter Vorsatz. Ich möchte mich mit der mir fremden Kultur auseinandersetzen, um meine bisherigen Verhaltensmuster zu durchbrechen. Das wird am besten funktionieren, wenn ich Afrikaner treffe und deren Lebensart kennenlerne. Weiße Südafrikaner leben ähnlich wie Europäer und haben aufgrund ihrer Kolonialgeschichte häufig holländische oder englische Wurzeln. Daher möchte ich versuchen, die Lebensart der schwarzen Afrikaner (Afroafrikaner) zu verstehen.

Ein weiterer Vorsatz wäre, meine Tage mit Outdoor-Aktivitäten zu füllen, um nicht wieder in Apathie zu verfallen. Früher kannte ich Antriebslosigkeit nicht. Denke ich an die Zeit vor meinem unseligen Berufsleben, gehörte für mich zum Leben das Meer. Mit meinen Freunden Surfen, Tauchen oder Fischen zu gehen war meine Erfüllung. Selbst der kalten Nordsee konnten wir etwas abgewinnen. Am schönsten war es aber in warmen Gewässern auf dem Surfbrett zu sitzen, auf eine Welle zu warten und die Sonne auf der Haut zu spüren. Ein guter Surfer bin ich nie geworden, in wirklich großen Wellen bin ich nie gesurft. Darum ging es mir auch nicht. Wir verloren uns in der Tätigkeit und dachten an nichts anderes als den Moment. Die Tage vergingen wie im Flug und es war wunderbar, die Leidenschaft für dieses spielerische Vergnügen zu teilen. Erschöpft und selig fanden wir uns abends zusammen, der Hunger war groß, es wurde geschwärmt und Bier getrunken. Wir waren glücklich und der Rest der Welt war in diesem Augenblick egal. Davon ist nichts in meinem Leben übrig geblieben.

Ich bestelle mir noch einen Kaffee und lese eine lokale Tageszeitung. In den deutschen Medien wurde in den letzten Jahren immer wieder von der ausufernden Gewaltkriminalität in Südafrika berichtet. Blicke ich auf das idyllische Strandleben vor meinem Fenster, erscheint mir die Situation allerdings anders. Ich lese von vielen Vorfällen die sich aber meist auf die Townships beschränken, dort scheint fast Anarchie zu herrschen. In den Wohlstandsvierteln Kapstadts, in der Innenstadt und den angesagten Ausgehmeilen, gibt es kaum Probleme. Das ist in vielen Städten der Welt so, hier sind allerdings die schlechten Gegenden sehr viel ausgedehnter. Heute Abend werde ich in der Stadt ausgehen und mir ein Bild von Kapstadt bei Nacht machen. Angst habe ich keine, eher das Gegenteil. Ich bin neugierig, wie es sich anfühlen wird durch eine dunkle Straße zu laufen, wo ich des Nachts nicht sein sollte. Vielleicht werde ich Schritte hinter mir hören und spüren, wie sich meine Nackenhaare sträuben. Ich stelle mir vor, dass ein Mann mich überholt, vor mir steht mit einem Messer in der Hand und mein Geld fordert. Mein Puls rast und ich erwäge alle Optionen. Vermeintlich ängstlich antworte ich ihm, „Ich gebe dir, was du willst, bleib nur ruhig!" und greife langsam in die Gesäßtasche.

Sein Blick folgt meinen Händen, er ist unruhig. Plötzlich schaue ich zur Seite und rufe: „Da, Polizei! ". Er folgt meinem Blick und darauf habe ich gewartet. Er kann kaum damit rechnen, dass ein weißer Tourist schon so mit seinem Leben abgeschlossen hat, dass er seinen Arm greift und ihm eine Kopfnuss gibt, dass er benommen zu Boden geht. Vielleicht würde es auch ein kurzer, fester Punch auf die Nase werden. Das müsste ich dann situativ entscheiden. Schließlich würde ich ihm mit erhobenem Zeigefinger sagen: „Das soll dir eine Lehre sein!" und schnellen Schrittes das Weite suchen bevor die Polizei erscheint. Er kann auch nicht damit rechnen, dass dieses Erlebnis dem Touristen sogar gefallen haben wird, er eine sonderbare Freude empfindet, überhaupt wieder etwas gespürt zu haben. Ich werde mich dann in eine nahe liegende Kneipe setzen, werde warten bis sich mein Pulsschlag wieder gesenkt hat, ein großes Bier trinken und mich das erste Mal seit langem wieder lebendig fühlen.

Zurück im Gästehaus lege ich mich ins Bett und schlafe für etliche Stunden. Als es dämmert, wache ich dösig auf und bin übellaunig. Meine Augenlider zucken wie immer, wenn ich in diese Phase rutsche. Das will ich vermeiden und zwinge mich dazu vor die Tür zu gehen. Ich trinke das abgestandene Glas Rotwein aus der Küche auf Ex, zünde mir eine Zigarette an und trotte los. Gerade noch rechtzeitig komme ich an den Strand, um die Sonne untergehen zu sehen. Ein Pärchen steht dort Hand in Hand und schaut senil lächelnd ins Abendlicht, als ob hier nicht jeden Abend einen Sonnenuntergang geben würde. Zur Buße für meinen Defätismus verordne ich mir einen Sprung ins eiskalte Meer. Auf einer Muschel drücke ich die Zigarette aus, ernte dafür strafende Blicke von dem Pärchen und renne los. Den letzten Meter überbrücke ich mit einem Kopfsprung, um nicht den Vorsatz rückgängig zu machen. Die Kälte bringt mich fast um. Wie eine Ente laufe ich mehr über das Wasser, als zu schwimmen und bin heilfroh wieder am Ufer zu sein. Das Salz brennt mir in den Augen und ich friere, fühle mich aber erfrischt und besser. Von nun an werde ich mich täglich zum Sport zwingen, zu dem, was all die anderen als Vergnügung empfinden und was auch mich früher erfüllte.

Den letzten Monat in Deutschland verbrachte ich fast ausschließlich im Bett und stand nur kurz auf, um zu essen. Wirklichen Hunger hatte ich nicht mehr, ich musste mich zum Essen zwingen. Meist habe ich nur gedöst oder geschlafen, gelegentlich habe ich mir einen Film angeschaut, ich war übellaunig und meine Augenlider zuckten. Irgendwann habe ich jeglichen Selbstrespekt verloren und vor dem Leben kapituliert. Wäre meine Freundin Lucie nicht gewesen, hätte ich vielleicht das Röhrchen Schlaftabletten zu mir genommen, es stand in meinem Badezimmerschrank in Kopfhöhe griffbereit. Bestimmt ein Dutzend Mal liebäugelte ich damit, bis ich mich entschied nach Afrika zu fliegen. Lucie gab sich alle Mühe in dieser Zeit, kam gelegentlich in den Pausen ihrer Arbeit vorbei, um mir einen Schubs zu geben. Sie ist mit meinem Zustand überfordert gewesen, aber liebt mich wohl immer noch. Wie sollte ich sie lieben oder einen anderen Menschen, wenn ich nicht mehr mit mir selber klar komme. Im Augenblick hat nichts mehr Bedeutung für mich. Ich verspüre keinerlei Sehnsucht nach ihr, kein körperliches Verlangen regt sich, wenn ich mir ihren alabasterweißen Körper vorstelle. Ich sollte ihr dankbar sein und das bin ich bestimmt, nur sollte ich sie auch mehr lieben, als ich es jetzt tue. Ich habe nun genug Zeit festzustellen, ob sie mir fehlt, wenn wir Abstand voneinander haben. Lucie wird sich bestimmt regelmäßig melden und mich besuchen wollen. Ich möchte erst einmal Abstand zu meinem bisherigen Leben und auch zu ihr gewinnen.

3. Nachtleben

Nach dem Duschen fahre ich los, den Marine Drive die Küste entlang den Lichtern der Stadt entgegen. Um meine einsetzende Apathie zu durchbrechen, drehe ich die Musik laut auf und versuche dem Abend Schwung zu geben. Ich singe ein bisschen mit und bin immer noch weit davon entfernt, gut gelaunt zu sein. In der Innenstadt fahre ich, kreuz und quer bis ich auf eine belebte Straße stoße, die beidseitig von bunten viktorianischen Gebäuden gesäumt wird. Das ist der alte Stadtkern, hier bin ich auch früher schon einmal gewesen, erinnere ich mich. Die Straße zieht sich schnurgerade den Berg hinauf und heißt Longstreet. Auf den breiten Balkonen der ersten Etagen stehen junge Leute an den schmiedeeisernen Geländern, lachen und feiern mit ihren Gläsern in der Hand. Das gefällt mir und ich parke in der nächsten Seitenstraße. Ein zerlumpter selbst ernannter Parkplatzeinweiser hüpft um mein Auto herum und winkt wild vor sich hin, bestimmt um ein Trinkgeld zu rechtfertigen. Er erkennt mich als Tourist und nennt mir eine hohe Summe, die er von mir bei meiner Rückkehr erwartet. Ich ignoriere ihn, verlasse mein Auto und gehe zügig unterhalb einer der belebten Terrassen in einem engen Hauseingang die steile Treppe hinauf. Auf der ersten Etage überrascht mich ein herrschaftlicher Raum mit Holzdielen, Säulengalerien und hohen Stuckdecken. An der langen Marmortheke stehen ein paar Gäste und wippen zu dröhnenden Afrobeats. Obwohl es mir zu laut ist, bestelle ich mir ein Glas Wein und trinke es auf Ex um meinem Augenzucken Herr zu werden.

Während einer meiner letzten Tiefphasen habe ich mir leider das schnelle Trinken angewöhnt. Ich fühle mich nicht als Alkoholiker, da ich nicht täglich wirklich viel trinke, obwohl Mediziner das bestimmt anders betrachten würden. Wirkungstrinker ist die richtige Bezeichnung für mich. Besonders in schlechten Phasen trinke ich häufig zügig und auf nüchternen Magen. Dann genieße ich die einsetzende euphorisierende Wirkung des Alkohols, die meist das einzig positive am Tage bleibt. Vielleicht weil ich ein etwas gezwungener Mensch bin, das

Gegenteil eines grundentspannten Künstlers oder Suferdudes, mag ich gerade den Kontrollverlust durch die überraschend anflutende Wirkung von Schnäpsen. Um nicht dem Alkohol völlig zu verfallen, versuchte ich in Deutschland zumindest von den Kurzen die Finger zu lassen.

Leicht beschwingt stören mich nun die Bässe weniger, ich blicke entspannter nach rechts und links und wechsele auf die mit Bänken möblierte Terrasse. Zwei junge schwarze Frauen sitzen sich dort gegenüber, nippen an ihren Getränken und feixen. Am freien Ende ihres Tisches nehme ich mit einigem Abstand Platz und frage höflichkeitshalber dennoch:

"Sorry, ist der Platz hier frei, hätte ich fragen sollen?"

Die mit dem Afrolook schaut kaum zu mir hinüber und sagt nur knapp:

"Sorry, nein."

Etwas verblüfft will ich mich gerade wieder erheben, als die andere, die mit den geflochtenen Zöpfen, mir signalisiert sitzen zu bleiben und korrigiert:

"Sie scherzt nur, bleib sitzen."

Wie gnädig, möchte ich ihr antworten, lasse es aber bleiben. Ich schaue mir meine Umgebung an, fast alle Tische sind voll besetzt. Die meisten Gäste sind dunkelhäutig und jünger als ich. Ich fühle mich ein wenig fremd, genieße aber die Spannung, die die ungewohnte Umgebung mit sich bringt. Das Nachtleben teilt sich hier immer noch nach Hautfarben auf, das war damals nicht anders. Früher war das hier ein „weißes Viertel", heute ist es ein „Schwarzes". Gemischt würde es mir am Besten gefallen und ich nehme mir vor, danach in der Stadt zu suchen. Um meine Finger zu beschäftigen, spiele ich sinnlos mit meiner Zigarettenpackung bis ich mir eine aus Verlegenheit anzünde. Ich inhaliere tief und nehme das einsetzende leichte Schwindelgefühl gerne mit. Gepaart mit der Wirkung des Weins fühle ich mich nun so entspannt, dass ich mich entscheide, die Frauen neben mir anzusprechen. Sie tippen gerade gelangweilt auf ihren Telefonen, als gäbe es dort Wichtiges um diese Urzeit zu regeln.

"Wo kommt ihr her?", frage ich sie mit meinem freundlichsten Lächeln.

"Aus Kapstadt, und du?", erwidert die mit dem Afro, legt ihr Telefon zur Seite und strahlt mich mit schneeweißen Zähnen an. Offensichtlich erwartete sie die Kontaktaufnahme von meiner Seite.

"Aus Berlin in Deutschland. Was macht ihr denn so in Kapstadt?"

Die mit den geflochtenen Haaren legt nun auch ihr Telefon zur Seite. Ihre gepflegten Hände erregen meine Aufmerksamkeit, besonders die krallenartig gebogenen und pink lackierten Fingernägel. Ich kann mich der Fantasie nicht erwehren, mir meine empfindlichsten Körperteile in diesen Klauen vorzustellen. Genau genommen stelle ich mir vor, wie sie in ihrer Hand verschwinden und die langen Nägel oberhalb aufeinander treffen. Der Gegensatz der weichen Handfläche zu den schmerzhaft scharfen Kanten der Nägel ist eine interessante Mischung aus Genuss und Angst. Diese Assoziationen der Männerwelt sind von ihr gewünscht, ich bin nicht der einzige Mann, dessen Hirn solch sexistische Vorstellungen entspringen. Rein ästhetische Gründe für derartige Krallen kann es kaum geben, sie machen bestimmt fast jegliche manuelle Arbeit unmöglich, denke ich vielleicht zu pragmatisch.

"Wir beide studieren Elektrotechnik.", antwortet sie mit mädchenhafter Stimme, die im Gegensatz zu ihren martialischen Klauen steht und mich meiner intimen Gedanken schämen lässt.

"Wow, das ist in Deutschland eher eine Männerdomäne, hier nicht?", versuche ich bemüht Konversation zu machen.

Wir werden unterbrochen durch das Eintreffen weiterer Frauen, die beiden springen auf und begrüßen, küssen und drücken die Neuankömmlinge. Wildes Geschnatter bricht aus. Hier bin ich genau richtig, muss allerdings an den Rand rücken und werde zunächst keines Blickes mehr gewürdigt. Kurvige in enge Jeans gepresste Hinterteile drängen in mein Gesichtsfeld, weit ausladender als ich sie zuvor je sah. Das wäre für europäische Verhältnisse eindeutig zu prall. Solche Fülle würde man in Europa verstecken, aber hier scheinen andere Regeln zu gelten.

Derweil bestelle ich beim Kellner ein Bier und etwas zu essen sowie 8 Schnäpse für meine Nachbarinnen. Das haben sie offensichtlich mitbekommen, denn schon ernte ich wieder ihre Aufmerksamkeit.

"Ihr seid doch nicht alle angehende Ingenieurinnen, oder?", frage ich in die Runde, nachdem alle sich gesetzt haben.

4. Machbuba

"Allesamt, außer mir, ich studiere Psychologie. Du sprichst gut Englisch, was machst du denn so?", antwortet eine zierliche Hübsche, die mir schräg gegenüber sitzt.

Ihre Haare stehen wie verbogene Strohhalme vom Kopf ab. Es sind ihre Grübchen, die ihrem Gesicht diesen verschmitzten Ausdruck geben. Mir gefällt sie auf Anhieb, sie ist attraktiv und doch keine glatte Schönheit, auf deren Antlitz der Blick keinen Halt findet. Was soll ich ihr antworten, ich möchte sie nicht langweilen, und auch nicht angeben. In einem Land, in dem ein Drittel der Menschen arbeitslos sind, scheint ein Manager im Kuraufenthalt vielleicht zu verwöhnt und verweichlicht.

"In Deutschland bin ich Berater. Ich spreche dort die meiste Zeit Englisch aufgrund meiner internationalen Projekte.", antworte ich einfallslos.

Schon wendet sich ihre Aufmerksamkeit wieder ihrer Nachbarin zu. Um nicht unterzugehen, muss ich unterhaltsamer werden. Hier interessiert niemand meine Arbeit, registriere ich etwas pikiert. „Grübchen" ist eine recht attraktive Frau, aber mein Drang zu flirten ist nicht mehr so impertinent wie früher. Ich muss mich ermahnen meine Vorsätze nicht zu vergessen und der Kontakt zu den Damen wäre schon der richtige Schritt. Also starte ich noch einen halbherzigen Versuch.

"Deine Dreadlocks, was machst du mit deinen Haaren, dass sie diese Struktur erlangen?"

Grübchen nimmt eine der Haarwülste in die Hand, rollt sie um einen Finger und blickt etwas verlegen lächelnd empor auf die zurückspringende Locke. Ich mag den Kontrast der Farben ihres Gesichtes. Das blitzende Weiß ihrer Augen und Zähne heben sich von ihrer dunklen Haut ab, ihre weinroten äußeren Lippen vom muschelfarbenen Rosé ihrer Innenseite. Gerade will sie mir antworten, als alle aufspringen und sich wild plappernd zum Abmarsch entscheiden. Sie reiht sich auch ein. Ich habe genug gegeben und bleibe sitzen. Sie hat keine Interesse an mir, rechtfertige ich meine Niederlage. Doch dann dreht sie sich noch einmal um und kommt zurück:

"Was ist mir dir, willst du nicht mit Tanzen kommen?"

"Da du mich fragst, will ich nicht Nein sagen!", antworte ich möglichst charmant blickend, die Betonung auf DU legend.

In dem Augenblick erscheint der Kellner mit den Schnäpsen. Der Pulk hält inne und wir prosten uns im Stehen zu. Kurzzeitig stehe ich im Mittelpunkt der giggelnden Frauen und genieße das gekaufte Interesse. Dann geht es auch schon los, ich verzichte auf das Essen und folge dem tratschenden Haufen hintendrein. Das Selbstbewusstsein eines normalen männlichen Wesens meines Alters sollte unter der fehlenden Aufmerksamkeit der weiblichen Runde stark beansprucht werden. Um beleidigt zu sein, benötigt es allerdings Erwartungen oder emotionale Teilnahme und beides fehlt mir gänzlich. Seit langer Zeit kann ich nur noch positiv überrascht werden. Wir gehen durch die Dunkelheit ein paar Häuser weiter und stehen vor einem hünenhaften Türsteher, der den Eingang eines Nachtklubs bewacht. Freundlich lässt er die Damen hinein. Bei mir zieht er die Augenbrauen hoch, hier ist ironischerweise das weiße Schaf der Herde anstößig. Gnädig lässt er mich doch mit herein. Drinnen ist es dunkel, warm und eng. Die Bässe wummern und ich bin sicher der einzige Europäer hier. Von den Gesichtern der dicht beieinander Tanzenden sehe ich nur die Augen und Zähne. Ich habe eine sensible Nase, hier riecht es intensiv nach Schweiß und Parfüm. Dann werde ich geschoben und von hinten in Grübchens Nacken gedrückt. Ihr mir fremder Geruch gefällt mir. Riecht Lucie wie ein Hase, riecht Grübchen wie eine Katze. Ich gehe an die Theke, bestelle ein Bier und lehne mich mit dem Rücken an die Wand. Möglichst entspannt wirkend lasse ich meinen Blick schweifen und sehe auf der Tanzfläche „Grübchen" zu, wie sie mit ihrem Popo gekonnt wackelt. Bestimmt starre ich etwas zu ungeniert. Grübchen scheint es zu genießen, denn irgendwann kreuzen sich unsere Blicke und sie lacht mich an. Sie winkt mich zu sich herüber, ich bleibe allerdings stehen und winke zurück. Was ihr wahrscheinlich als lässig erscheint, ist traurigerweise nur meine fehlende Begeisterungsfähigkeit. Welch eine Ironie, stumpfe Apathie mit Gelassenheit zu verwechseln. Sicherlich ist es der einzige Vorteil des Depressiven, gelegentlich als cool betrachtet zu werden. Mir ist häufig den ganzen Tag zumute, als hätte ich morgens Schlaftabletten zu mir genommen. Nicht das sie nicht hübsch wäre, es fehlt mir schlicht der Antrieb in Aktion zu treten und zu flirten. Reicht es nicht, schon hinter ihr hergedackelt zu sein? Während ich noch mit mir ringe, legt ein anderer Kerl ihr die Hand auf die Schulter und spricht sie an. Ich habe schon aufgegeben, als sie sich unerwartet brüsk von ihm abwendet, obwohl er nach meinem Geschmack recht sympathisch aussieht. Sie schaut zu mir hinüber und kommt tanzend auf mich zu. Vor mir angekommen lächelt sie mich verführerisch an, legt ihre Hände in den Nacken, dreht sich um und beginnt mit ihrem Hintern kreisende, zuweilen hüpfende Bewegungen zu vollführen. Ich weiß nicht recht, wie ich reagieren soll, da ich schlecht tanze und mich nicht lächerlich machen will. Also bleibe ich tatenlos an die Wand gelehnt wie verwurzelt stehen. Sie nähert sich mir mit kleinen Schritten rücklings immer weiter, bis sie mittig mit ihrem Steiß auf mich trifft und an mir reibt und drückt. Wenn auch die meisten Frauen hier erotischer tanzen als in Europa, so ist doch ihr Tanzstil mehr die Imitation des Geschlechtsaktes als die rhythmische Interpretation der Musik. Mir gefällt er und ich denke, dass ich ihn als Einladung verstehen sollte. Als das Lied endet, dreht sie sich um und lacht mich an. Ich weiß nicht, ob sie nur Spaß hat oder sich über meine Unsicherheit und mein steifes tatenloses Verharren lustig macht. Obwohl ich Widerstand erwarte, lege ich ihr die Hand um die Taille, ziehe sie an mich und Küsse sie auf den Mund. Sie reiß die Augen auf und tut zunächst überrumpelt, schmiegt sich dann doch an mich und erwidert meinen Kuss. So stehen wir dort ein paar Minuten, ich genieße das Spiel ihrer vollen weichen Lippen und den Reiz ihrer Fremdheit. Ich bin fast verblüfft, dass sie mich erregt, dass ich überhaupt noch Erregung verspüren kann, und knabbere erst an ihrem Hals, dann an der empfindlichen Stelle unterhalb ihres Ohres. Wiederholt dreht sie sich kichernd von mir ab, kommt dann doch kokett blickend zurück und neckt mich. Mutig ist nur der, der zu verlieren hat. Ich habe nichts zu verlieren und würde sie sich gleich beleidigt von dannen machen, würde es mich nicht treffen.

Daher flüstere ich ihr ins Ohr: "Ich mag dich, du bist wunderbar, komm mit zu mir."

"Nein!", entgegnet sie brüsk und schiebt mich von sich. Da war ich doch zu schnell. Sie dreht sich um, tatsächlich empört oder auch nicht und geht zu ihren Freundinnen zurück.

Ich stelle mich an die Theke und bin fast froh über den unkomplizierten Ausgang unserer kurzen Romanze. Für eine gemeinsame Nacht wäre etwas mehr Gefühl nötig gewesen, rede ich mir ein. Es ist spät und ich bin müde, trinke noch ein Bier und schaue Löcher in die tanzende Runde. Nun alleine gelassen genieße ich den Moment und grinse zufrieden in mich hinein. Endlich spüre ich wieder etwas. Etwas wenn auch vorwiegend Negatives, aber zumindest ein Gefühl, nämlich Ablehnung. Ich trinke noch mein Bier aus und gehe dann zu ihr hinüber, um mich zu verabschieden.

"Ich wollte mich auf den Weg machen, gibst du mir deine Telefonnummer?"

"Du bist ein komischer Typ, entweder zu gelassen oder desperat. Was ist los mit dir?"

"Wenn du mir deine Nummer gibst, treffen wir uns morgen zum Abendessen und ich erzähle dir meine Geschichte. Was meinst du?"

"Vielleicht Übermorgen, merk dir 073 7979797, ruf mich an...."

"Ich heiße im Übrigen Marcel. Magst du mir noch deinen Namen nennen?"

"Machbuba, ja ich weiß, dass es ein ungewöhnlicher Name ist, aber dafür sind meine Eltern verantwortlich."

"Warum ungewöhnlich? Erzähl mir mehr..."
"Google mich, dann sprechen wir vielleicht drüber."
"Ich melde mich bei dir und wünsche euch noch viel Spaß!",
verabschiede ich mich und gebe ihr noch rechts und links einen
Kuss auf die Wange.

Vor dem Eingang genieße ich die angenehme kühle Nachtbriese,
ich atme tief ein und meine auch hier weit vom Strand noch den
salzigen Geruch des Meeres zu vernehmen. Gedankenverloren
gehe ich zu meinem Auto. Es ist schon spät und die Straße hat
sich geleert. Das ist keine gute Idee hier, um diese Zeit durch die
Dunkelheit zu laufen, geht es mir durch den Kopf. Ein Bettler
kommt auf mich zu und folgt mir aufdringlich brummelnd in die
Seitenstraße. Ich werde aufmerksamer und weiß nicht, ob ich ihn
angehen oder ignorieren soll. Mein Schritt wird schneller und ich
nehme meine Hände aus den Hosentaschen. Plötzlich tritt ein
zweiter aus einem Hauseingang und versperrt mir den Weg.
"Gib mir was du hast.", zischt er und hält einen spitzen
Gegenstand in der Hand, es könnte ein Messer oder
Schraubenzieher sein.
Den Bettler neben mir versuche ich aus dem Augenwinkel zu
kontrollieren, er gehört dazu und blickt nervös in alle
Richtungen. Beide sehen verwahrlost aus, dünn und
ausgemergelt, fast erbarmungswürdig. Das sind keine Gangster,
die beiden sind nur Gelegenheitsdiebe. Ihre Gesichter sind
eingefallen und blicken aus leeren Augen. Sie sind
sonnenverbrannt oder verdreckt, ihre Haut ist so dunkel, dass
sich nicht erkennen lässt, ob sie weiß oder schwarz sind. Es ist die
Farbe des Elends. Sie haben nichts zu verlieren und ich auch
weniger, als sie glauben. Jetzt bin ich in der Situation, die ich mir
gestern vorstellte und beobachte mich wie ein Versuchstier. Die
Wirkung des Alkohols hat sich verflüchtigt, ich fühle mich völlig
klar und mein Puls schlägt schnell.
"Ich gebe euch all mein Geld, o.k.?", antworte ich betont ruhig
und souverän. Dabei verschränke ich meine Arme langsam über
der Brust und dem Bauch, fixiere mein Gegenüber und trete

einen Schritt zurück. Alle meine Muskeln sind gespannt, ich weiß nicht, ob ich schnell genug reagieren könnte, um seine Waffe abzuwehren, lasse es aber darauf ankommen.

"Gib mir deine Brieftasche und dein Telefon.", sagt der vor mir nun sichtlich nervös und beginnt mit seiner Waffe zu fuchteln. Es ist tatsächlich nur ein Schraubenzieher.

"Nur mein Geld, nicht meine Brieftasche und nicht mein Telefon.", antworte ich ihm.

Uneinig wie sie weiter verfahren sollen, gucken sich die beiden verdutzt an und verschwinden gleichzeitig in der Dunkelheit. Ich schaue ihnen noch erstaunt nach, da leuchtet ein helles Licht die Straße aus und neben mir hält eine Polizeistreife. Sie war bestimmt die Ursache ihrer Flucht.

"Alles klar bei ihnen?", fragt ein Officer durch das offene Fenster.

Bestimmt hat er die zwei flüchtenden Gestalten noch gesehen. Dann steigt ein blau Uniformierter aus und kommt mir entgegen.

"Wurden Sie bedroht?", fragt er besorgt.

"Ein bisschen, aber alles ist gut.", antworte ich mittlerweile lächelnd, da sich nun die Anspannung löst und das Adrenalin in mir wie ein Rauschmittel bemerkbar macht.

"Wollen sie Anzeige erstatten? Sollen wir sie zu ihrem Auto bringen?"

"Nein danke, ich komme zurecht, mein Auto steht dort drüben.", antworte ich vergnügt.

"Dann kommen sie gut nach Hause.", verabschiedet er sich kopfschüttelnd von meiner guten Laune befremdet.

Ich schaue dem Streifenwagen noch nach, wie er dem Fluchtweg der Beiden in eine Seitenstraße folgt und mit seinem Dachscheinwerfer einen grellen Lichtstrahl in dunkle Winkel wirft.

Munter gehe ich zu meinem Benz, gebe dem Parkwärter ein zu großes Trinkgeld und fahre ab. Es rauscht in meinen Ohren, das Blut pulst in meinem Kopf, meiner Brust und in meinem Schritt. Ich bin aufgekratzt wie unter Drogen und fühle mich endlich wieder lebendig. Im Radio wummern die Beats dieses minimalistischen Buschtechnos, der die meisten Radiostationen belegt und bei dem man meint, die nächtliche Lebenslust Afrikas zu spüren. Ich drehe auf bis zum Anschlag, öffne das Fenster und brülle einen Kampfschrei hinaus in die warme Nacht. Jetzt hätte ich gerne eine Frau bei mir, irgendein wildes Erlebnis, dass meinen Rausch verlängert. Am Straßenrand sehe ich Frauen stehen, die mir eindeutige Signale geben. Kurz frage ich mich, ob ich eine von ihnen ansprechen soll, fahre aber an dem traurigen Spalier vorbei. Das ist nicht der Kick, den ich suche. Ich nehme mir vor Machbuba morgen anzurufen und gebe mich wilden Fantasien hin, was ich mit ihr erleben könnte.

Als ich zu Hause eintreffe, schreibe Machbubas Telefonnummer auf einen Zettel und lege mich ins Bett. Ich lausche dem Rauschen der Wellen, dem Pfeifen des Windes und finde langsam Ruhe. Irgendwie kommen mir die beiden Bettler wieder in den Sinn. Sie haben bestimmt mittlerweile ein anderes Opfer gefunden, haben ihre tägliche Dosis Drogen zu sich genommen und sich stoned unter einem Busch auf einer Pappe ausgestreckt. Vielleicht hätte ich ihnen einfach mein Geld schenken sollen und das hätte etwas in ihren Leben geändert. Jetzt habe ich Mitleid mit ihnen und fühle mich nicht gut mit der Situation gespielt zu haben. Ich habe ihre Not ausgenutzt und ihrem Überfall noch etwas abgewonnen. Schließlich muss ich doch über mein Mitgefühl schmunzeln. Vielleicht sind die beiden nicht verantwortlich für die Misere, in die sie gerutscht sind, aber sie sollten nicht das Leid anderer in Kauf nehmen, um sich kurzfristig eine Linderung ihrer Not zu verschaffen. Aus schlechtem Gewissen über sein eigenes Handeln oder das der eigenen Rasse* braucht man den Menschen nicht grundsätzlich von der Verantwortung befreien, sein Leben selbst in die Hand zu nehmen. Wir Europäer neigen dazu in jedem, egal was er angestellt hat, ein Opfer zu sehen. Musste der Kerl mir erst den Schraubenzieher in den Bauch rammen, damit ich ihn verurteile? Ein Freund von mir, Lehrer von Beruf, hätte mich gerügt, es stände mir nicht zu, hier über die Menschen zu urteilen, wo ich selber nie unter solchen Umständen leben musste. Irgendwann schlafe ich ein, die wage Hoffnung in mir, dass sich mein trostloses Leben auch durch normale Erlebnisse wieder mit Glück und Freude füllen lässt.

Am nächsten Morgen weckt mich mein Tinnitus wie ein Wecker. Ich habe keinerlei Lust aufzustehen, starre Löcher in die Decke und suche Figuren in der Maserung des Holzschrankes neben dem Bett. In einer Farbabweichung erkenne ich zunächst einen Menschen, seine aufgerissenen Augen, dann verschwimmt alles und ich sehe es wieder vor mir, Edvard Munchs „Der Schrei". Ich tauche so weit in das Gemälde ein, das ich Teil dessen werde, verschmelze mit der Verzweiflung und Angst, alles dreht sich, meine Brust krampft sich zusammen und ich fange grundlos an zu schluchzen. Ich will dieses Bild nicht mehr sehen, aber immer wieder erscheint es vor mir, es zwängt sich an allen Abwehrmechanismen vorbei und greift nach mir. Ich bin nass geschwitzt, mein Herz rast und ich weiß nicht, was ich nun machen soll. Zittrig stehe ich auf, nehme eine Dusche und lege mich dann wieder hin, leer im Kopf, nun aber paralysiert und völlig antriebslos. Stunden später wage ich einen weiteren Versuch, stehe auf, ziehe mich an und gehe zum Supermarkt. Es ist schon spät am Nachmittag. Nichts dringt zu mir durch, nicht das warme Licht, die spielenden Kinder oder freundlich grüßenden Anwohner. Mein Tinnitus pfeift gleich dem Warngeräusch der Pulskontrolle im Krankenhaus und mein rechtes Auge zuckt unkontrollierbar. Eine Zeit lang lege ich meine Hand auf das Auge, um das Lied zu halten, das verschafft mir nur kurzzeitig Abhilfe. Eine junge Frau, die mir entgegen kommt, nimmt bei meinem Anblick ihr Kind ängstlich an die Hand. Mir wird klar, dass ich verhaltensauffällig bin. Daher versuche ich mich abzulenken und schreite schneller aus, so schnell, dass mein ganzer Körper mitarbeiten muss wie diese lächerlichen Walker, die den Wald durchpflügen. Ich hasse diese Menschen in ihrer Funktionskleidung, die ihre Stöcke meist scheppernd über den Boden schleifen lassen und völlig verspannt aussehen. Mehr und mehr steigere ich mich in meine Aggression hinein. Alles ist übel um mich herum, der spritschluckende SUV, die verbaute Villa gegenüber und die tatterige Frau mit dem kläffenden Schoßhund, die mir entgegen kommt. Ich nehme mir vor ihn zu treten und von meiner Seite des Fußweges zu entfernen, sollte die Besitzerin ihn nicht kürzer an der Leine nehmen. Bevor ich die beiden passiere, nimmt ihn die Alte auf den Arm, meine geplante Gemeinheit erahnend.

Als ich schon an ihr vorbei bin, spricht sie mich krächzend an: "Mein Herr, sie haben einen Schnürsenkel auf, fallen sie nicht hin."

Ich bleibe stehen, schäme mich schon für mein Vorhaben und blicke sie konsterniert an.

"Geht es ihnen nicht gut?", fragt sie mich mit einer solch entwaffnenden Liebenswürdigkeit und Güte, dass mir die Tränen kommen. So stehe ich vor ihr mit nassen Augen und weiß nicht, was ich sagen soll.

"Kann ich ihnen helfen?", fragt sie noch einmal, kommt mir einen Schritt entgegen und schaut mir besorgt aufblickend ins Gesicht. Vor mir setzt sie das Hündchen ab, das an meinem Hosenbein schnuppert und mit dem Schwanz wedelt. Es ist so lahm und klapprig, dass ich es bestimmt verletzt hätte. Am liebsten möchte ich die Dame in den Arm nehmen und drücken.

"Ich danke ihnen, es wird schon wieder.", antworte ich ihr und gehe weiter. Als ich mich noch einmal umdrehe, sehe ich, wie sie liebevoll ihr Hündchen streichelt und mir nachblickt.

Die Frau hat an mich gedacht, geht es mir durch den Kopf. In dem kleinen Supermarkt wurde ich drei Mal freundlich begrüßt, alle schienen mir so fürsorglich und die Kassiererin fing noch einen Smalltalk mit mir an. Das war der erste Augenblick des Tages, an dem sich meine innere Verkrampfung etwas löste. Ob die Menschen hier aufmerksamer miteinander sind, frage ich mich. Auf dem Rückweg sinniere ich über die Umgangsformen und die Art der Begrüßung hier und in den anderen englischsprachigen Ländern. Eigentlich ist es gar kein Gruß, es ist eine Anteilnahme. „How are you", sagt man. Wenn auch nicht von dir erwartet wird, dass du dein Herz ausschüttest, ist es doch eine persönliche Kontaktaufnahme, die leicht fortgesetzt werden kann. Es fordert eine Antwort und die Rückfrage heraus, nämlich „I'm fine, and how are you?". Dazu kommt noch, dass das Englische kein „Siezen" zulässt. Wenn es auch manchmal mehr Zeit kostet, ist dieser Austausch bestimmt häufiger der Beginn eines Gesprächs. Ich versuche „Wie geht es dir?" zu knurren, so wie ein mürrisches „Tag" in Deutschland üblich ist, aber es gelingt mir beim besten Willen nicht so glaubhaft. Mir scheint, dass dieses Höflichkeitsritual ein erster Schritt zu einer achtsameren Gesellschaft ist.

Zurück im Gästehaus mache ich einen Versuch mit meiner Wirtin. Ich frage sie betont freundlich auf Deutsch: "Hallo, wie geht es dir."

Sie schaut erstaunt auf, fast schon argwöhnisch in der Erwartung einer Beschwerde, da bei deutschen Touristen nicht mit so einer Begrüßung zu rechnen ist.

"Bestens und dir, bist du jetzt auch angekommen?", antwortet sie nun genauso freundlich.

"Danke, ich brauch noch ein bisschen Zeit, aber es wird schon werden."

"Wenn du etwas benötigst, was es auch ist, melde dich, o.k.?", fragt sie in so netter Tonlage, dass es ehrlich gemeint wirkt und mir gut tut. Ich beende das Gespräch, weil ich jetzt für mich sein möchte. Hätte ich allerdings weiteren Kontakt gesucht, wäre nun die Gelegenheit gewesen.

Im Appartement öffne ich mir eine Flasche Wein, setze mich auf die Terrasse und sinniere. In meinem Leben dreht sich alles nur um mich, es geht um meine Krankheit, meinen Schlaf, meine Arbeit, meine Launen. Liebe und Anteilnahme sind mir fremd, meine Freundin ist mir fast egal, ich bin tatsächlich ein Egoist. Es täte auch mir gut, mich weniger mit mir selbst zu beschäftigen und mehr mit meiner Umgebung. Mehr Anteilnahme meinerseits setzt bei meinem Gegenüber positive Energie frei, so dass es letztendlich auch mir besser geht.

5. Das Meer

Am nächsten Morgen schrecke ich aus dem Schlaf auf, wie ein Schiffshorn trötet es durch mein Schlafzimmer. Von meiner Terrasse kommt das Geräusch mit infernalischer Lautstärke und dringt durch mein offenes Fenster. Wütend springe ich auf, reiße den Vorhang zur Seite und sehe auf dem Geländer vor mir einen großen Vogel sitzen. Arglos und neugierig schaut er mich an. Er ist fast so groß wie eine Wildgans, hat aber einen grazilen Hals und einen gebogenen langen Schnabel. Auch ist er zwar grau wie eine Maus, aber sein Gefieder changiert obendrein in einer Mischung aus Rose und Violett im Morgenlicht. Erstaunlich ist nur, dass ein solch herrliches Geschöpf so hässliche Laute von sich geben kann. Wir blicken uns an, unentschlossen was wir miteinander wollen und belassen es dabei. Er bleibt stolz sitzen, ich werfe mich wieder auf das Bett, die erhabene Schönheit des Vogels vor Augen. Seinen Namen finde ich auf Anhieb im Internet, als ich mich auf seinen lautstarken Schrei beziehe. Es ist ein Hadada.

Nun bin ich wach, endlich einmal fühle ich mich frisch, habe keine Kopfschmerzen und kein Augenzucken.

Als ich das Haus verlasse, wirft die Sonne noch lange Schatten, die feuchte Luft riecht nach Seetang und der Strand ist menschenleer. Auf der Düne suche ich mir einen erhöhten Aussichtspunkt und setze mich in den kühlen Sand. Das Meer liegt spiegelglatt vor mir. Meine Augen folgen einer Möwe, die über die glasige Fläche schwebt. Ich liebe die friedvolle Stimmung des jungen Morgens.

Dann kündigt sich eine Unterbrechung an, der Horizont formt ein Wellblech ähnelndes Relief, ein Set von lang gezogenen Wellen läuft langsam auf mich zu und wird zusehends steiler. Abrupt bricht die Welle an einem Punkt, dort scheint eine Untiefe zu sein. Von links beginnend und nach rechts fortsetzend verwandelt sich die symmetrische Schönheit donnernd in eine weiße Gischtwalze. Sie fällt schnell in sich zusammen, nur noch

Überreste davon erreichen das Ufer unter mir. Dann ist es wieder ruhig, als sei nichts geschehen.

Ich werde nicht müde, mir am Horizont immer wieder eine Welle auszuwählen und mir vorzustellen, wie ich sie anpaddeln und in Sinuskurven abreiten würde. Die See hat meditative Wirkung auf mich, ich werde eins mit ihr, alles andere verschwindet und meine Aufmerksamkeit ist für lange Zeit gefangen. Aus meiner Versenkung werde ich erst geweckt, als eine Fußgängerin hinter mir beginnt mit ihrem Hund zu sprechen. Ich stehe auf, grüße sie freundlich und gehe zum Haus zurück, um meinen Vorsätzen zu folgen.

Mein Surfbrett gurte ich auf das Autodach und fahre los in Richtung Muizenberg. Auf der östlichen Seite der Kaphalbinsel liegt der kleine Surferort am Ufer der lang gezogenen False Bay. Dort läuft eine gute Welle, das Wasser ist deutlich wärmer als an der Westküste und lockt allerlei Wassersportler an. An der noch leeren Promenade parke ich und zwänge mich in meinen Neoprenanzug. Drei kleine schwarze Punkte erkenne ich im türkisen Lineup* und freue mich, dass ich nicht der erste frühe Surfer bin.

Dann paddele auch ich hinaus. Zunächst genieße ich das kühle salzige Wasser, das mir bei jeder Welle ins Gesicht klatscht. Aber die sich ständig vor mir neu aufbauenden Kämme zu überwinden ist sehr anstrengend. Meine Nackenmuskulatur beginnt schnell zu schmerzen, ich bin nicht mehr trainiert und versuche meine Erschöpfung als Herausforderung zu betrachten. Hinter dem Break warten auch die anderen Surfer, das Meer ist hier glatt und zeigt mir seinen sandigen Grund. Ich rufe den anderen einen Gruß zu, den sie erwidern. Zunächst ruhe ich mich auf meinem Brett aus und lasse meinen Blick über das sich bietende Panorama schweifen. Unmittelbar hinter dem kleinen Ort erhebt sich schroff ein Felsmassiv, das die Morgensonne in goldenes Licht taucht. Ich lasse mir Zeit, die am Hang liegenden alten Villen zu betrachten. Dann reiße ich mich von dem friedlichen Anblick los und paddele die erste Welle an, werde aber direkt über mein Brett geworfen und durchgewirbelt wie eine Socke in der Waschmaschine. Der zweite Takeoff* gelingt, hier sind die Wellen harmlos, langsam und endlos laufend. Ich gleite schräg zum Hang ohne zu kurven. Um nicht wieder mit dem Weißwasser kämpfen zu müssen, steige ich rechtzeitig aus, indem ich mich über den steil werdenden Wellenhang nach hinten werfe. Dann paddele ich noch einmal hinaus. Hinter dem Break wundere ich mich, wo die anderen Surfer geblieben sind, da die Bedingungen nicht schlechter geworden sind. Ich schaue in alle Richtungen, aber kann niemand mehr finden. Sie sind bestimmt zur Arbeit. Als ich in Richtung des Ufers blicke, sehe ich die Kollegen dort auf und nieder hüpfen, als ob sie Aufwärmübungen machen. Sie sind weit entfernt, doch genau betrachtet winken sie nur wild mit der einen Hand, die andere halten sie über dem Kopf wie einen Hahnenkamm. Unter Surfern ist es das Signal für die Anwesenheit eines Haies, realisiere ich in dem Moment. Die Warnung gilt mir, da ich der Letzte auf dem Wasser bin. Da höre ich auch eine Sirene und sehe, wie an einem Fahnenmast am Ufer eine Fahne in die Höhe gezogen wird. Sie ist weiß und hat den Umriss eines Haies in Schwarz abgebildet. Es wird mir mulmig zumute und ich blicke in alle Richtungen um mich herum. Ich weiß, dass es hier Weiße Haie gibt. Unfälle passieren aber äußerst selten. Haie fressen Robben und interessieren sich nicht für Menschen, das ist allgemein bekannt. Sie können deinen Pulsschlag spüren und reagieren auf Bewegungen. Ruhig zu bleiben gestaltet sich allerdings schwierig in Anbetracht der Gefahr unter mir. Wenn ich mich auf das Brett lege, sind meine Beine sicher, aber ich sehe wenig und kann kaum reagieren. Um nicht überrascht zu werden, bleibe ich aufrecht sitzen und drehe mich langsam um meine Achse. Schließlich sehe ich einen Schatten etwa zehn Meter von mir. Das Wasser ist so klar, dass mein Blick ihm folgen kann, dem Herrscher der Meere. Er dreht weit vor mir ab und zieht langsam einen Kreis um mich herum. Ich schätze ihn fast doppelt so lang wie mein Surfboard. Mein Körper schüttet massiv Adrenalin aus, ich bin völlig klar und versuche nicht panisch zu werden. Mein Puls rast und das wird ihm nicht entgangen sein. Die zweite Runde zirkelt er ein bisschen näher um mich herum, ganz uninteressiert scheint er nicht zu sein. Als die Reflexion des Wassers seine Kontur kurz verschluckt, werde ich hektisch in meinen Bemühungen ihn wieder zu erspähen. Ich nehme mir vor, ihn zunächst zu Treten oder Boxen, falls er zu nah kommt. Wenn das auch nicht hilft, werde ich mein Board zur Verteidigung verwenden. Während ich noch meine Alternativen durchdenke, höre ich das Jaulen eines Motors und sehe aus dem Augenwinkel einen Jetski auf mich zurasen. Ich konzentriere mich aber weiter auf den Hai, der scheinbar unbeirrt sein Kreisen fortsetzt. Endlich erscheint der Jetski neben mir, eine starke Hand greift mich ungefragt am Oberarm und zieht mich hinter sich auf den Sitz. Der Motor jault auf und ich bin in Sicherheit. Der Lifeguard muss neugierig auf den Besucher sein, denn er dreht noch einmal ab und zieht eine Kurve mit weitem Abstand um den Schatten. Der gleitet weiter lautlos durch sein Element, nun hinaus auf das Meer, seine Bewegungen sind erhaben und kaum merklich. Die graue Eminenz schenkt uns scheinbar keine Aufmerksamkeit und man ist geneigt, seine Erscheinung als eine Illusion zu betrachten. Dann hat sich der Schatten, so wie er kam, wieder im grün des Wassers auflöst, als sei er nie dort gewesen.

Auf dem Weg zum Ufer schleppen wir mein Surfbrett an der Leash* hinter uns her. Der Jetski setzt auf dem flachen Strand auf, ich steige ab und freue mich wieder festen Boden unter den Füßen zu haben. Obwohl meine Knie noch zittern muss ich mir schizophrener Weise eingestehen, dass ich bester Laune bin, geradezu euphorischer Stimmung.

Der blonde muskelbepackte Liveguard ist noch nicht lange volljährig und entspricht mit seinem rotgelben Trikot vollends den Filmklischees Hollywoods. Er fasst mir professionell am Strand unter den Arm wie einer alten Dame, schaut durch sein blondes Pony besorgt in mein Gesicht und fragt:

"Bist du o.k., brauchst du Hilfe? Wenn du einen Schock hast, könnte es sein, dass du kollabierst. Du bist ziemlich weiß im Gesicht, willst du dich setzen?"

Er wird gewohnt sein, dass die Geretteten unter Schock stehen und sich daher um meinen Kreislauf sorgen. Mein Teint nach den Monaten deutschen Winters lässt sich auch bestimmt leicht mit anämischer Blässe bei Kreislaufversagen verwechseln.

"Hi, mein Name ist Marcel.", antworte ich und strecke ihm die Hand entgegen.

Mit kräftigem Händedruck stellt er sich als Dave vor und ist verwundert, dass ich ansprechbar bin.

"Das war ein Riesenexemplar, mein Gott, kommen die hier häufiger so nah zum Strand?"

Der Liveguard schaut mich befremdet an und sagt:

"Du hast mächtig Glück gehabt, der Sharkspotter oben am Berg hat gerade um 8.00 seine Arbeit begonnen, als er schon den Hai im Wasser sah und sofort Alarm gegeben hat. Die anderen Surfer warnten sich zuvor gegenseitig und waren schnell am Ufer. Nur du bist draußen geblieben. Der Hai zeigte Interesse an dir, das erkennt man daran, dass er beginnt konzentrische Kreise zu ziehen. Normalerweise passiert nichts, vorsichtshalber holen wir aber immer alle aus dem Wasser."

"Nach dem zweiten engeren Kreis warst du da, ich hatte mir schon Verteidigungsstrategien ausgedacht.", entgegne ich lachend, immer noch völlig überdreht.

Dave blickt mich nun grimmig an und blafft: "Das ist kein Spaß hier, du solltest nur ins Wasser gehen wenn die Sharkspotter ihre Arbeit leisten, zwischen 8.00 und 18.00 Uhr, das hätte dich dein Leben kosten können!"

"Entschuldige bitte. Ich bin hier zum ersten Mal wieder seit Ewigkeiten Surfen, es scheint sich einiges geändert zu haben. Ich wusste nicht einmal, dass es hier überhaupt Sharkspotter gibt. Auf jeden Fall möchte ich dir danken!", antworte ich und klopfe ihm zum Abschied auf die Schulter.

Mit meinem Surfboard unter dem Arm gehe ich noch leicht zittrig aber gut gelaunt den Strand entlang. Der Liveguard blickt mir nur kopfschüttelnd nach.

An der Promenade reihen sich Surfshops und Gastronomien aneinander. Eines der Restaurants hat gerade die Türen geöffnet, von hier aus habe ich eine schöne Aussicht. Ich setze mich hinein und bestelle mir Frühstück. Vor mir am Strand geht alles seinen Weg wie bestimmt jeden Morgen. Ein Straßenfeger arbeitet auf dem Bürgersteig, die ersten Touristen spazieren am Ufer entlang und Möwen trippeln kreuz und quer. Nur sind keine Surfer mehr im Wasser zu sehen. Hätte mich der Hai attackiert, stände jetzt ein Krankenwagen mit Blaulicht hier am Ufer. Oder ein Leichenwagen im schlimmsten Fall, wenn er noch etwas von mir übrig gelassen hätte. Trotzdem möchte ich das Erlebnis nicht missen. Als ich den Hai sah, fühlte ich mich so gegenwärtig und lebendig wie selten zuvor. Ich habe endlich wieder am Leben teilgenommen und das tut mir gut. Jeden Moment dort im Wasser habe ich abgespeichert, seine Bewegungen, das Licht, die Farben, meine Gefühle. Nichts davon werde ich jemals vergessen. Etwas hat sich in mir verändert, so scheint es mir. Früher, vor meiner Krankheit, konnte ich mich über positive, entspannende, lustige Erlebnisse freuen, es musste nichts Besonderes sein. Ich ging ins Kino, Spazieren oder Fahrradfahren. Ich bewegte mich in meiner Komfortzone und das reichte mir, um glücklich zu sein. Vielleicht haben meine Depressionen meine Endorphinproduktion reduziert, jetzt brauche ich mehr Spannung, um in Wallung zu kommen. Stellvertretende Belustigungen auf dem Bildschirm oder der Tribüne sind nicht genug. Ich genieße die Erregung selbst teilzunehmen zu sehr und nehme in Kauf, dafür bestraft zu werden. Es ist wie eine Droge für mich, der Kick des Augenblicks holt mich ins Leben zurück.

Jetzt ist mein Körper entspannt, meine Muskeln schmerzen leicht von der ungewohnten Anstrengung und endlich habe ich einmal wirklich Hunger. Ich meine, richtig Hunger wie ein Holzfäller oder Leistungssportler, so dass es fast schon schmerzt in den Gedärmen und ich alles essen könnte. Ich verschlinge das opulente Surferfrühstück mit 4 Eiern. Jeden Bissen genieße ich wie ein Sternemenu und hoffe dieses Gefühl konservieren zu können.

Auf dem Weg zum Auto sehe ich ein kleines Haus auf der Promenade mit einem Schild über dem Eingang "Sharkwatch Muizenberg". Das macht mich neugierig und ich gehe dort hin. Vor dem Haus steht eine Tafel, die informiert über die verschiedenen gesicherten Strände. Bei Muizenberg Beach ist mit blauem Filzstift vermerkt: Datum 12.11. Wassertemperatur 18°, gute Sicht, um 8.01 Uhr 1x gesichtet. Das war mein Hai. Es gibt daneben auf einer anderen Tafel eine Auflistung der Sichtungen der letzten Wochen, die Liste ist lang. Demnach wird hier alle paar Tage vom Aussichtspunkt oben am Berg ein Hai gesichtet und manchmal sogar mehrfach am Tag, zumindest wenn das Wasser klar genug ist, um etwas erkennen zu können. Also war mein Erlebnis selbst einen Hai zu sehen gar nicht so ungewöhnlich, wie ich zunächst dachte, allerdings vom Surfbrett aus mit Sicherheit selten. Wenn sie uns fressen wollten, würden sie es machen und es gäbe hier unzählige Unfälle. Scheinbar verketten sich nur alle paar Jahre die unglücklichen Umstände und dann passiert ein Angriff. Wenn es allerdings diese wunderbaren Meeresbewohner nicht gäbe, wäre die Menschheit der Spannung und Abenteuer beraubt, die ich heute nicht mehr missen wollte.

Am Auto angekommen ziehe ich mich um. Als ich mich in der Seitenscheibe gespiegelt betrachte, stelle ich fest, dass sich die Wölbung meines Bauches etwas zurückgebildet hat. Ich bilde mir ein, nicht mehr ganz so wurstig auszusehen und fühle mich wohler in meinem Körper. Fast schon fröhlich zumute starte ich den Benz und mache mich auf den Weg durch die sommerliche Landschaft. Das Gras an den Hängen der Muizenberg Mountains glänzt goldgelb, auf dem Mittelstreifen der Autobahn wachsen bunt blühende Oleanderbüsche. Dann schlängelt sich die Straße um die Rückseite des Tafelbergs durch Rondebosch. Die Wolken bleiben an den Berggipfeln hängen, die Vegetation ändert sich. Die Hänge sind üppig und fast tropisch bewaldet, unten am Straßenrand wachsen Eichen neben Hibiskusbüschen, die hier zu Hibiskusbäumen mutieren. Die Konturen wirken schärfer und die Farben intensiver als im europäischen Sommer. In großer Höhe gleitet ein Raubvogel entlang des Hanges durch das tiefe Blau des Sommerhimmels. Ich stelle mir vor, aus seiner Perspektive den Blick über die weite Ebene bis zu den Hottentotmountains schweifen zu lassen und Freude durchdringt meine Brust. Bei einem Supermarkt halte ich und kaufe ein paar Lebensmittel. Dann setze ich meine Fahrt fort, an einer Ampel steht ein Junge und verkauft Beutel mit herrlichen reifen Orangen. Der Range Rover vor mir hält, der Junge freut sich und reicht den Sack durch das Fenster. Während er auf seinen Lohn wartet, springt das Licht schon wieder auf Grün. Das Auto fährt zügig los, der Junge sprintet zunächst noch nebenher und gibt schließlich auf. Unerwartet erscheint doch noch eine Hand im Fenster und lässt einige Münzen ein Stück weiter auf den Asphalt fallen. Sie rollen in alle Himmelsrichtungen. Dass die Hand keine weiße war, sollte meine Wahrnehmung des Vorganges nicht beeinflusst haben, doch ertappe ich mich dabei, dass es mich noch mehr schockierte.

In meinem Appartement falle ich in mein altes Muster zurück, lege mich ins Bett und schlafe etliche Stunden. Als ich aufwache, bin ich grummelig und weiß nichts mit mir anzufangen. Der Zettel mit Machbubas Telefonnummer ruft sie mir wieder in Erinnerung. Sie wird mich vergessen haben, rede ich mir ein und vertage jegliche Aktivität. Ich gammele noch etwas im Appartement herum, trinke Kaffee und mache mir klar, dass sich von alleine nichts in meinem Leben ändern wird. Um meinem Stimmungstief zu entkommen, muss ich ins Leben treten und wähle ihre Nummer. Machbuba nimmt gleich mein Gespräch entgegen, als hätte sie darauf gewartet.
Einladend zwitschert sie: "Hallo, Hallo...."
Ich stelle mir ihr fröhliches Gesicht auf der anderen Seite vor und versuche meiner Stimme ein angenehmes Timbre zu geben.
"Hallo Machbuba, erinnerst du dich an mich, ich bin Marcel, der von vorgestern Abend?"
"Klar erinnere ich mich. Wie geht es dir?"
"Gut geht's, und dir?
"Gut gut, danke."
"Magst du heute Abend mit mir essen gehen?"
"Ich hätte nicht gedacht, dass du anrufst. Gerne gehen wir essen, wo treffen wir uns?"
"Ich hole dich zu Hause ab, wenn du willst."

"Lass uns in der Stadt treffen, o.k.?"
"Alles klar, ich schicke dir gleich eine Nachricht mit der Adresse des Restaurants, sagen wir um 20.00?"
"Ich freue mich, bis heute Abend.", flötet sie in höchster Tonlage und hängt ein.
Warum sie sich nicht zu Hause abholen lassen will gibt mir zu denken, vielleicht hat sie einen Freund. Mein Selbstbewusstsein hat in der letzten Zeit gelitten, doch sie freut sich offensichtlich über meinen Anruf und das schmeichelt mir. Ich suche nach einem etwas romantischer anmutenden Restaurant im Internet und reserviere es.

6. Hautfarbe

Da fällt mir ein, dass ich ihren Namen im Internet recherchieren wollte. Zunächst finde ich folgenden Eintrag in Wikipedia:
„Machbuba, zunächst Ajiamé genannt, ursprünglich Bilillee, wohl vom Volk der Oromo, war eine minderjährige Sklavin, die Fürst Hermann von Pückler-Muskau 1837 in Kairo kaufte. In einem Brief an seine Gemahlin Lucie bezeichnete er sie als Maitresse."
Das macht mich neugierig und ich lese im Archiv des Fürsten Pückler weiter über die romantisch beginnende und tragisch endende Geschichte der schönen Namensvetterin meiner heutigen Verabredung:
„Zum europäischen Gegenstand des fasziniert-empörten Klatsches machte der 52-jährige Fürst sie dadurch, dass er sie 1837 auf einem ägyptischen Sklavenmarkt als 11 bis 12-jährige kaufte. Er nahm das halbe Kind als Freigelassene auf seine Reisen bis Bagdad und Istanbul mit, lehrte sie Lesen, Schreiben und Italienisch und brachte sie nach Europa. Ihre beiderseitige Zuneigung ist bezeugt, ihr durchaus liebevoller Briefwechsel ist teilweise erhalten. Er ließ sie auch nicht im Orient oder in Venedig zurück, sondern im Gegenteil: Mit der ihm eigenen Bedenkenlosigkeit stellte er sie sogar am kaiserlichen Hofe in

Wien vor. Seiner Absicht, sie auch mit nach Berlin zu bringen, stellte sich seine geschiedene Frau, Fürstin Lucie von Pückler-Muskau, entgegen, vermutlich weniger aus Eifersucht, als um nicht vor dem Königshof blamiert zu werden. So blieb Machbuba in Muskau, einem Städtchen, in dem Pückler selber sich ungern lange aufhielt. Dort erkrankte sie an einem Lungenleiden und starb, allein, schon 1840."

Als ich den Namen Lucie lese, durchzuckt es mich unangenehm. Was für eine Analogie, kann das Zufall sein, frage ich mich und lese weiter. Fürst Pückler selbst schrieb über Machbuba:

„Den Charakter dieses originellen Mädchens zu studieren, an dem die Zivilisation noch nichts hatte verderben noch verbessern können, war im Verfolg der Reise eine unerschöpfliche Quelle von Vergnügen für mich, und es tat diesem Studium durchaus keinen Abbruch, dass sein Gegenstand zugleich an Schönheit der Formen die treueste Kopie einer Venus des Tizian war, nur in schwarzer Manier. Als ich sie kaufte und aus Furcht, dass mir ein anderer zuvorkommen möchte, den geforderten Preis sofort auszahlen ließ, trug sie noch das Kostüm ihres Vaterlandes, das heißt nichts als einen Gürtel aus schmalen Lederriemen, mit kleinen Muscheln verziert. Doch hatte der Sklavenhändler ein großes Musselintuch über sie geworfen, das aber vor den Kauflustigen abgenommen wurde und daher der genauesten Beurteilung kein Hindernis in den Weg legte. Wir waren vier oder fünf ‚junge Leute' und staunten alle über das makellose Ebenmaß des Wuchses dieser Wilden, mit dem sie ein chiffonniertes Charaktergesicht verband, wie ich es gerade liebe, ohne dass dies übrigens auf große Regelmäßigkeit Anspruch hätte machen können."

Ich gehe auf die Terrasse hinaus und schaue auf das Meer. Die traurige Geschichte Machbubas geht mir nicht aus dem Kopf und Bilder beflügeln meine Fantasie. Ein Mädchen auf einem Sklavenmarkt in Ägypten zu kaufen muss selbst früher ein Abenteuer gewesen sein. Ich sehe in glühender Hitze auf einem sandigen Marktplatz einen schwitzenden, unrasierten dicken Mann vor schlanken schwarzen Mädchen stehen, die Ketten um ihre Füße tragen. Ihre Reihe laufen Männer ab, die sie lüstern inspizieren. Die Blicke der Mädchen sind ängstlich, wie alt werden sie sein? Das Alter spielte zu dieser Zeit keine Rolle, es gab kein Gesetz, das die Rechte von Kindern oder jungen Frauen schützte. Junge Mädchen wurden bestimmt wegen ihrer Jungfräulichkeit geschätzt. Noch heute sind Kinderehen in islamischen Ländern gängig. Doch was hat Pückler sich dabei gedacht einen Menschen zu kaufen? Die Leibeigenschaft war in Deutschland Anfang des 19ten Jahrhunderts abgeschafft, nicht aber in Ägypten. Zunächst kaufte er sie wahrscheinlich als Spielzeug für seine Reise. Der Kauf eines Menschen muss ihn in einen moralischen Zwiespalt gestürzt haben. Bestimmt beruhigte er sein schlechtes Gewissen, er würde sie vor Misshandlung und Missbrauch in seinem Besitz beschützen können. Er wird sich möglicherweise vorgenommen haben, sie nur dann anzurühren, wenn sie seine Zuneigung erwidert. Sie fühlte sich jedoch im Eigentum eines mächtigen und reichen Mannes, der vielleicht sogar nett und ansehnlich war. Wie viele Entführungsopfer wird sie vielleicht eine Art Stockholm Syndrom entwickelt haben. Heute wie damals haben Frauen in dieser Gegend der Welt Männern zu dienen. Sie wird zunächst in vorauseilendem Gehorsam alles getan haben, was er sich wünschen konnte. Was passierte dann? Lässt sich so auch die vermeintlich große Liebe erklären? Oder kann es anders gewesen sein, anders als der mitteleuropäische Mann und seine emanzipierte Frau es sich vorstellen kann? Hat er ihr nicht die Freiheit geschenkt, und mag es nicht Gefühle und Beziehungen gegeben haben, in die wir uns nicht hereinversetzen können? Kann sich Liebe entwickeln in Beziehungsverhältnissen, in denen der Mann die absolute Macht besitzt, die Unterordnung seiner Frau nicht verlangt, sie vielleicht sogar verwöhnt, aber jederzeit verlangen könnte? In Zeiten der Sklaverei, der Leibeigenschaft und Apartheid waren derlei Machtungleichgewichte institutionell zementiert.

In der heutigen modernen Gesellschaft ist es subtiler.

Die Sonne steht schon niedrig, als ich auf die Uhr schaue. Schnell dusche ich, ziehe mich um und fahre los. Es tut mir gut meinen Launen keinen Raum zu lassen. Ich schalte mein morsches Radio an und drücke auf das Gaspedal, heute Nacht will ich etwas erleben. Pünktlich um 20.00 parke ich vor dem Kloof Street House, einer alten Villa im Stadtzentrum. Machbuba ist noch nicht erschienen. Ich entscheide mich am Tisch auf sie zu warten, bestelle eine Flasche Wein und lasse meinen Blick durch den Raum schweifen. Fast ausschließlich weiße Gäste sitzen hier, die meisten Kellner sind schwarz. Ich trinke ein zweites Glas Wein und schaue auf die beleuchtete Straße. Meine Unruhe weicht einer angenehmen Entspannung, vielleicht so wie die Zufriedenheit meiner Studienzeit. Wenn Machbuba mich versetzt, wäre das auch nicht schlimm, denke ich gerade alkoholseelig, als ich eine Hand auf meiner Schulter spüre. Ich habe sie nicht kommen sehen, stehe auf und gebe ihr rechts und links einen Wangenkuss. Tief inhaliere ich den Duft, der ihrem Körper entströmt.

"Sorry, ich bin etwas spät.", entschuldigt sie sich gleich geschäftig und stellt ihre Handtasche auf den Tisch. Der Kellner rückt ihr den Stuhl zurecht, als sie sich setzt. Sie hat sich sorgfältig zurechtgemacht, trägt eine schulterfreies graues Top, enge Jens und hohe Absätze. Schmuck scheint sie zu mögen, Armreifen klimpern an ihrem Handgelenk, eine schwere silberne Uhr und eine goldene Kette kontrastieren ihre dunkle Haut.

"Wartest du schon lange? Ich komme gerade von einem Termin..."

Ich hatte mich schon des Privilegs erfreut, dass sie ihre exklusive Außenwirkung mir allein gewidmet hat. Meine Kleidung signalisiert nicht besondere Wertschätzung unseres heutigen Dates, denke ich revanchistisch. Was sie wohl für einen Termin in diesem Aufzug hatte? Ihre enge Jeans und die hohen Absätze sind ein weibliches Statement, die Auswahl ihrer teuren Accessoires zeigen Status.

"Ich war pünktlich, wie es sich für einen Deutschen gehört.", antworte ich ihr.

"Bist du typisch Deutsch?"

"Was die Pünktlichkeit anbetrifft bestimmt."

"Was gäbe es da noch?", hakt sie nach um Konversation zu machen.

Während der Kellner uns einschenkt und die Bestellung entgegen nimmt, habe ich Zeit, mir über ihre Frage Gedanken zu machen.

"Ich bin humorlos, verbissen, ängstlich, fleißig, unhöflich, und für afrikanische Verhältnisse reich. Einfach liebenswert."

Immerhin habe ich sie zum Lachen gebracht.

"Und du, wie bist du so?"

"Ich habe auch die landestypischen Charaktermerkmale, bin humorvoll, faul, höflich, locker und bin für europäische Verhältnisse arm.", antwortet sie lächelnd und vermutlich ironisch.

"Na, das passt ja super zusammen, Gegensätze ziehen sich an."

"Was hattest du denn gerade für einen Termin?", frage ich etwas zu neugierig.

"Ich habe mich beworben."

"Du studierst doch Psychologie, sagtest du letzte Tage."

"Genau, es ging um einen Nebenjob.", antwortet sie ausweichend.

Als das Essen gebracht wird, nehme ich mir Zeit, sie zu beobachten. Sie weiß sich zu benehmen, sitzt gerade, spricht nachdem sie sich mit der Serviette die wunderbar geschwungenen Lippen getupft hat und schaut mir beim Prosten in die Augen. Sie wirkt, als ob sie sich in der Atmosphäre teurer Restaurants bestens auskennt. Nichts anderes hätte ich bei ihrem Auftritt erwartet.

"Du sagtest, du bist Berater, erzähl doch mal.", fragt sie höflich, um die Konversation in Gang zu halten.

Was soll ich ihr heute erzählen, ich möchte nicht allein sein, wünsche mir einen unterhaltsamen Abend in hübscher Begleitung und erwarte keinen Sex. Meine Probleme interessieren sie bestimmt nicht.

"Ich bin Gesellschafter in einer Unternehmensberatung für strategisches Consulting in Berlin.", antworte ich, ohne anzumerken, dass eine Rückkehr in mein Arbeitsverhältnis nicht einfach sein wird.

"Und nun machst du Urlaub?", fragt sie erwartungsgemäß ohne wirkliches Interesse an meinem zugegebener Maße nicht so aufregendem Job.

"Ich arbeite schon recht lange zu intensiv und habe mir einen längeren Urlaub verordnet."

Unser Gespräch plätschert noch ein wenig hin und her, wir beide berichten von unserer vermeintlich heilen Welt, bis Machbuba gähnt und sich entschuldigt.

"Es tut mir leid, ich muss gehen, da ich morgen früh aufstehen muss. Bitte sei mir nicht böse."

Wir verabschieden uns am Tisch, sie gibt mir einen Kuss rechts und links und lässt mich allein.

Das war direkt, denke ich mir, als ich ihr nachschaue. Doch unerwartet dreht sie sich noch einmal um und kommt zurück:

"Sollten wir uns noch einmal treffen, sollten wir ehrlich sein und nicht die Zeit miteinander verschwenden, o.k.?"

Ich nicke sie perplex an, sie wartet keine Antwort ab, dreht sich auf dem Absatz um und verschwindet nun endgültig.

Ich bin überheblich, habe sie unterschätzt und sie hat mich durchschaut, geht es mir durch den Kopf. Dass sie die Option offengelassen hat, sich noch einmal zu treffen, obwohl sie von unserem Small Talk gelangweilt war, freut mich. Wäre sie nicht zurückgekehrt, hätte auch ich bestimmt nicht das Interesse an einem weiteren gemeinsamen Abend gehabt. Ich trinke mein Glas noch leer und fühle mich nun einsam allein am Tisch. Auf der Rückfahrt denke ich noch einige Zeit über Machbuba nach. Ich kann sie nicht einschätzen und das macht mich neugierig. Sie wirkt selbstbewusst und intelligent, stolz und reserviert, lässt mich gerne zappeln und zeigt dann aber doch Interesse an mir.

Ich bin nicht einmal dazu gekommen, sie auf ihren Namen anzusprechen.

Am nächsten Morgen wache ich spät auf. Ich habe schlecht geschlafen und muss mich zu einem Strandspaziergang zwingen. Es dauert eine Weile, bis die Schatten der düsteren Träume durch die Sonne und die frische Luft vertrieben werden. Später sitze ich in einem Kaffee am Strand und frage mich, was ich mit dem Rest des Tages anfangen möchte. Nichts reizt mich wirklich, obwohl es genügend Aktivitäten in unmittelbarer Umgebung gibt, die Touristen mögen sollten. Ich nötige mich zu einem Museumsbesuch mit dem Vorsatz, das Unterfangen abzubrechen und mich in eine Bar in der Stadt zu einem frühen Sundowner zu begeben, falls ich mich langweilen sollte. Stelle ich mir eine gemütliche Lounge mit dem Blick auf das Meer vor, angenehme Musik und ein kaltes Glas Sauvignon Blanc in meiner Hand, könnte ich mich auch direkt und ohne Umweg dahin begeben. Kurz bevor ich meine kulturbeflissenen Vorsätze zugunsten stumpfer Betäubung fallen lasse, schreibe ich eine Nachricht an Machbuba:

"Lust auf ein gemeinsames Abendessen heute Abend? Ich gelobe Besserung!"

Schon Minuten später kommt die Antwort: "Gerne"

Ich schicke ihr die Adresse eines Restaurants mit der Frage, ob ich sie Abholen soll.

Die Antwort ist wie gestern ablehnend: "Wir treffen uns dort."

Mit der Aussicht auf ein unterhaltsames Date mit Machbuba, verschiebe ich den Sauvignon auf den Abend. Das Zeitz-Mocaa-Museum, dessen Besuch ich mir für heute vornehme, soll kein gewöhnliches Museum sein. Es wurde gerade erst von dem deutschen Manager Zeitz ins Leben gerufen, zeigt afrikanische Kunst und liegt am Hafen Kapstadts.

Als ich davor stehe, überrascht mich schon das Äußere des Gebäudes. Das Fundament scheint ein alter Getreidesilo zu sein, auf dem ein moderner gläserner Aufbau thront. Als ich ins Foyer trete, bestätigt sich der Eindruck. Das Gebäude ist tatsächlich ein ehemaliger riesiger Futterspeicher. Wie bei einem Schweizer Käse wurden in die vertikalen Trichter horizontale Gänge hineingefräst, die runden Strukturen aus grauem Zement wurden poliert und blieben erhalten. Der Blick zur bestimmt 20m hohen Decke gibt mir das Gefühl, mich in einer überdimensionalen Kirchenorgel zu befinden. Mit einer derartigen architektonischen

Extravaganz habe ich hier nicht gerechnet. Das Publikum ist gemischt, viele Touristen sind unter den Besuchern aber auch Schulklassen. Zunächst laufe ich lustlos durch die Räume in der Erwartung, Bilder und Objekte wie in europäischen Museen zu sehen, finde aber tatsächlich gänzlich Neues was mich interessiert. In einem großen Raum stehe ich verblüfft vor einer Vielzahl von geisterhaft im Raum schwebenden Tierfellen, denen durch Harz menschliche Form verliehen wurde. Ich verlasse das Museum mit der Erkenntnis, dass ich mich von meinen Vorstellungen von Afrika lösen muss, um es besser zu verstehen. Was ich heute sah, war nicht das kulturelle Erbe der weißen Kolonisatoren, sondern hat seinen eigenen Geist, den es zu erkunden lohnt.

Auf der Fahrt nach Hause denke ich über ein Foto der Ausstellung nach. Es zeigt einen Warlord mit allen Accessoires der Mode und des Luxus ausgestattet, lachend mit verspiegelter Ray Ban Pilotenbrille, Maschinengewehr und Zigarre im Mundwinkel. Er hat es geschafft, ist der Inbegriff von Macht und Reichtum aber auch der Antagonist von Rechtschaffenheit und Understatement.
Es scheint die Natur des Menschen zu sein, sich nur von seinesgleichen den Spiegel vorhalten lassen zu wollen.

7. Macht

Erst als das Abendlicht golden in mein Appartement fällt, quäle ich mich wieder aus dem Bett, schenke mir ein Glas Rotwein ein und nehme es mit ins Bad. Unzufrieden betrachte ich mein verkommenes Spiegelbild, nehme eine Dusche und versuche danach mit Cremes und Cologne meinen Eindruck zu verbessern. Dann fahre ich in die Stadt.

Eine Viertelstunde zu spät betritt Machbuba das Restaurant, bleibt am Eingang stehen und blickt rechts und links. Gestern in

Jeans war sie eine attraktive Frau, jetzt ist sie eine Erscheinung. Sie trägt ein beiges hautenges Kleid, das ihren wunderbaren Körper modelliert, ein Cape über ihren Schultern, die schicke Tasche und hohen Schuhe geben ihr das Flair einer Dame bester Gesellschaft. Dann sieht sie mich, ignoriert den wartenden Manager und kommt gerade auf mich zu. Ich springe etwas zu schnell auf und gehe ihr entgegen, küsse sie rechts und links und biete ich ihr einen Stuhl an.

"Dein Anblick verschlägt mir die Sprache.", beginne ich unser Gespräch.

"Mit viel Mühe für dich inszeniert, aber wenn es dir gefällt, hab ich mein Ziel erreicht.", lacht sie mich an und ich bin verzaubert.

"Was ist denn dein Ziel?", hake ich nach.

"Dich zu verführen, dir dein Herz zu brechen und dich dann sitzen zu lassen.", antwortet sie und zeigt mir schelmisch ihre Grübchen.

"Warum solltest du? So grausam siehst du gar nicht aus."

"Das ist nur der Schein, ich gebe vor liebenswert zu sein und dich zu bewundern, deine Sklavin zu sein. Und wenn du mir dann verfällst, ist es zu spät."

"Meinst du, ich wünsche mir eine Sklavin?"

"Viele Männer zumindest.", antwortet sie vielsagend.

"Wie eine Sklavin wirkst du nicht.", antworte ich und fühle mich etwas gehemmt das Thema aufzugreifen, aber sie hat es schließlich auf den Tisch gebracht.

"Bin ich aber in gewisser Hinsicht, was nicht heißt, dass man keinen Spaß daran finden kann."

"Erkläre mir das mit der Sklavin. Du machst mich neugierig."

Sie hält einen Moment inne, schaut mich an und überlegt, wie sie beginnen soll.

"Hast du die Geschichte des deutschen Fürsten Pückler gelesen?"

Ich bin entzückt, wie sie mit der deutschen Aussprache ringt und von King Pukla spricht.

"Natürlich habe ich meine Hausaufgaben gemacht."

"Meine Familie floh auch aus Äthiopien, als ich ein kleines Kind war, aus der Gegend, aus der meine Namensvetterin stammte. Mein Vater setzte mich aus und versuchte mit meiner Mutter und meinen Brüdern zu überleben. Ich hatte Glück, ich wurde von einer Hilfsorganisation nach Südafrika gebracht. Hier wurde ich von einer Gastfamilie auf dem Land in Freestate aufgezogen. Ich sollte ihnen dankbar sein, aber mir ist dort nicht nur Gutes passiert. Vielleicht habe ich auch etwas von meinen leiblichen Eltern abbekommen, was mich dazu antrieb, etwas aus meinem Leben zu machen. In der Schule war ich sehr ehrgeizig und bekam ein Stipendium. So bin ich nach Kapstadt gekommen. Ich studiere Psychologie, bin arm wie eine Kirchenmaus und das ist auch der Grund, warum du nicht zu mir nach Hause kommen kannst. Ihr Europäer könnt euch nicht vorstellen, wie wir hier leben."

Wir werden durch den Kellner unterbrochen und bestellen noch eine Flasche Weißwein und das Essen.

"Weißt du, dass es tatsächlich noch Sklaverei in Afrika gibt?"

"Das es noch Menschen in Zentralafrika gibt, die in Zuständen leben, die der Sklaverei ähneln, habe ich gehört. Das Schicksal blieb dir doch erspart, oder?"

"Das wohl, aber ich habe genügend Unschönes erlebt.", antwortet sie und ihr Gesicht verfinstert sich in einer Mischung aus Wut und Verletzung.

"Was meinst du damit, willst du mir das erzählen?", frage ich sie vorsichtig.

"Später, aber erzähl du mir erst einmal deine Geschichte."

"Die ist nicht so spektakulär, willst du sie wirklich hören?"

"Natürlich, sonst wäre ich nicht noch einmal mir dir ausgegangen, also los! ", knufft sie mich, zeigt mir wieder lachend ihre so charmanten Grübchen und lässt mich alles Elend Afrikas kurzzeitig vergessen.

"Wir sind behütet aufgewachsen, mein Vater war ein erfolgreicher Unternehmer, der uns mit allem versorgte."

"Wo ist das Drama, sei ehrlich, was ist los mit dir.", unterbricht sie mich.

"Kommt schon noch, Frau Doktor.", antworte ich ihr und frage mich kurz, ob ich einer fast fremden Frau meine Geschichte erzählen soll. Vielleicht gerade weil sie fremd ist und Interesse für mich zeigt, lasse ich mich denn doch darauf ein und fahre fort.

"Mein Vater hatte nur wenig Zeit für uns. Als Kind war ich ein ehrgeiziger Sportler und schlechter Schüler. Für mein Wirtschaftsstudium verließ ich meine Heimatstadt und fand meinen ersten Job als Berater. Ich war ehrgeizig und arbeitete Tag und Nacht. Etwas veränderte sich mit der Zeit in mir und irgendwann gab es nur noch die Arbeit, ich definierte mich durch sie und verlor völlig den Spaß am Rest der Welt. Meine Freundin sah ich kaum noch und meine Freunde verloren ihr Interesse an mir. Schließlich brach ich zusammen, konnte nicht mehr arbeiten, blieb nur noch im Bett und bekam Selbstmordgedanken. Um aus der Spirale auszubrechen und nicht in der Psychiatrie zu enden, habe ich meine Sachen gepackt und bin hierher gekommen. Das war die Kurzversion.", beende ich meine Geschichte und fühle mich besser, mit offenen Karten zu spielen.

"Und wie gefällt dir Afrika, was hast du schon erlebt?"

"Ich war Surfen, Joggen am Strand und habe das Zeitz Mocca Museum besucht. Um ehrlich zu sein, musste ich mich dazu zwingen, um nicht den ganzen Tag im Bett zu bleiben und zu Rauchen und zu Trinken. Meine selbstverordnete Therapie soll sein, aktiv zu sein und Menschen kennenzulernen, um nicht auch hier in Apathie zu enden.

"So, bin ich also Teil deiner Therapie? Hast du eigentlich eine Frau?"

Einen Augenblick zögere ich, um eine zumindest relativ ehrliche Antwort zu geben.

"Meinen Beziehungsstatus würde ich als „schwierig" bezeichnen."

Als das Essen kommt, legen wir eine Gesprächspause ein, ich spüre, dass ihr etwas auf der Zunge liegt. Dann legt sie das Besteck zur Seite und beginnt:

"Ich habe kein Problem mit deiner Freundin, es hätte mich auch gewundert, wenn du Single gewesen wärest. Du bist hier, wir leben im Hier und Jetzt. Fürst Pückler scherte sich auch nicht um Konventionen. Können wir uns darauf einigen, ehrlich zueinander zu sein?"

Da ich gerade kaue, kann ich nicht antworten. Sie wartet, bis ich fertig bin, klopft mit den Fingern wartend auf die Tischplatte und schaut mich fragend an.

"Auf jeden Fall!", hebe ich meine Finger zum Schwur. "Ich bin übellaunig, humorlos, und unromantisch, aber zumindest ehrlich."

"Ich möchte dir etwas mitteilen, dass du sowieso erfahren wirst. Ich studiere Psychologie nicht nur aus fachlichem, sondern auch aus persönlichem Interesse im sechsten Semester. Ich habe einige Probleme, denen ich auf die Spur kommen möchte und die ich nicht mit einem Therapeuten besprechen möchte. Außerdem sollst du wissen, dass ich als Tänzerin arbeite. Ich nehme Geld für meine Unterhaltung und das nicht zu knapp. Nicht von dir, das ist etwas anderes und das kann ich bestens trennen, aber so finanziere ich mein Studium und den Rest meines Lebens. Im Übrigen habe ich oft Spaß an meiner Arbeit, da ich mich mit meinen schrägen Vorlieben ausleben kann, was sonst nicht immer so passt. Ich weiß nicht, ob du damit klar kommst. Wenn wir uns näher kennenlernen wollen, must du damit umgehen können. Wenn du nun gehen möchtest, beenden wir den Abend."

Fragend schaut sie mich an und macht eine Pause. Alle möglichen Gedanken gehen mir durch den Kopf, wilde Fantasien, was sie mit schrägen Vorlieben meinen könnte. Ich bin nicht prüde und die Vorstellung, von einer schönen exotischen Frau in die Welt ihrer abweichenden Sexualität entführt zu werden, bringt mein Herz dazu schneller zu schlagen. Erst einmal möchte ich mich auf den Flirt mit ihr einlassen, den Abend am Ausgang des Restaurants später zu beenden bleibt mir immer noch.

"Ich bin recht vorurteilsfrei, glaube ich zumindest. Erzähl mir, was du damit meinst, dich auszuleben?"

Machbuba bleibt mir zunächst die Antwort schuldig, lächelt sie mich vielsagend an und lässt ihre rosafarbene Zunge über ihre Lippen gleiten, als müsse sie sie anfeuchten.

"Hmmmm." zieht sie sich gekonnt, wissend, dass sie mich nun an der Angel hat. "Du bist aber ganz schön neugierig für das erste Date, lass doch noch etwas für den Nachtisch über."

Als ich ihr Gesicht mustere, bemerke ich auf beiden Wangen drei fast unsichtbare parallel zueinander verlaufende Narben. Käme sie aus Berlin oder New York würde man vermuten, sie hätte sich geritzt statt sich zu tätowieren.

"Was hast du für Narben auf deinen Wangen?", wechsele ich das Thema.

"Dort wo ich aufwuchs ist es Tradition, den kleinen Mädchen die Wangen einzuschneiden, man legt danach Kräuter auf die Wunden, damit die Narben sichtbar bleiben. Die Mütter müssen oft festgehalten werden, weil sie die Schreie und das Blut nicht ertragen können, und trotzdem halten sich diese Praktiken. Viele Mädchen werden auch noch beschnitten, vor allem in Zentralafrika, das Schicksal blieb mir aber glücklicherweise erspart."

Ich muss schlucken und frage mich, was für andere archaische Sitten dort noch vorherrschen, entscheide mich aber jetzt nicht weiter nachzufragen. Wir bestellen den Nachtisch und flaxen über dies und das, die Flasche Wein haben wir ausgetrunken und ordern noch zwei weitere Gläser. Machbuba ist ziemlich albern und ich bin schon recht betrunken. Sie zieht mich sehr an und ich habe noch nie eine schwarze Freundin gehabt. Ist es sie, die mich lockt, oder ist es nur die Fremdheit ihrer Reize, die mich anspricht? Wäre ich ein ängstlicher Mensch, hätte ich allen Grund, mich vor ihr in Acht zu nehmen. Sie ist bald ausgebildete Psychologin und kennt sich bestimmt nicht nur durch ihre Studien, sondern auch durch ihre Arbeit in allen Bereichen der männlichen Psyche aus. Dazu kommen die Erfahrungen, die ein Leben im Township mit sich bringt und sie abhärten. Es wäre ein gefährliches Spiel, ihr zu nahe zu kommen, mich auf sie einzulassen. Doch die Gefahr ist nicht wirklich gegeben, so wie ich augenblicklich mit mir selbst beschäftigt bin. Ich habe andere Sorgen, egal wie bezaubernd Machbuba auch ist, wische ich alle meine Bedenken zur Seite.

"Du sagtest gerade „uns", hast du Geschwister?", fragt sie und ich bin erstaunt, was für eine aufmerksame Zuhörerin sie ist.

"Ja, einen Bruder, er ist zwei Jahre jünger. Wir haben nicht so viel Kontakt, er wohnt immer noch in meiner Heimatstadt, hat eine Familie und arbeitet als Anwalt."

"Und hast du Kontakt zu deinen Eltern?"

"Zu meiner Mutter ja, mein Vater ist vor einem Jahr gestorben."

"Und was ist mir dir, hast du Kontakt zu deiner Pflegefamilie?"

"Ja, ich versuche ihnen etwas von dem zurückzugeben, was ich von ihnen erhielt, insbesondere meiner Mutter."

"Das hört sich doch gut an.", bemerke ich, nachdem ich eher ein Drama erwartete. "Na ja, mein Vater gab mir nie die Liebe, die er meiner Schwester, also seiner leiblichen Tochter gab. Ich fühlte mich immer zurückgesetzt und hab mir manchmal verrückte Dinge einfallen lassen müssen, um seine Aufmerksamkeit zu erlangen."

"Zum Beispiel?"

"Für meine schulischen Leistung erhielt ich keinen Lob, für braves Verhalten auch nicht, also provozierte ich meinen Vater so lange, bis er mir den Hintern verhaute. An seinen freien Tagen machte mein Vater Mittagsschlaf und der war heilig. Ich schlich in sein Zimmer, seine Decke hob und senkte sich und er schnarchte. Spätestens wenn ich ihn zum dritten Mal weckte, bekam ich eine Abreibung. Andere Kinder ärgerte ich, bis sie mich jagten und verprügelten, dann verarzte mich mein Vater und das genoss ich sehr. Du musst wissen, er ist Krankenpfleger. Als Kind machte man die Dinge unbewusst. Heute verstehe ich teilweise, warum ich sie machte und warum ich so bin, wie ich bin. Ich bekam nicht genug Liebe und suchte daher seine Aufmerksamkeit um jeden Preis. Selbst Schläge waren mir lieber als Ignoranz. Und so verwechselte ich irgendwann Schmerz und Liebe.", beendet sie ihre Geschichte. Noch ihren Gedanken nachhängend knibbelt sie an ihrer Serviette und wirkt verloren.

Als ich meine Hand auf ihre lege, zuckt sie zusammen und schaut wieder auf:

"Ich spreche zu viel von mir. Willst du mir nicht von dir erzählen?"

Ich habe kein Interesse mehr an ihrer Psychoanalyse und hoffe, das Gespräch in eine andere Richtung lenken zu können, also antworte ich:
"Komm, lass uns zu mir fahren und auf der Terrasse noch einen Drink mit Blick auf die Lichter von Kapstadt nehmen, ja?"
"Du bist ziemlich direkt, aber ich mag das. Es ist auch noch früh, warum nicht."

Ich zahle, geleite sie zum Auto und öffne ihr die Tür. Der Wagen steht vor dem klassizistischen Portal einer weißen Villa, der Schlitz ihres Kleides gibt ein Stück ihres schlanken Beines frei, als sie in meinen Oldtimer steigt. Diesen Moment in seiner Perfektion will ich festhalten und abspeichern in meiner Erinnerung. Er entstammt keinem Hollywoodfilm, er passiert hier und jetzt und wenn ich das nächste Mal in Trübsinn verfalle, will ich mich an ihn erinnern.
Zunächst fahren wir schweigend durch die Nacht. Ihr Parfum erfüllt den Wagen und löst allerlei Fantasien in mir aus.
"Mein letztes Date ist lange her, das war ein schöner Abend."
"Ganz meinerseits.", stimme ich ihr zu und frage gedankenlos, "Kanntest du das Restaurant, gehst du in der Gegend schon mal aus?"
"Kannst du dir vorstellen, was Armut in diesem Land bedeutet?"
"Das kann ich nicht behaupten.", antworte ich.
"Ich wohne alleine in einem winzigen Appartement in einer miesen Gegend und das ist schon Luxus im Vergleich zu meinen Kommilitonen, die meist in Townships leben. Wenn ich abends in Begleitung unterwegs bin, gehe ich in diese Restaurants, fahre in den teuersten Autos und kann in 4 Nächten genug für den ganzen Monat verdienen. Nein, in dem Restaurant war ich aber noch nicht. Privat gehe ich selten aus, weil ich es mir nicht leisten kann und wenn doch, dann wie vorgestern mit meinen Freundinnen in eine einfache Bar auf ein Bier. Weitere Getränke gibt es nur dann, wenn sie uns einer wie du ausgibt. Das Auto, in dem wir jetzt fahren, gehörte denen, die uns das alles eingebrockt haben und die immer noch alle finanzielle Macht besitzen."

Unsere romantische Stimmung ist verflogen. Ich fühle mich zu Unrecht angegriffen und weiß nicht, warum sie sich plötzlich so in Rage redet.
Auf die Gefahr hin sie zu provozieren, frage ich sie: "Macht dich Reichtum an, findest du Macht sexy?"
Ich merke, dass sie vor Wut kocht, sich aber zusammen nimmt, um dann beherrscht zu antworten:
"Ich habe dich um Ehrlichkeit gebeten, so sollten wir es halten. Manchmal bin ich schockiert über die Dämonen in meiner Seele, über das was mich anmacht und was es nicht sollte."
"Könntest du bitte etwas konkreter werden?", antworte ich gespielt genervt aber schon vermutend, wo die Reise hingeht.
"Ich mag dominante Typen, die wissen wo es langgeht, die die Richtung vorgeben. In diesem Land führt Macht zu Reichtum und Reichtum zu mehr Macht. Männer, die im Arbeitsleben entscheiden und im Bett beherrscht werden wollen, mit denen habe ich kaum Spaß. Häufig ist es aber umgekehrt und ich komme auch auf meine Kosten. Ich habe schon einiges erlebt, mir ist nichts mehr fremd.", endet sie nun mit einem amüsierten Kichern.
Ich interpretiere ihre Lockerheit im Umgang mit dem Thema dahin gehend, dass sie sich mit den Widrigkeiten ihrer Arbeit arrangiert und auch angetrunken ist. Dass sie ihrer Arbeit tatsächlich etwas positives abgewinnen kann, wäre mir schwer verständlich.

Ich bin froh in ein besseres Gästehaus investiert zu haben, denke ich als wir parken. Ich möchte jetzt nicht mit einem Portier diskutieren und durch schäbige Flure laufen. Im Appartement hole ich eine Flasche Wein aus dem Kühlschrank. Wir setzen uns auf die dunkle Terrasse und blicken über das Meer auf die Lichter der Stadt. Gelegentlich rollen Wellen donnernd auf das Ufer zu, nur die weißen Schaumstreifen werden sichtbar auf der schwarzen Wasserfläche. Es ist immer noch recht warm und vor uns befindet sich ein schmaler Pool. Da die Appartements neben uns unbewohnt sind, frage ich Machbuba:

"Sollen wir schwimmen gehen?"
Ich bin neugierig ihren Körper zu entdecken und habe keine Lust auf ein langes Vorspiel.
"Nein, ich kann nicht schwimmen.", antwortet sie.
Ich stoße mit ihr an, schaue ihr in die Augen und gebe ihr einen Kuss bevor sie das Glas ansetzen kann. Sie erwidert ihn zunächst zögerlich, dann aber leidenschaftlich und ich genieße das Spiel mit ihrer fruchtig trockenen Chardonnayzunge. Ich bin neugierig in ihre Welt einzutauchen und eine andere mir bisher fremde Rolle zu spielen. Die Hinweise, die sie mir beim Abendessen gab, erregen mich und bauen gleichzeitig Erwartungsdruck auf. Irgendwann unterbreche ich unseren Kontakt, stehe auf, zünde mir eine Zigarette an und fordere sie auf: "Komm, zieh dich aus, langsam, hier vor mir."

Als sie wortlos aufsteht, werde ich unsicher und frage mich schon, ob ich sie verkehrt eingeschätzt habe. Aber sie bleibt vor mir stehen, lässt mich nicht aus den Augen und beginnt sich dann mit überkreuzten Armen in Zeitlupe ihr Kleid über den Kopf zu ziehen. Ich habe mich in meinem Sessel zurückgelehnt, die Arme verschränkt und beobachte sie mit Herzklopfen. Die Stehleuchte des Wohnzimmers leuchtet nur spärlich die Terrasse aus. Langsam lasse ich meinen Blick über Machbuba wandern, nur mit ihrem weißen Slip bekleidet, die Hand in die Taille gestützt. Ihr schlanker Körper im Mondlicht gleicht einer Bronzeskulptur, ihre kräftigen Schultern stehen im Kontrast zu ihrer Taille, ihre schmalen Hüften und kleinen Brüste muten fast knabenhaft an doch ihr pralles Hinterteil gibt ihr weibliche Kontur.
"Knie dich vor mir.", ist meine nächste Ansage, die sie auch bereitwillig befolgt. Ich kann es kaum erwarten sie in den Arm zu nehmen und ihre Haut zu spüren, nehme mich aber zurück und spiele unser Spiel weiter. Sie schaut mich mit großen Augen an und wartet.
"Jetzt öffne meinen Gürtel.", ist mein nächster Wunsch, mein Ton eher Befehl als Bitte. Bereitwillig folgt sie.

"Zieh dich ganz aus und setz dich auf meinen Schoß.", ordne ich an.

Hier zögert sie etwas, zieht dann den Slip aus und setzt sich auf meinen Schoß.

"Soll ich Kondome aus meiner Tasche bringen?", fragt sie unsicher.

"Ich will nicht mit dir schlafen, vielleicht später.", antworte ich streng.

Dann beugt sie sich vor, beginnt sich auf meinem Schoß vor und zurück zu bewegen und küsst mich. Endlich bin ich ihr nah, umarme ihren Körper, spüre ihre samtene Haut und küsse ihre Brüste. Ihr Geruch erregt mich, zunächst die florale Note ihrer Schultern und des Halses, dann der schwere weibliche Duft, der zu mir dringt. Sie löst lang schlummernde Begierden in mir wieder aus.

"Leg dich auf das Bett.", weise ich sie an und schiebe sie von mir, obwohl es mir schwerfällt.

Sie steht auf, dreht sich um und schreitet stolz mit ihren Hüften wiegend auf das Bett zu. Ihr Hintern ist der einer Sprinterin, fest, rund und hoch ansetzend. Katzengleich kriecht sie über das weiß bezogene Bett und hält so inne, den Rücken durchgebogen und die Beine leicht gespreizt. Ihre Stilettos erhöhen die Grazie ihrer Nacktheit, wohlwissend ihrer Wirkung legt sie sie nicht ab. Dann beginnt sie sich zu massieren, wobei sie mich nicht aus den Augen lässt. Ich bin ihr gefolgt, stehe nun vor ihr, beobachte sie und lasse sie gewähren. Erst kurz bevor sie kommt, trete ich von hinten an sie heran. Zentimeter trennen mich von ihr, es lockt mich sehr, sie jetzt zu nehmen, doch ein letzter Funken Vernunft hält mich davon ab. Eine schnelle Bewegung genügt und ich entlade mich auf ihrem Körper. Meine Knie werden schwach, ich rolle mich zur Seite, bin neben ihr und doch allein, schaue zur Decke und versuche die Entspannung zu genießen. Machbuba seufzt befriedigt lächelnd. Unsere Arme berühren sich und sie greift nach meiner Hand. Fast hätte ich sie weggezogen, jetzt liegt sie in ihrer. Sie streicht mit ihrem Daumen eine Zeit über meinen, dann hält sie inne. Eben noch fühlte ich mich lebendig und genoss den Moment. Jetzt nach dem Orgasmus bin ich leer wie zuvor und wieder in meiner Teilnahmslosigkeit gefangen. Ich hoffe sie nicht mit meiner Gefühlskälte zu entsetzen und überlege, wie ich sie freundlich nach Hause komplementieren kann. Sie erwartet bestimmt eine Antwort, irgendeine Äußerung zu meinem Befinden und ich will sie nicht belügen.

"Du bist eine schöne Frau, ich habe den Abend mit dir sehr genossen."

Das schien zu reichen, sie nimmt meine Worte als Signal, steht wortlos auf, wäscht sich im Bad ohne zu duschen und beginnt sich zügig anzuziehen.

"Ich nehme mir ein Taxi, bleib ruhig liegen.", sagt sie, wuschelt mir zum Abschied noch im Haar und ich meine eine gewisse Enttäuschung in ihrer Stimme wahrzunehmen. Vielleicht täusche ich mich auch. Sie neigt bestimmt nicht zu Sentimentalität, rede ich mir ein. Dass sie mir gegenüber Gefühle entwickeln könnte, habe ich nicht in Erwägung gezogen, ein weißer deutscher Berater und eine afrikanische „Tänzerin". Ich fühle mich latent schlecht und möchte sie nicht so gehen lassen, zumindest nicht ohne eine nette Geste. Nackt und klebrig wie ich bin stehe ich auf, umarme sie zur Seite gedreht und gebe ihr einen Kuss auf die Wange.

"Hey, ich mag dich, das war ein toller Abend, du weißt wie es mir die letzte Zeit ging, ich brauche noch ein bisschen bis ich wieder intakt bin. Sehen wir uns wieder?"

"Das hoffe ich.", sagt sie mit warmer Stimme, "Es war mir klar, dass du keine leichte Kost bist, aber wenigstens bist du ehrlich."

Schnell ziehe ich mir Shorts an und bringe sie hinaus in die Dunkelheit. Das Taxi wartet schon und ich öffne ihr die Tür.

"Ich rufe dich nächste Tage an.", gebe ich ihr noch mit auf den Weg, als sie abfährt.

Zurück im Appartement werfe ich mich auf das Bett und schließe die Augen. Ich mag ihren Geruch, der noch dem Kissen entströmt und bin doch froh, allein zu sein.

8. Lebenswelten

Durch eine Lücke meines Vorhangs scheint die Morgensonne in mein Bett, erst auf meine Beine, dann auf meinen Bauch. Die UV-Strahlung bringt scheinbar Botenstoffe in mir zur Ausschüttung denn tatsächlich schaffe ich es, trotz meines Katers mit Schwung aufzustehen. Mit einer Tasse Kaffee begebe ich mich auf die Düne vor dem Haus. Möwen fliegen kreischend um mich herum und ein paar Wellenreiter sitzen wartend auf ihren Brettern. Sie ragen aus dem glatten Wasser wie Felsformationen.
Bilder des gestrigen Abends ziehen an mir vorbei, Machbubas ansteckendes Lachen mit ihren verführerischen Grübchen und dann, wie sie mit ihren langen schlanken Fingern den Stiel des Weinglases umfasst. Ich habe noch nicht geduscht, rieche an meiner Hand und habe das Gefühl, ihren Wohlgeruch von gestern noch zu vernehmen und mir wird warm.
Spontan wähle ich vom Strand aus ihre Nummer und freue mich ihre Stimme zu hören:
"Hey, damit habe ich nicht so schnell gerechnet, wie geht es dir?"
"Erstaunlich gut in Anbetracht unseres gestrigen Weinkonsums. Wie geht es dir?"
"Ich bin an der Uni und muss verkatert arbeiten, Schuld bist du.", antwortet sie gespielt grummelig.
Ich höre männliches Lachen im Hintergrund, stelle sie mir vor, in engen Jeans umringt von lauter Kerlen auf dem Campus. Als hätte ich irgendein Anrecht auf sie, empfinde ich tatsächlich so etwas wie Eifersucht.
"Gibst du mir die Chance es wieder gut zu machen, heute Abend?".
"Ich hab noch nichts vor, aber...", zieht sie sich noch ein wenig.
Im Hintergrund höre ich eine neckende weibliche Stimme rufen:
"Sie hat ein Date, sie hat ein Date".
"Ich hole dich um 20.00 ab, wo wohnst du?", frage ich sie.
Ich möchte mir endlich ein Bild machen, wie sie dort lebt.
"Das ist eine schlechte Idee..."

"Keine Widerrede, also sag schon. Ich hab mit Sicherheit Schlimmeres erlebt und kann mich verteidigen."

"Na denn, sag nicht, dass ich dich nicht gewarnt habe. Brooklyn heißt der Stadtteil, das ist gar nicht weit von Sunset, wo du wohnst, aber es ist dort wie in einem anderen Land. Bei Dunkelheit ist es wirklich gefährlich. Bridge Street 155, ruf an, wenn du vor der Türe stehst."

"Bis später.", antworte ich und hänge ein.

Ich bin gespannt, was mich dort erwartet.

Bis zum Abend will ich noch meinem täglichen Vorsatz folgen und Sport treiben. Ich möchte mich nicht weiter meines Bauches schämen müssen. Später jogge ich barfuß über den Strand. Erst muss ich mich überwinden, komme dann aber in einen tranceähnlichen Zustand und laufe weit. Als ich schließlich die letzten Meter schwer atmend auf das Gästehaus zugehe, bin ich völlig geschafft aber gut gelaunt.

Im Appartement dusche ich und lese online eine deutsche Zeitung. Es geht um eine Grippe Pandemie, Mietpreise, Datenschutz und das dritte Geschlecht. Das alles erscheint mir unendlich weit weg von Afrika, als nächstes lese ich eine Provinzzeitung aus der Kapregion. Hier beschäftigt man sich mit der Kriminalität, Tuberkulose, der Stromversorgung und der Korruption der Regierung. Ich frage mich, inwieweit die Geschehnisse Europas Bedeutung für die Menschen an der südlichen Spitze Afrikas haben, die über 10.000km weit von den nächsten größeren industriellen Zentren entfernt sind. Ein Großteil der Bevölkerung ist hier mit existenziellen Problemen beschäftigt, heute wie in der Vergangenheit. Genauso wenig wie für Europa die Nöte von Afrika von Bedeutung sind, interessiert Europa die Afrikaner. Die westliche Welt hat für sie nur dann Bedeutung, wenn sie als Auswanderungsland in Frage kommt. Ich habe noch Zeit bis zu meinem abendlichen Date und surfe weiter und weiter. Meine Laune sinkt zusehends, je länger ich auf meinen Bildschirm starre. Ich muss aktiv werden. Was immer ich auch mache, sollte nicht virtuell stattfinden.

Ich entscheide mich für eine Spritztour in Richtung Norden und steige in meinen Benz. Die Straße führt am Meer entlang, ein schöner Strand reiht sich an den anderen. Das Wasser ist türkisblau und schneeweiße Sanddünen schieben sich bis zur Promenade vor. Sie reflektieren die Sonne so, dass die Luft darüber flimmert. An einem Supermarkt halte ich an und kaufe ein Paar Lebensmittel. Dann kommt mir die Idee das Viertel anzuschauen, in dem Machbuba lebt. Ihre Adresse liegt in entgegengesetzter Richtung. Der Küstenhighway führt im Süden zunächst an einem Golfplatz entlang. Sein sattes Grün steht im Kontrast zum Goldgelb des ihn umgebenden Schilfgrases. Palmen säumen das Areal und Golfcaddys fahren weiße Sportler von einem Loch zum anderen. Weiter cruise ich dem Tafelberg entgegen, den Ellenbogen im warmen Fahrtwind aus dem Fenster gelehnt. Ich passiere eine Lagune, in der zahllose pinke Flamingos staksen, ihre Köpfe ins Wasser getaucht.

Die Strandidylle lasse ich hinter mir, als meine Navigation mich ins Inland lenkt. Mit jedem Meter, den ich mich nun von der Küste entferne, werden die Häuser kleiner und verwahrloster, die Autos älter und verbeulter. Selbst die Palmen und der blaue Himmel können den zunehmend trostlosen Eindruck nicht verbessern. Ich muss langsamer fahren, da vor mir ein mit Sperrmüll beladener Pferdekarren zockelt. Zwei Rastas mit langen Deadlocks auf der Pritsche treiben die dürren Pferde mit einer Rute an. Niemand in der Schlange hinter mir hupt, man scheint an diese mittelalterlichen Relikte gewöhnt. Dann passiere ich ein Geschäftsviertel, die kleinen Läden halten selbst über Tag die Gitter vor den Eingängen geschlossen. An den Ecken lungern von Drogen und Alkohol gezeichnete Gestalten und schauen mich feindselig an. Überall bröckelt der Putz und ein räudiger Hund schläft mitten auf der Straße in der Sonne. Nachdem ich vor ihm den Motor aufheulen lasse, steht er gemächlich auf, dehnt sich ausgiebig und streckt mir dabei seinen Hintern entgegen. Erst dann verlässt er bockbeinig seinen Platz.

In der Bridge Street stützen winzige einstöckige Häuschen einander, die verwitterten Fassaden so schmal, dass neben der

Haustür gerade noch ein kleines vergittertes Fenster Platz findet. Machbuba hat wahrscheinlich Recht, dass ich mich hier nicht aufhalten sollte. Langsam fahre ich an ihrem Haus vorbei, um nicht aufzufallen. An der nächsten Ecke kommt mir ein junger Mann zu Fuß entgegen, winkt mir zu und läuft dann neben meinem Wagen her, um mir durch das offene Fenster sein vielseitiges Drogenprogramm anzubieten. Ich beschleunige und kurbele die Scheibe hoch, muss mir aber eingestehen, dass die offensichtliche Gefahr mir unerwartet Herzklopfen beschert. Fast hätte ich Drogen gekauft, nur um mir den Kick des verbotenen Erwerbes zu gönnen. Die Straße endet in einer Sackgasse, ich wende und fahre zurück. Wieder komme ich an dem Dealer vorbei. Dieses Mal halte ich an, verriegele aber die Türen und drehe meine Scheibe ein wenig hinunter. Er ist vielleicht 18 Jahre alt, hat kaum noch Zähne und die für Junkies typischen Drogenpusteln im Gesicht. Seine Haut ist so verbrannt, dass man nur vermuten kann, welche Hautfarbe seine Eltern haben. Wenigstens unter den Obdachlosen Südafrikas sorgt die Sonne für Gleichheit.

"Tik*, Gras oder was sonst willst du haben?", kommt er auch gleich zum Geschäft.

"Gib mir Grass.", antworte ich, bemüht cool zu wirken, "Zeig mal was du hast."

Er greift in die Tasche, während ich schon den Fuß auf das Gaspedal lege. Dann reicht er mir ein durchsichtiges Tütchen mit grüner, krümeliger Substanz durch den Fensterschlitz. Er lässt es nicht los während ich es inspiziere und schaut unruhig von rechts nach links die Straße entlang.

"200Rand, mach schnell, hier gibts viel Polizei.", zischt er, als ob ihn jemand hören könnte.

Mein Puls schlägt mir bis zum Hals, ich bin hellwach und voller Adrenalin, allein der Kauf von Drogen wirkt auf mich wie Amphetamine. Ich ziehe zwei blaue Scheine aus der Tasche und schiebe sie ihm durch das Fenster. Als er sie ergreift, versucht er gleichzeitig den Beutel zurückziehen. Damit habe ich allerdings gerechnet. Ich lasse das Geld los, greife fest das Handgelenk und fahre los. Zunächst läuft der Kerl noch schreiend neben dem

Wagen her. Als er schließlich den Stoff loslässt, löse ich meinen Griff und er rollt auf die Straße. Ich sehe ihn noch im Rückspiegel schimpfend sein Geld aufsammeln und muss lachen. Er konnte auch nicht damit rechnen, dass ich um den Stoff kämpfte um des Kampfes willen. Mitleid habe ich nicht mit ihm, er wollte mich betrügen und hat nun sein Geld. Ein Hochgefühl macht sich in mir breit nach meinem kleinen Abenteuer. Ich schlängele mich noch um einige Kurven aus Brooklyn heraus und bin bald wieder auf dem sonnigen Uferboulevard heimwärts. Ob der Erwerb von Gras in Südafrika strafbar ist, weiß ich nicht einmal. Auch wenn keine wirkliche Gefahr bei meinem keinen Deal bestanden hat, so war doch der Abstieg in die niedersten Gefilde der Gesellschaft für mich höchst dienlich. Die Angst, für mein Tun in einem dunklen Verlies zu schmoren, hat mir einen gehörigen Kick zu verschaffen.

Vor meinem Gästehaus parke ich ein und fühle mich müde, jetzt wo mein Körper die Stresshormone wieder abgebaut hat. Beim Aussteigen fällt mir das Plastiktütchen vom Schoß. Zu kiffen hat keine wirkliche Bedeutung für mich, daher hatte ich es schon vergessen. Ich rieche daran und stelle fest, dass der Kerl guten Stoff als Köder verwendet. Vielleicht werde ich es heute Abend, bevor ich Machbuba abhole, mit einen kleinen Stimmungsaufheller versuchen. Ich schleppe mich ins Haus, lasse mich mit Kleidung auf mein Bett fallen und wache erst Stunden später wieder auf.
Die Sonne steht schon tief und taucht mein Appartement in goldenes Licht. Obwohl ich lange geschlafen habe, fühle ich mich nicht erfrischt und überlege, ob ich die Verabredung absagen soll. Etwas Zeit bleibt mir noch, um an meiner Laune zu arbeiten. Erst springe ich in den kalten Pool und schwimme ein paar Bahnen um meinen Kreislauf anzuregen. Dann stelle ich Musik an, öffne mir ein Bier und beschäftige mich mit dem Bau eines Joints. Da mir das Papier fehlt, weiß ich zunächst nicht, wie ich vorgehen soll. Ich nehme schließlich eine Zigarette, prokele den Tabak mit einem Zahnstocher in mühseliger Kleinarbeit aus

der Hülse und stopfe das grüne harzige Gekrümel stattdessen hinein. Die Dauer und Stumpfsinnigkeit meiner Tätigkeit erinnert mich an die Primaten aus der Naturdokumentation, die ich letzte Tage im Flugzeug sah. Diese verwandten haarigen Gesellen nahmen sich die Zeit, um mit einem Grashalm Ameisen aus der Röhre ihres Baus zu fischen, um sie zu essen. Ich entscheide mich, den handwerklichen Erfolg direkt zu feiern und stecke mir die krumme Zigarette an. Leider stellt sich statt der erhofften Seligkeit nur ein Schwindelgefühl ein. Ich ziehe noch ein paar Mal und muss heftig husten. Dann leere ich mein Bier und mache mich auf den Weg.

Es ist mittlerweile dunkel geworden und ich fahre sehr vorsichtig. Bin ich zu langsam, frage ich mich, als sich hinter mir eine Schlange bildet und die ersten Autos anfangen zu hupen. Daher fahre ich etwas schneller, aber nun macht mir die Geschwindigkeit Angst. Ich bin heilfroh, mir den Weg mittags schon angeschaut zu haben. Je mehr ich mich Brooklyn nähere, desto umwohler wird mir. In jeder Gestallt am Straßenrand vermute ich einen Gangster. So provozierend ich mich heute Mittag verhielt, so verängstigt mich der Kontrollverlust nun, wo ich durch die dunklen engen Gassen fahre. Der Rausch hat meine Wahrnehmung vollständig verändert. Wie eine alte Dame halte ich an einer Stoppstraße bis zum Stillstand an. Gewissenhaft beuge ich mich über das Lenkrad und schaue erst zur einen und dann zur anderen Seite. Plötzlich erscheint ein Schatten aus der Dunkelheit und zieht an meinem Türgriff. Ein Schrei entfährt mir, so sehr erschrecke ich mich, ein schwarzer Kopf lugt schon weit in meinen Fahrerraum hinein, bevor ich reagieren kann. Ich bin so benebelt, dass ich trotz meiner Ängste vergaß, die Türe zu verriegeln. Grellrot geschminkte Lippen, die irgendetwas von „Business" brabbeln, kommen mir näher. Ich bin völlig perplex. Erst als sich die leicht bekleidete Frau schon dreht, um sich ins Auto zu setzen, erwache ich aus meiner Schockstarre. Verlangsamt in meiner Reaktion aber immer noch schnell genug, fahre ich ruckartig an und ziehe ihr die Tür aus der Hand. Fast wäre sie gestürzt, ich sehe aber noch wie sie sich trotz der hohen Absätze fängt, aus der Drehbewegung mit ihrer

Handtasche auf das Heck meines Autos schlägt und mir wüste Beschimpfungen hinterher schickt. Nur die Duftspur ihres billigen Parfüms bleibt in meinem Wagen zurück, eine Mischung aus Rosenbouquet und brunftigem Panther. Nun in Sicherheit denke ich über die Verheißungen ihres Geruches nach und muss schließlich über mich und meine tuntige Ängstlichkeit lachen.

Noch ein wenig zittrig parke ich vor Machbubas Haus. Ich rufe sie an, da ich mich nicht traue auszusteigen. Sie kommt auch direkt hinausgestöckelt, sie scheint mich erwartet zu haben. Rechts und links schaue ich, bevor ich die Türen entriegele, um sie hinein zu lassen. Als sie mich anlacht und mir einen Kuss auf die Wange drückt, erlöst sie mich von meiner Angststarre. Zügig fahre ich los und entferne mich aus dieser Parallelwelt.

"Na du Held, jetzt weißt du, wie ich wohne.", beginnt Machbuba zu erzählen, während ich mich weiter auf das Fahren konzentriere.

"Hier in meiner Nachbarschaft leben Zuhälter, Dealer, Hehler und Nutten. Bei Nacht wirst du garantiert ausgeraubt, wenn du allein als Frau noch zum Laden an der Ecke läufst. Ich kann mir augenblicklich nichts anderes leisten, wenn ich nicht ständig arbeiten will. Hier ist es aber schon weit besser als im Township. Damit du auch etwas darüber erfährst wie die meisten Menschen in Kapstadt leben, fahren wir jetzt dort hin. Jo Slovo Park ist ein kleines städtisches Township, das ist nicht ganz so gefährlich wie die Cape Flats. Wir sind zum Bring & Braai eingeladen."

"Was ist denn das?"

"Braai ist ein südafrikanisches Grillritual mit einigen Besonderheiten. Die Gäste bringen selber alles mit, was sie Essen und Trinken wollen, der Gastgeber stellt nur die Räumlichkeit, den Grill und die Kohle. Der Vorteil ist, dass der Gastgeber nichts vorbereiten muss und daher auch viel häufiger einlädt, als es sonst der Fall wäre. Wir brauchen nicht so lang zu bleiben, gib mir ein Zeichen, wenn du gehen möchtest."

Ich schäme mich etwas meines Zustandes und verschweige ihn erst einmal. Da ich meine Aufmerksamkeit ungeteilt der Fahrtätigkeit widmen muss und etwas verkrampft und einsilbig hinter dem Lenkrad sitze, fragt Machbuba irgendwann:

"Sag mal, ist was mit dir? Du bist so komisch. Im Übrigen, in deinem Wagen riecht es nach einem fiesen Frauenparfüm."

Nur wenige Kilometer von den Luxusgegenden der Küste entfernt folgen wir dem Schild Jo Slovo Park, wir fahren von einem beleuchteten Gewerbegebiet in eine unbeleuchtete, schmaler werdende Straße, die schließlich zum buckeligen Weg wird. Seitlich stehen dicht gedrängt verschiedenfarbige Wellblechhütten und Container, selten ist ein gemauertes Haus zu sehen. Gelegentlich tauchen dunkelhäutige Menschen vor mir auf, blockieren die Straße und blicken geblendet ins Scheinwerferlicht. Wie Spinnenweben ziehen sich über uns Elektroleitungen von Hütte zu Hütte. Mein Herzschlag hat sich deutlich beschleunigt, dass Machbuba sich hier auskennt, beruhigt mich etwas. Alleine würde ich mich in dem Wirrwarr der schmalen Gassen verlieren und panisch werden. Die seitlich abzweigenden Wege sind nicht befahrbar, rechts und links stoßen meine Rückspiegel fast an die Hüttenwände. Der Trip ins Township erinnert mich an eine Fahrt auf der Geisterbahn in meiner Kindheit, als mein Waggon aus der Helligkeit des Tages ins Dunkle eintauchte und ich auf den anstehen Überfall wartete.

"Ich hab vorhin einen Joint geraucht und bin noch etwas mitgenommen.", beichte ich ihr verspätet.

"Ist das höflich, du hättest damit auch auf mich warten können?", knurrt sie mich scherzhaft an und zwackt mich in die Seite.

"Meinst du, das ist eine gute Idee hier zu sein?", frage ich sie und verriegele die Türen. Etwas Dunkles springt vor mein Auto, ich bremse abrupt gerade noch rechtzeitig. Es ist ein Hund, der unbeirrt seinen Weg fortsetzt. Ich stelle mir vor, wie der Wagen holpern würde, hätte ich den Vierbeiner überrollt. Wir wären nicht ausgestiegen und hätten das winselnde Tier liegenlassen müssen. Nun fahre ich im Schritttempo über mein Lenkrad gebeugt. Wird der Weg noch schmaler, werde ich stecken bleiben. Durch die kleinen Fenster der winzigen Räume die wir passieren, beobachte ich Familien in ihrem abendlichen Treiben. Erwidern sie meinen Blick, sehe ich in ihren dunklen Gesichtern Erstaunen. Ich bilde mir ein, den Grund dafür erraten zu können. Sie werden sich fragen, ob der weiße Mann zu viel Mut oder Dummheit besitzt, sich bei Dunkelheit in dieser Gegend aufzuhalten. Dann ruft Machbuba jemanden an und spricht mit ihm in einer mir fremden Sprache. Mir wird noch mulmiger zumute. Ich könnte mich nicht allein aus dem Labyrinth der Gassen wieder herausfinden, aber jetzt ist es zu spät für einen Rückzieher. Hoffentlich endet der Weg nicht in einer Sackgasse. Ich muss mich meinem Schicksal fügen und sehe schon die Schlagzeile der Tageszeitung vor mir, nachdem man mich in einem Teppich eingewickelt in einem Graben gefunden hat: „Tourist lies sich in Liebesfalle locken!"

"Ist das hier nicht zu gefährlich bei Nacht?", frage ich sie vorsichtig, obwohl mir klar ist, dass ich meine Bedenken zu spät äußere.

"Traust du mir nicht?", fragt sie zurück mit verwunderter Miene. Ich habe das Gefühl, naiv zu sein wie Rotkäppchen, die arglos den Wolf nach seinen großen Ohren fragt.

"Du kannst jetzt hier halten, wir nehmen alles was wertvoll ist mit und gehen dort hinein.".

Ich parke mittig in der Gasse, nachts scheint es hier keinen Verkehr zu geben, den wir blockieren könnten. Machbuba geht auf eine der Holzhütten zu, deren Tür sich wie durch Magie vor uns öffnet. Was bleibt mir anderes übrig als ihr zu folgen. Glücklicherweise hat die Wirkung des Joints nachgelassen. In der Tür steht ein großer schwarzer Mann der uns erwartet, Machbuba auf die Wangen küsst und mir freundlich die Hand schüttelt. Er stellt sich als Ben vor und bittet uns mit tiefer Stimme hinein. Innen ist es erstaunlich gemütlich, soweit das bei einem so winzigen Zimmer mit nur zwei sich gegenüber stehenden Betten möglich ist. Auf beiden lümmelt sich jeweils eine schwarze Frau mit einer Bierdose in der Hand und raucht. Die Luft ist zum Schneiden dick. Es dudelt afrikanische Musik und es wird viel gelacht. Machbuba begrüßt beide überschwänglich, drückt sie und stellt ein Sixpack Bier auf den Tisch. Mir schütteln die beiden etwas distanziert die Hand und nennen mir ihre Namen. Ich stelle mich auch vor und setze mich auf das Fußende eines der Betten. Machbuba scheint die Frauen gut zu kennen, ihre Augen weiten sich, sie lacht fröhlich und gestikuliert wild. Während ich sie beobachte, verfällt sie wieder in jene mir fremde Sprache. Für mich als Außenstehenden ähnelt ihre Konversation mehr Geschnatter als einer artikulierten Sprache. Das Phänomen der Wiedersehensfreude unter Freundinnen ist wohl international dasselbebe, geht es mir durch den Kopf. Aber für mich verstärkt die Fremdheit der Laute noch den Eindruck der Konfusion. So viele Wörter in so kurzer Zeit durcheinander zu werfen ist beachtlich, dazu kommen noch die Klick und Schnalzlaute, die einig Sprachen des südlichen Afrikas gemein sind.

Ben versucht mich zu unterhalten, während er einen Joint dreht:

"Magst du Südafrika?"

"Ich liebe es!", antworte ich spontan.

"Was magst du an meinem Land?"

"So ziemlich alles, das Wetter, die Natur, die Menschen, das Essen."

"Was magst du an den Menschen?", fragt Ben.

Da ich nicht weiß, worauf er hinaus will, antworte ich möglichst unverfänglich. Ähnlich wie bei meiner Israelreise vor ein paar Jahren, wo ich jedes Wort auf die Goldwaage legte, bin ich in Südafrika im Gespräch mit Schwarzen bedachter, als ich es sonst mit Weißen wäre.

"Alle, die ich bisher kennenlernte, waren extrem freundlich zu mir, na ja, bis auf die Diebe, die mich in der Longstreet nachts ausrauben wollten."

"Oh, das tut mir leid, was machst du beruflich?", wechselt er das Thema.

"Ich arbeite bei einer Beratungsfirma."

"Cool, nicht zufällig bei Bell & Pottinger?", antwortet Ben lachend.

"Kenne ich nicht."

"Das ist eine Beratungsfirma aus Großbritanien, die hier in aller Munde ist."

Jetzt werde ich neugierig: "Weshalb denn?"

"Die Geschichte ist so grotesk, dass sie nur in Südafrika passieren kann. Also kurz gefasst, eine indisch-stämmige Familie, die Guptas, haben den ganzen politischen Apparat hier bestochen und den Staat im großen Stil ausgeplündert. Als sie erwischt wurden, versuchten sie von ihren Machenschaften abzulenken und zahlten viel Geld dafür an eine englische Beratungsfirma, Bell & Pottinger. Die erfand den Slogan des „white monopoly capital", das an der Misere des Landes Schuld sein soll. Es wurden also rassistische Spannungen von weißen geldgierigen Engländern, den ehemaligen Kolonialherren, im Auftrag von Coloureds erzeugt, um von der Bestechlichkeit der überwiegend schwarzen ANC* Regierung abzulenken. Was mich daran fasziniert ist, wie perfide und intelligent das Ganze aufgezogen wurde. Ein Stück Wahrheit musste dran sein, sonst hätte es nicht funktionieren können. Tatsächlich wird der Slogan gelegentlich immer noch von politischen Scharfmachern benutzt, da vielen Menschen hier die Bildung fehlt, solch komplexe Zusammenhänge zu verstehen."

Während Ben erzählt, glühen seine Augen und gelegentlich lacht er, daher frage ich ihn: "Das hört sich fast so an, als ob du dich mit dem Thema professionell beschäftigst, sonst könntest du auch nicht darüber lachen, oder?"

"Nein, na ja, so halb, ich studiere Medienwissenschaften und betrachte die Politik hier wie eine Komödie. Die Agentur bekam monatlich 100.000$ bezahlt, dass könnte ich auch gebrauchen. Ich will mich auch bei einer PR Agentur bewerben, white monopoly capital, dass ist so genial, da musst du erst einmal drauf kommen."

"Im Übrigen arbeite ich in einer M&A Beratung und nicht in einer Public Relations Agentur und bin also unschuldig.", bemerke ich mit gehobenen Händen.

"Das war vorhin auch nur ironisch gemeint.", beschwichtigt er und hat seinen langen konischen Joint fertig gestellt.

"Aber ich hab einen Slogan für dich, den kannst du genauso teuer verkaufen, damit bekommst du den Job.", witzele ich.

"Was denn, erzähl mal.", schaut er plötzlich mit großem Interesse.

"Ich las ihn letztlich bei einem französischen Autor, aber er passt viel besser hierher, bei eurer so christlichen Bevölkerung."
"Raus damit."
""Gott wollte Ungleichheit, aber keine Ungerechtigkeit." Na, was meinst du? Der Slogan muss beim Wahlkampf des ANC erfolgreich werden, oder?"
Er denkt nach, zündet den Joint an und reicht ihn in der Runde herum. Die Wirkung des Letzten hat sich bei mir nahezu verflüchtigt. Ich ziehe noch ein paarmal und habe das Gespräch fast vergessen.
"Du bist ein Genie, damit bewerbe ich mich." sagt Ben plötzlich strahlend und kopfschüttelnd, immer wieder den Slogan wiederholend, sein Glück kaum fassend.
Ich bin erstaunt, wie schnell der Zweck die Mittel heiligt.
"Komm, wir kümmern uns um den Braai.", sagt Ben.
Wir treten durch eine andere Tür hinter die Hütte in das fahle Licht einer entfernten Neonleuchte, beschäftigen uns mit dem Holzkohlegrill und trinken Bier.
"Ich bin heute Braaimaster, ich kümmere mich um den Grill und das Fleisch, das machen traditionell hier die Männer beim Braai, die Frauen sorgen sich um den Rest des Essens."

Vielleicht wirkt dieses Gras anders als das zuvor, zumindest verliere ich den Spaß an der Konversation und bekomme große Lust auf Machbuba. In meiner Fantasie ziehe ich ihr die enge Jeans aus und sehe sie nackt vor mir. Ich gehe wieder hinein, unsere Augen treffen sich und sie schmunzelt zurück, vielleicht meine lüsternen Gedanken erahnend.
"Machbuba, wir waren doch noch bei meinen Nachbarn eingeladen?", frage ich laut in die Runde und unterbreche die Damen.
"Sorry, ja, das hab ich ganz vergessen.", antwortet Machbuba, steht auf und beginnt sich zu verabschieden.
Ich verabschiede mich ebenso, wobei es mir etwas unhöflich erscheint, so schnell wieder zu verschwinden. Ben bringt uns zum Auto und wir schlängeln uns wieder durch die dunkeln Gassen.

Hinter einer Kurve wankt uns jemand aus der Dunkelheit in den Weg, völlig zerlumpt, mit seinen aufgerissenen Augen und rudernden Armen wirkt er wie ein Zombie. Als wir anhalten strauchelt er gegen die Motorhaube und gibt eigentümliche unartikulierte Schreie von sich.

Was auf mich wirkt, wie das Szenario eines Endzeitfilms, scheint Machbuba gewöhnt und weißt mich genervt an:

"Fahr einfach langsam weiter, der ist auf Drogen und geht schon zur Seite."

Ich bin etwas gehemmt, aber mache was sie sagt. Als ich ihn sachte anschiebe, schlägt er mit der Faust auf den Kotflügel, macht widerwillig Platz und reibt sich seine Hand. Der alte Benz ist noch aus stabilem Blech gebaut und verzeiht es ihm. Den Rest des Weges finden wir problemlos aus dem Gassendickicht hinaus.

Als wir dann außerhalb des Townships im Laternenlicht der offenen Straße fahren, legt Machbuba mir die Hand auf den Oberschenkel und fragt:

"Sollen wir nicht bei dir essen?"

"Gerne, ich hab noch einiges bei mir, dann kochen wir gemeinsam. Kannst du kochen?"

"Wir essen hier nicht so vielseitig wie ihr, da uns das Geld für die Zutaten fehlt. Dafür können wir aus wenig viel machen. Bring du mir heute bei, wie ihr Deutschen kocht!"

"Ich bin kein guter Koch, aber ich will es versuchen.", antworte ich ihr und freue mich über unser Tête-à-Tête.

Dann dreht Machbuba das Radio auf und taucht für den Rest des Weges in ihre Musikwelt ein, ihre Hüftbewegungen lassen mich fester auf das Gaspedal treten.

9. Nähe

Kurze Zeit später stehen wir bei mir in der Küche und arbeiten an einem Pfefferfiletsteak mit Bohnen und Kartoffeln. Machbuba wäscht das Gemüse, während ich den Wein öffne. Wir necken uns und plappern über dies und das, ich fühle mich immer noch ziemlich high und genieße die heimische Atmosphäre des Beisammenseins nach unserer Odyssee. Für mich hat das Ritual des gemeinsamen Kochens etwas von der Normalität einer Beziehung, es erzeugt Vertrautheit, an der es uns noch fehlt.

"Wohnst du eigentlich immer so?", fragt Machbuba mich.

"Was meinst du, gefällt es dir bei mir?"

"Für mich ist dein Appartement wie eine Insel im stürmischen Meer, es ist wunderbar. In diesem Land herrscht die Gewalt, es gibt Verbrechen wo immer du hinschaust. Du und ich, wir stehen jetzt hier, kochen kalorienarm und trinken Wein wie ihr Weißen das so macht, der Wachdienst sichert das Viertel, während um uns herum alles im Chaos versinkt. Cheers, stoßen wir auf uns an.", sagt Machbuba und hebt ihr Glas.

Ihr sarkastischer Unterton gefällt mir nicht, da er mich ständig in Rechtfertigungsdruck bringt.

"Lass uns heute Abend einfach nur genießen, o.k.?", stoße ich mit ihr an und gebe ihr einen Kuss auf ihren schlanken, wunderbar duftenden Hals.

"Erzähl mir mehr von dir.", bittet mich Machbuba.

"Was willst du wissen?"

"Wie kommt ihr Manager dazu, euch totzuarbeiten?"

"Ich bin ehrgeizig und es ist nicht einfach mit halber Kraft weiterzuarbeiten, wenn du einmal so eine Position erreicht hast."

"Du meinst, deine Arbeit ließe es nicht zu, dass du wie ein normaler Mensch arbeiten könntest?", fragt sie mich spitzfindig.

"Ich weiß, worauf du hinaus willst, natürlich wäre das theoretisch möglich gewesen, meine Kollegen schafften das ja auch. Ich glaube, ich bin ehrgeiziger und perfektionistischer als meine Kollegen."

"Und worauf führst du das zurück?"

"So bin ich halt!", antworte ich etwas zu barsch, "Es hat ja auch Vorteile im Leben, wenn man einen starken Willen hat."

"Genau deshalb mag ich dich ja.", rudert sie zurück und schmiegt sich an mich, "Gab es jemand, der für dich in deiner Kindheit ein Vorbild war?"

Unbewusst war bestimmt mein Vater mein Vorbild, davon kann ich mich kaum frei machen. Ich sehe ihn vor mir, groß wie er war und immer mit wahnsinnig wichtigen Aufgaben betraut. Sein Arbeitszimmer zu Hause hatte die Aura des Oval Office. Mir war klar, dass dort die Schicksale von Welten verhandelt wurden. Meinen Bruder und ich saßen gelegentlich heimlich vor der Tür und lauschten ehrfürchtig der Gespräche, die wir nicht wirklich verstanden. Vater erschien uns unglaublich wichtig und natürlich bewunderten wir ihn dafür.

"Ich glaube schon, ein positives wie negatives. Ein positives Vorbild war mein Vater, er war eine starke Persönlichkeit und tat alles für seine Familie, ein negatives, da er viel zu wenig für uns präsent war."

Wieder versinke ich in Erinnerungen, ich sehe ihn vor mir im Anzug, wie er spät zur Tür hinein kam. Mein Bruder und ich hatten schon im Pyjama gespannt auf ihn gewartet und sprangen an ihm hoch wie Welpen um seine Aufmerksamkeit zu erlangen, bis er uns schließlich auf den Arm nahm.

"Willst du genauso gut sein, wie er war? Wolltest du ihm etwas beweisen?"

Ihre Fragerei löst Wehmut und Wut gleichzeitig in mir aus. Vater hätte mir mehr Aufmerksamkeit schenken können, spätestens als ich meine ersten Erfolge errungen habe. Doch ihr Interesse geht mir zu weit und ich möchte ihn nicht von ihr, einer Außenstehenden, kritisiert und demontiert sehen. Sie kennt ihn nicht und intuitiv möchte ich ihn verteidigen, obwohl ich ahne, worauf sie hinaus will und Recht hat.

Daher antworte ich rau: "Dafür ist es zu spät. Genug davon bitte."

"Ich bin angehende Psychologin und es interessiert mich, weshalb Menschen werden, wie sie sind. Insbesondere bei dir, weil du mir nah stehst. Ich merke, wie dich das Thema aufwühlt, aber das soll es auch. Nur wenn du dir klar machst, wie du so geworden bist, wie du bist, kannst du an dir arbeiten. Aber genug davon, ich will dich nicht belasten."

Die Erinnerungen an meinen Vater waren nie einfach sorglos und liebevoll. Machbubas Menschenkenntnis beeindruckt mich, doch bin ich argwöhnisch gegenüber der Zunft der Psychologen. Sie erschleichen sich durch vermeintlich harmlose Fragen das Vertrauen und dringen dann unaufhaltsam in die Seele ein wie ein Virus, das die Abwehrmechanismen des Körpers täuscht, um an sein Ziel zu gelangen. Finden sie, was sie suchen, ist das schmerzhaft. Ich habe im Prozess von Machbubas vermeintlich nur menschlich interessierten Fragespiels das Gefühl, dass sie unser Gespräch von Anfang an besserwisserisch dahin steuerte, wo ihre Ausbildung mein Problem vermutet. Das beraubt mich meiner Individualität. Ich will nicht eine ihrer Fallstudien sein. Dass ich nicht selbst den Weg zu mir finde, frustriert mich obendrein und dass ihr Wissen ihr Macht über mich gibt.

Während ich an der Küchenzeile lehne und über sie nachdenke, tritt sie zu mir heran. Sie küsst mich zunächst auf den Mund, knöpft mein Hemd auf und knabbert sich weiter bis zu meiner Gürtelschnalle hinunter. Dann kniet sie vor mir und macht sich an meinem Reißverschluss zu schaffen. Ich schließe die Augen und genieße den Moment in vollen Zügen, möchte ihn ewig dehnen, halte die Luft an, atme tief aus und fühle mich befreit wie selten zuvor.

Dann komme ich wieder zu mir. Ich weiß um ihre Erwartungen, ich muss mich um sie kümmern, schalte den Herd aus, um mich meiner Aufgabe zu widmen.

"Steh auf und leg dich auf den Tisch.", gebe ich ihr zu verstehen.

Sie gehorcht wortlos, lehnt sich mit dem Oberkörper vornüber auf den Esstisch und spreizt ein wenig die Beine. Dann legt sie ihren Kopf auf die gefalteten Hände und schließt die Augen in Erwartung der Dinge, die da kommen. Ihre wunderbar runden Hinterbacken ragen mir nun verlockend entgegen.

Nur kurz melden sich Zweifel in mir, dass nicht Lust, sondern anderes Interesse ihr Handeln motivieren könnte. Ich lasse sie ein wenig warten und betrachte mich in meiner Rolle. Es stört mich einer von vielen zu sein, die diese Spiele mit ihr spielen. Anderseits erregt es mich. In den letzten Monaten zu Hause waren nicht nur die Lebensfreude, sondern auch meine Hormone wie versiegt. Selbst wenn ich gewollt hätte, hätte ich nicht mit Lucie schlafen können. Nachdem mein Geist sich verabschiedete, hörte mein Organismus auch langsam auf zu funktionieren. Ich wollte mir nicht eingestehen, dass ich selbst die Ursache war. Nun hat sich etwas verändert. Überhaupt wieder empfinden zu können, ist mir eine Offenbarung. Vollständig die Kontrolle beim Sex zu übernehmen, ist ein neues Gefühl für mich. Schalt dein Hirn aus und lass dich fallen, beende ich meine Bedenken und greife in die Küchenschublade neben mir, um nach einem passenden Werkzeug zu suchen. Der hölzerne Eierwender erscheint mir stabil genug. Ich trete an sie heran, fasse sie mit einer Hand am Nacken und gebe ihr den ersten Schlag auf ihr Gesäß, das durch die enge Jeans gut geschützt ist. Es klatscht laut und ihr Gesicht verzieht sich. Jetzt greifen ihre Hände bis zur Tischkante und halten sich dort fest in Erwartung des nächsten Schlages. Der trifft die andere Backe und ist genauso hart. Dabei beobachte ihr schönes Gesicht und studiere die wechselnden Minen aus Lust, Angst und Schmerz, die sich abwechselnd abzeichnen. Jeder weitere Schlag wird von einem lustvoll gedehnten Ton orchestriert, der ihren aufeinander gepressten Lippen entfährt. Er ist mehr Seufzen als Stöhnen, mehr Schmachten als Leiden.

"Zieh dich aus!", befehle ich ihr streng.

Während sie sich bückt, um aus einem Hosenbein nach dem anderen zu steigen, blickt sie mich von unten an. Ich spüre, dass ihre Neigung von ihr verlangt, sich vollständig in ihre Rolle hineinzusteigern, um wirkliche Lust zu empfinden. Sie legt sich wie zuvor auf den Tisch und bietet mir nun ihre milchschokoladenfarbenen Kurven an. Ich halte einen Moment inne, träufele etwas des guten Olivenöls über ihre Rundungen und beobachte, wie ein Rinnsal ihre Kurven verlässt und versickert. Die Reste massiere ich sorgfältig ein, bis ihre Pracht glänzt wie eine polierte Kastanie. Vorsichtig greife ich ihren schlanken Hals, lege meine Hand auf ihren Kehlkopf und drücke ihr leicht die Luft ab. Als ich sie nehme, stöhnt sie so laut, dass ich keinen Zweifel mehr an der Einvernehmlichkeit unseres Tuns habe. Dann limitiere ich noch stärker ihre Luftzufuhr, bis sie zuckend kommt. In einem letzten Moment der Klarheit ziehe ich mich zurück. Dann löscht ein Glühen in meiner Wirbelsäule meinen Verstand aus und meine Knie werden weich.

Mein schlechtes Gewissen meldet sich schon Sekunden später zurück. Machbuba schiebt mich etwas zu unromantisch zur Seite und geht wortlos an mir vorbei ins Bad. Alsbald höre ich die Dusche plätschern. Ich wasche mich umständlich unter dem Küchenwasserhahn, als ob Reue jetzt noch etwas ändern könnte. Ganz Südafrika spottete über Jacob Zuma, den letzten Staatspräsidenten Südafrikas, der äußerte, dass er nach dem Sex mit einer HIV positiven Frau warm duschte, um sich nicht zu infizieren. Und ich mache es ihm nach. Die Angst vor HIV hier in Afrika sollte trotz aller neuen Medikamente Motiv genug sein, dass niemand mit klarem Verstand ohne Kondom Sex haben will. Fast ein Drittel der schwarzen Bevölkerung ist infiziert, ungeschützter Verkehr ist wie russisches Roulette.
Außer man ist selbst positiv.
Dann steht Machbuba wieder vor mir, frisch geduscht und duftend, angezogen und ziemlich gesund aussehend.
"Was schaust du so ernst, was ist los mit dir?", strahlt sie mich an.
"Du wirst mich für die Frage wahrscheinlich hassen, trotzdem will ich sie dir stellen. Irgendwann müssen wir darüber reden. Verhütest du? Hast du dich schon mal testen lassen? Ich bin definitiv negativ und habe bisher gut aufgepasst. Ich bin so noch nie Vater geworden, vielleicht bin ich sogar unfruchtbar."
Sie tritt einen Schritt zurück, die Fröhlichkeit ist ihrem Gesicht gewichen und sie antwortet: "Wir kennen uns kaum und ich habe Sex mit dir. Du wirst jetzt nichts Gutes von mir denken. Glaub es mir oder nicht, ich habe nie mit Männern ungeschützt

geschlafen und mit festen Freunden erst nach einem Bluttest. Du kannst dir also etwas darauf einbilden. Dass du weiß bist, ist nicht der Grund dafür. Im Übrigen habe ich gerade die unfruchtbaren Tage meines Zyklus. Entspann dich, wir waren beide verantwortungslos und ich noch mehr als du. Du weißt bestimmt, dass Frauen sowieso einem viel höheren Infektionsrisiko ausgesetzt sind. Bitte mach uns jetzt nicht den schönen Moment mit deiner Angst kaputt. Alles ist gut, stelle dir vor, du hättest mich in Europa getroffen, dann wärest du auch entspannt, oder?"

Leider muss ich mir eingestehen, dass sie recht hat und frage trotzdem stur, obwohl ihre Aussage eindeutig war:

"Wann hast du dich das letzte Mal testen lassen?"

"Hättest du mich in München getroffen, auf eurem Bierfest im Dirndl, eine junge blonde deutsche angehende Psychologin, hättest du dir weniger Sorgen gemacht, oder?"

"Entschuldige bitte.", antworte ich kleinlaut und schäme mich des Tonfalls, den ich unserem Gespräch gegeben habe.

Sie nimmt ihr Glas und prostet mir zu: "Du kannst mir trauen, aber jetzt wäre es sowieso zu spät, wir hätten das vorher überlegen müssen, willkommen in Afrika."

Ich stoße mit ihr an und versuche mein Hirn auszuschalten. Dann drücke ich sie und gebe ihr einen Kuss auf ihren wunderbar geschwungenen Mund. Ihre Augen sind feucht, bemerke ich überrascht. Um ihre Tränen zu verbergen, dreht sie sich zur Seite, windet sich aus meinem Arm und räumt ihre Sachen in ihre Handtasche.

"Wir machten gerade die schönste Sache der Welt und stehen uns nun so gegenüber. Bringst du mich noch nach Hause oder möchtest du mir lieber wieder ein Taxi rufen?", sagt sie und geht schon zur Tür.

Ich will sie nicht gehen lassen, stelle mich vor sie und antworte ihr: "Gib uns etwas Zeit, du bist seit langem der erste Mensch, auf den ich mich einlasse. Ich mag dich und möchte dich nicht verletzen. Bitte iss noch mit mir zu Abend, geh jetzt nicht nach Hause."

Ich warte ihre Antwort nicht ab, lege ihr den Arm um die Schulter und bringe sie zu einem Stuhl am Tisch. Sie setzt sich und ich meine, in ihrem Blick Erleichterung zu bemerken. Schließlich kochen wir zu Ende, reden noch über dies und das und sitzen uns beim Essen im Kerzenlicht gegenüber.

Um Konversation zu machen frage ich sie: "Sag mal, war das nicht gefährlich nachts durch das Township zu fahren?"

"Klar doch, du solltest auch nicht anhalten und aussteigen. Die Gangster dort glauben, wer nachts mit einem großen Auto da lang fährt, kauft Drogen und hat eine Waffe."

"Hab ich aber nicht."

"Das wissen die aber nicht."

"Und wenn ich doch ausgestiegen wäre?"

"Dann hättest du alles abgetreten, was du hast."

"Und wenn ich mich gewehrt hätte?"

"Dann wärst du jetzt nicht mehr unter uns. Die Menschen im Township leben täglich mit dieser Gefahr. Jeder ist schon ein Dutzend Mal überfallen und beraubt worden. Für Frauen ist das besonders schlimm."

"Du meinst, wenn es nicht beim Raub bleibt?"

"Südafrika ist das Land mit der höchsten Vergewaltigungsrate weltweit, es gibt kaum Frauen in den Townships, die noch nicht vergewaltigt wurden, das ist zumindest mein Gefühl."

Ich unterdrücke die Frage, ob ihr dieses Schicksal auch zuteil geworden ist. Meine nächste Frage würde sein müssen, wie sie damit lebt und ich muss mir eingestehen zu egoistisch zu sein, den Abend so enden lassen zu wollen. So nah stehen wir uns noch nicht, rede ich mir ein. In Südafrika lebt die ärmere Hälfte der Bevölkerung in diesen Hüttensiedlungen, die den Menschen nicht genug Sicherheit garantieren. Wenn es denn so ist, wie Machbuba sagt, müssen die meisten Frauen aus den Townships ein verheerendes Männerbild und eine traumatisierte Seele haben. So wie in Kriegsgebieten. Warum sollten sich diese Frauen an ihr Schicksal gewöhnen und besser mit solch einem Trauma umgehen können als Frauen in der ersten Welt?

"Aus der Freude über das Apartheidsende ist kein Gefühl der Einheit unter den Schwarzen geworden.", bemerke ich ausweichend, um das Thema zu wechseln.

"Irgendwie schon, wir sind stolz auf unser Land, aber die Armut macht alles zunichte. Das Wirtschaftswachstum ist zu niedrig, um die Masse der Arbeitslosen beschäftigen zu können. Das Schlimmste daran ist, dass unsere schwarze Regierung das selbst zu verantworten hat."

"Im Übrigen, was für eine Sprache hast du mit deinen Freundinnen gesprochen, ich konnte euch nicht verstehen?"

"Das tut mir leid, wir wollten dich nicht ausgrenzen, das war Zulu, meine Pflegeeltern sind Zulus. Jetzt weißt du, wie das ist, wenn man sich in seinem Land nicht verständigen kann. Es gibt hier 11 verschiedene Landessprachen. Auch das hat seinen Ursprung in der Apartheid, die Weißen hatten kein Interesse, dass sich die Schwarzen landesweit miteinander verständigen konnten. Glücklicherweise sprechen heute mehr und mehr Menschen Englisch."

Irgendwie fühle ich mich unbewusst ständig von ihr angegriffen und zu Unrecht mit auf den Haufen der weißen Rassisten geworfen. Das befremdende Gefühl der Kollektivschuld schleicht sich bei mir immer wieder ein. Ich meine, eine besondere Verantwortung ihr gegenüber zu haben, nur weil ich weiß und männlich bin. Das Thema möchte ich jetzt nicht mit ihr ansprechen, obwohl es nötig wäre. Für mich als moderner Europäer gehörte das Thema Hautfarbe der Vergangenheit an, hier ist es jüngste Geschichte. Die Bedeutung für unsere Beziehung habe ich unterschätzt, muss ich mir eingestehen.

Später bringe ich sie nach Hause, da ich mich wieder nüchtern genug fühle. Unser Abend gefiel mir, wenn er auch wenig von einer Romanze hatte. Unser Zusammensein ist abenteuerlich für mich und unsere Gespräche zumeist schwere Kost. Das ist es, was ich erleben wollte, sage ich mir, lege meine Hand auf ihren Oberschenkel und genieße es schweigend durch die Nacht zu fahren.

Vor ihrem Haus im Auto gebe ich ihr einen Kuss auf den Mund und verabschiede mich von ihr:

"Danke für den schönen Abend!"

"Es hat mir auch gefallen.", antwortet sie, legt mir die Hand um den Hals, schaut mich an und hält inne. Die Zeit steht still, sie streicht mir leicht mit ihrem Daumen an meinem Kinn entlang und sagt nichts. Ihr Blick berührt mich, muss ich mir eingestehen und ich muss schlucken.

Schließlich frage ich sie: "Sehen wir uns morgen Abend wieder, oder vereinnahme ich dich zu sehr?"

"Nein, tust du nicht, aber morgen Abend muss ich Arbeiten.", antwortet sie und schaut mich entschuldigend an, als ob ich Verständnis dafür haben sollte. Ich bin perplex und weiß nicht, was ich sagen soll. Der Zauber des Augenblickes hat sich so abrupt aufgelöst wie eine Seifenblase.

"Passt dir übermorgen?", fragt sie noch, aber ich höre kaum noch zu.

Ich steige fast fluchtartig aus dem Wagen, bleibe einen Moment draußen stehen, atme tief durch und öffne ihr dann, um sie zum Haus zu bringen.

"O.k., übermorgen.", verabschiede ich mich, ohne zu wissen, ob ich sie je wiedersehen werde.

Im Wagen verberge ich das Gesicht in meinen Händen, reibe mir über meine Augen, als ob ich Trugbilder verscheuchen müsste und fahre los. Gedanken strudeln mir durch den Kopf und die ganze Schizophrenie unserer Beziehung wird mir klar. Zunächst versuche ich mir noch einzureden, dass sie mit „Arbeiten" ihr Studium meint, dass vielleicht eine Prüfungsarbeit ansteht, die sie bis in den Abend vorbereiten muss. Je länger ich darüber nachdenke, desto klarer wird mir, dass ich versuchte, mir die Realität zurecht zu biegen. Sie sagte, sie sei Tänzerin, ist aber wahrscheinlich ein Callgirl. Möchte ich Klarheit haben über das, was sie genau macht und würde ich dann eine Konsequenz daraus ziehen? Früher oder später wird sie mit fremden Männern schlafen, auch wenn es nicht morgen ist. Wenn ich für sie sorgen würde, könnte sie bestimmt dazu bewegen, nicht mit anderen Männern für Geld auszugehen. Würde mich das auf dasselbe Niveau stellen wie die anderen? Vielleicht ist ihr Spiel mit mir auch nur abgekartet und etliche andere Männer fühlen sich genauso wie ich. Bei der Armut in diesem Land bin ich ein Hauptgewinn, vermute ich. Hier spielt Wohlstand eine völlig andere Rolle als in Europa, er bedeutet auch Sicherheit und Macht. Er ermöglicht oft erst eine Beziehung und kann auch schnell mit Gefühlen vermischt werden. Wie im Deutschland der Nachkriegsjahre. Meine Großmutter erzählte mir, dass viele deutsche Frauen mit den alliierten Soldaten für ein paar Nylonstrümpfe oder Zigaretten ausgingen. Da sprach man nicht von Prostitution. Das Machbuba Sympathie für mich verspürt, scheint mir offensichtlich, aber würde sie mich auch mögen, wenn ich arm wäre? Ich bin gerade dabei, den Glauben an meine Intuition zu verlieren, versuche ich mich wieder zu besinnen.

Zu Hause setze ich mich auf die Terrasse, schaue über das dunkle Meer auf die blinkenden Lichter der entfernten Stadt und fühle mich desillusioniert. Meine Gedanken drehen sich im Kreis, erst spät beende meine Grübelei und gehe zu Bett.

Am nächsten Tag wache ich spät auf, trotz des exzessiven gestrigen Abends fühle ich mich recht ausgeschlafen und wohl. Mit meiner Kaffeetasse setzte ich mich auch heute wieder auf meinen Platz in der Düne und lasse den Blick und die Gedanken schweifen. Mein Kopf ist noch voll von den Erlebnissen der letzten Nacht, Rausch, Angst, Leidenschaft und dann noch etwas Neues, ein Gefühl der Nähe und der Enttäuschung. Ich bin gerade auf dem besten Weg, mich in eine problematische Beziehung zu manövrieren, von der mir meine Freunde sicher abgeraten hätten. Ich sehe Machbuba vor mir, wie sie eine ihrer Dreadlocks um ihren Finger wickelt, den Kopf zur Seite legt und beim Lächeln ihre weißen Zähne zeigt. Dann schaut sie mich im Scherz grimmig an und streckt mir ihre pinke Zunge raus. Meine Brust zieht sich zusammen, die Sehnsucht nach ihr schmerzt ein wenig aber ich genieße das Gefühl. Wie absurd ist es, im Leben zu stehen und sich seiner eigenen Anteilnahme zu freuen, als ob das nicht das Selbstverständlichste der Welt wäre. Ich möchte mehr über sie wissen, vor allem was sie als Tänzerin macht. Arbeitet sie in einem Club oder Theater oder lässt sie sich auch nach Hause bestellen? Bei dem Gedanken stellen sich mir die Nackenhaare auf und unangenehme Bilder drängen sich in meinem Hirn. Kann es tatsächlich sein, dass sie Prostituierte ist und Spaß an der Arbeit hat? Was habe ich für einen Grund, Besitzansprüche zu stellen oder etwa eifersüchtig zu sein. Wir haben uns ein paar Mal gesehen und ich habe einiges mit ihr erlebt, genau wie ich es wollte. Sie ist die spannende Therapie, die ich brauche, um mich wieder ins Leben zurückzuholen. Der Gedanke ist abwegig, dass aus unserer Beziehung mehr werden könnte, dass sie Lucie das Wasser reichen kann. Lucie ist kultiviert, gut aussehend und treu. Sie hat immer zu mir gestanden, wir haben uns einmal geliebt und warum kann das nicht wieder so werden. Unsere Leidenschaft ist irgendwann versiegt, aber zunächst war der Sex wunderbar. Wenn ich wieder gesund werde, könnten wir bestimmt eine normale Beziehung führen und vielleicht Kinder bekommen. Machbuba ist das Gegenstück zu Lucie und vielleicht wollte ich ihr deshalb bisher keine Chance geben. Ihr Psychologiestudium verschafft ihr eine gewisse Überlegenheit. Sie ist spannend, impulsiv, sexy und stellt mich in Frage. Ich sollte Machbuba ihre Arbeit nicht vorwerfen mit der moralischen Überheblichkeit eines wohlhabenden Europäers. Einmal las ich von dem emotionalen Dilemma eines Mannes, der mit der Vergangenheit seiner Frau als Prostituierte nicht leben konnte. Er konnte die Vorstellung nicht ertragen, sie mit so vielen anderen Männern geteilt zu haben, daher konnte sie nur seine Mätresse sein. Männer suchen in ihren Frauen eine Mischung aus Madonna und Hure. Die Madonna repräsentiert die hingebungsvolle Liebe, das Gute, Treue und Ehrliche. Die Hure ist das Gegenstück, das Irrationale, der Abgrund der Seele, die Leidenschaft, der Sex. Wir unterscheiden uns darin, welche Frauen wir auf dem Kontinuum bevorzugen, das eine oder andere Extrem oder etwas dazwischen. Nennen wir es das Madonnen Huren Kontinuum. Viele Männer verlieben sich immer wieder in denselben Typus Frau, ohne sich des Dilemmas bewusst zu werden. Wie bin ich wohl gepolt, der Unterschied zwischen Lucie und Machbuba könnte kaum größer sein. Wäre ich bereit, jegliche Arbeit Machbubas zu tolerieren und sie als eine gleichberechtigte Partnerin zu akzeptieren? Ich bin neugierig, was sie tatsächlich macht und will meine Toleranz prüfen. Ich stelle mir vor, wie sie im Abendkleid mit einem fremden Mann in einem schicken Restaurant diniert, im Kerzenlicht verführerisch mit den Augen klimpert und unterhaltsame Gesellschaftsdame spielt. Enden dort die Abende, oder dann doch bei ihm zu Hause oder im Hotelzimmer? Der Gedanke, was sie dort tut, macht mich neugierig und eifersüchtig zugleich. Ich muss mir eingestehen, die Vorstellung des Abenteuers sie heimlich zu beobachten erregt mich und mein Blut beginnt zu pulsen. Sich der Gefahr der Entdeckung und Bestrafung auszusetzen erhöht die Spannung ungemein und erzeugt eine Art Lustangst.

10. Gedankenspiele

Unruhig stehe ich auf, gehe zum Meer hinunter, laufe wieder hoch zu meinem Dünenaussichtspunkt und setze mich. Heute Abend werde ich versuchen, sie heimlich zu beobachten und werde vielleicht zum Voyeur. Ich bin ein Perverser und kann nicht umhin festzustellen, dass ich den Zustand dieser perversen Erregung genieße.

Wo sie heute Abend ausgehen wird, werde ich noch herausfinden müssen und rufe sie an:

"Guten Morgen schöne Frau, wie geht es dir?", frage ich sie möglichst charmant.

"Guten Morgen schöner Mann, wie geht es dir?"

"Wunderbar, ich sitze gerade auf der Düne vor dem Haus und schaue auf das Meer. Lass uns Frühstücken gehen, du sagtest ja, dass du heute Abend schon verabredet bist."

"Eigentlich gerne, aber ich muss gelegentlich auch mal studieren.", antwortet sie, rückt aber noch nicht mit den Informationen raus, die ich benötige.

"Wann bist du heute Abend unterwegs? Lass uns vorher treffen."

"Das schaffe ich nicht, ich komme erst nachmittags zurück und werde um 20.30 schon abgeholt. Lass es uns bei morgen belassen... Ach, bist du etwa eifersüchtig? Oder neugierig? Möchtest du wissen, was ich so treibe? Wenn du willst, beichte ich dir morgen alle meine abendlichen Sünden.", antwortet sie nur vermeintlich devot, da sie sich mir nicht zur Rechtfertigung verpflichtet fühlen sollte. Sie zeigt mir ihre Überlegenheit dadurch, selbst mit den absonderlichsten Neigungen umgehen zu können, dafür Verständnis zu haben und darin eine Art Normalität zu sehen.

"Ich will nicht, dass du arbeiten gehst, aber wenn du es schon tust, dann möchte ich wissen, was du machst."

Ich weiß nicht, warum auch ich den beschönigenden Ausdruck „Arbeit" verwende. Mir scheint es offensichtlich, was sie macht. Meine pietätsvolle Umschreibung verbessert nichts daran. Trotzdem habe ich das Gefühl, sie zu beschämen, wenn ich von

„prostituieren" sprechen würde. Vielleicht empfindet sie sich auch gar nicht als Prostituierte und redet sich ein, dass die gelegentliche Arbeit als Tänzerin oder Gesellschaftsdame in luxuriöser Atmosphäre, die oft mit mehr oder weniger angenehmen Sex endet, nichts damit zu tun hat. In allen Kulturen existieren Austauschverhältnisse zwischen Männern und Frauen, in denen die Liebe nicht dominiert und die Gegenleistung große Bedeutung besitzt. Fließt Cash im Anschluss der Verabredung, gilt die Verbindung in westlichen Kulturen als anrüchig. Entlohnungen können auch zeitlich verzögert fließen oder sich durch Geschenke ausdrücken, dann gilt das Verhältnis als akzeptabel. Für ein Gespräch über das Thema ist es jetzt aber noch zu früh.

"Es gibt allerdings eine kleine Einschränkung, du darfst nicht wissen, wer meine Kunden sind. Das würde dich und mich gefährden, diese Männer sind sehr mächtig und wollen inkognito bleiben."

"Das kann ich akzeptieren.", antworte ich ihr.

Was bleibt mir auch anderes übrig, da ich nicht die Rolle in ihrem Leben spiele, irgendwelche Ansprüche stellen zu können.

"Einer von denen mag mich sehr und glaubt, dass ich nur ihn treffe. Er hat tatsächlich Besitzansprüche an mich und fordert Treue von mir, obwohl er verheiratet ist.", spottet sie kopfschüttelnd.

Es trifft mich, dass sie sich über ihren Kunden lustig macht. Es wird daran liegen, dass ich mich ein wenig mit ihnen identifizieren kann.

"Er ist, sagen wir mal, Polizist, oder vielleicht passt ab einem gewissen Dienstgrad hier besser Politiker? Normalerweise ist er friedlich, er scherzt aber immer, keinen anderen Mann neben sich zu akzeptieren. Ich glaube, er meint es ernst und ist für mich unkalkulierbar. Er darf keinesfalls von uns beiden wissen, sonst bekommen wir Probleme."

"Ich hole dich morgen um 20.00 ab.", antworte ich ihr.

"Prima, ich freue mich, bis morgen.", verabschiedet sie sich.

Ich musste mir alle Mühe geben, mich zu beherrschen und gelassen zu wirken. Ihre Stimme klingt so jung, fast mädchenhaft und doch feminin und erotisch für mich. Sie berührt mich mehr, als ich mir eingestehen will. Auch wenn die Neugierde auf mein abendliches Experiment überwiegt, sorge ich mich doch um sie und kämpfe mit meinem schlechten Gewissen.

Den Rest des Vormittags verbringe ich mit Joggen, Frühstücken und Zeitungslesen, kann mich aber kaum auf die Artikel konzentrieren, die ich lese. Je näher der Abend rückt, desto nervöser werde ich und laufe in meinem Appartement hin und her wie ein Leopard in seinem Käfig. Dann fahre ich zu früh zu einem Restaurant in der Gegend. Ich bin der einzige Gast in dem großen Raum und bestelle eine Flasche Wein, um mir Mut anzutrinken. Durch die schlierigen Fenster schaue ich auf das aufgewühlte Meer und meine Gedanken springen hin und her. Erst nachdem ich das letzte Glas der Flasche einschenkt habe und mich die Wirkung des Alkohols entspannt, ordere ich noch etwas zu essen.

Rechtzeitig verlasse ich das Restaurant und fahre los, jetzt pulst mein Herz, als hätte ich gekokst. Ich fühle mich wie früher, wenn wir Halbstarken abends loszogen, um Blödsinn zu stiften. Der Morgen war uns gleich, wir waren lebendig und zu allem bereit. Es dämmert, als ich mich ihrem Haus nähere. Hinter einem Busch, von dem ich ihre Tür beobachten kann, aber selber verborgen bleibe, parke ich den Wagen. Ich habe keine Angst mehr vor den Gestalten, die scheinbar ziellos durch das Dunkle schleichen, ich bin nun einer von ihnen geworden. Die Spannung steigt, ich zünde mir eine Zigarette an und warte. Da blendet ein Auto am Ende der Straße auf. Eine weiße Limousine mit verdunkelten Scheiben rollt an mir vorbei und hält vor ihrem Haus mit laufendem Motor. Ich halte die Luft an und sehe alsbald Machbuba federnden Schrittes über die Straße eilen, genau wie sie letzlich zu meinem Auto lief. Mit ihrem weißen engen Kleid und den roten High Heels ist sie sehr elegant und setzt ein deutliches Signal. Lachend beugt sie sich in sein Fahrerfenster und wippt dabei mit ihrem schlanken Bein. Dann hebt sie wieder ihren Kopf aus dem Fenster, wirft einen schnellen

Blick die Straße entlang bevor sie um das Auto geht, um einzusteigen. Falls sie mich entdeckt hat, lässt sie sich nichts anmerken. Mein Herz schlägt wie eine Buschtrommel, ich kneife mir in den Oberschenkel, um meiner Erregung Herr zu werden. Dann fährt die Limousine los, ich folge ihr mit Abstand durch die Stadt wie der niederträchtige Bösewicht in einem Kriminalfilm. Schließlich geht es steil den Hang des Tafelberges hinauf nach Oranjesicht, einem der Villenviertel Kapstadts. Eine breite Doppelgarage öffnet sich wie von Geisterhand und der weiße Wagen verschwindet darin. Die letzte Chance einzugreifen schwindet zusehends, als das Garagentor langsam wieder hinunterfährt, mit einem sanften Knirschen aufsetzt und mich auf der Straße zurücklässt.

Nun ist sie in seinen Händen, der Mächtige hat mich ausgeschlossen. Einen Moment lang fühle ich mich wie ein dummer Junge. Um nicht aufzufallen, fahre ich eine Straße weiter und parke den Benz unter einem Baum. Dann gehe ich zu Fuß zurück, bummele an der Doppelgarage vorbei, unauffällig die Hände in die Taschen gesteckt. Oberhalb der Garage sehe ich die Villa, worin ich Machbuba vermute. Da das Haus stufig auf drei Etagen gebaut ist, muss ich zunächst die Mauer des Nachbarn erklimmen, um in den Garten des Freiers zu gelangen. Niemand ist auf der Straße zu sehen, kurz entschlossen ziehe ich mich hoch und springe hinüber. Auf allen Vieren krieche ich durch das Gebüsch und blicke auf den hell erleuchteten gläsernen Eingangsbereich, der aus der Garage von unten begangen werden kann. Niemand ist dort zu sehen. Ich muss auf die nächste Gartenebene gelangen, da auf der oberen bestimmt das Wohnzimmer liegt. Daher schleiche ich mich durch den Schatten der Vegetation über die Gartentreppe nach oben und verberge mich dort wieder im Gebüsch. Kein Hund lauert hier, keine Alarmanlage verrät mich. Vorteilhaft für mich leuchten die Gartenstrahler auf das Haus und machen mich fast unsichtbar. Ich suche mir eine dichte Pflanze, von der ich das Wohnzimmer mit seinen bodentiefen Fenstern einsehen kann. Wie ein Dschungelkämpfer robbe ich durch das Laub dorthin und hoffe, nicht auf Schlangen oder Spinnen zu treffen. Das Adrenalin strömt wie bei einer Achterbahnfahrt durch meine Adern und belohnt mich für das Risiko. Das Licht ist stark gedimmt. Als mein Blick die Tiefen des Raumes abtastet, bemerke ich eine Bewegung. Tatsächlich sehe ich zunächst nur ein weißes Kleid geisterhaft durch das Dunkle schweben. Vielleicht geht sie zu der Hausbar und mixt sich einen Drink. Sie verweilt einige Zeit auf der Stelle, bis ihr Kleid sich plötzlich in die Höhe hebt, in sich zusammen fällt, dann eine federnde Bewegung in die Höhe macht und sich spurlos auflöst wie bei einem Zauberkunststück. Unerwartet und genauso körperlos sind plötzlich ein roter Slip und rote Strapse sichtbar, sie bewegen sich durch den Raum zum Fenster. Dort mir gegenüber, nur wenige Meter von mir entfernt, bleibt sie stehen. Nun im Scheinwerferlicht des Außenstrahlers kann ich sie erkennen. Sie verschränkt ihre Arme über der Brust, lässt sie wieder fallen, nimmt Kontraposte Haltung ein und schaut in den dunklen Garten. Wäre ich Bildhauer, hätte ich ein Motiv gefunden. Das Becken tritt aus der senkrechten Körperachse hinaus, der durch die Gewichtsverlagerung einsetzende Hüftschwung mit der Schieflage ihres Beckens verdeutlicht die Gegensätze von Spannung und Entspannung. Sie führen in dieser Haltung zu einem perfekten homogenen Ausgleich. Ihr Gesicht wirkt teilnahmslos, als ob sie noch auf ein Signal warten würde, das unausweichliche Ende des Abends einleiten zu können.

Eine unerwartete Gefühlsanwandlung sticht mich in meiner Brust und einen Moment lang bin ich versucht aufzuspringen, um sie dort herauszuholen. Ich bleibe aber in meinem Versteck kauern. Das ist ihre Arbeit, mache ich mir wieder bewusst und beruhige mich.

Musik setzt ein, das ist ihr Signal, Machbuba dreht sich um, schreitet in die Tiefe des Raumes und bleibt rücklings vor dem Sofa stehen. Des weiteren kann ich nur dunkle Umrisse erkennen. Sie bückt sich mit durchgesteckten Beinen vornüber und legt ihre Hände auf den Boden. Leider filtert das geschlossene Fenster die Geräusche so, dass nur die Bässe der Musik nach draußen dringen. Das schwache Licht lässt mich an ihrer Vorstellung wie in einem stummen Schattenspiel teilhaben. Er bleibt bewegungslos und fast unsichtbar in seiner Sofagarnitur. Ich beobachte nur sie, wie sie für ihn stripped und verführerisch schlangenhaft tanzt. Erst später, als er aufsteht, um das Licht aufzuhellen, sehe ich ihn im Ganzen. Er trägt nur eine Anzugshose, ist groß, massig und dunkelhäutig. Er sieht fast aus wie ein Sumoringer und bewegt sich auch so behäbig. Sein Bauch wölbt sich weit nach vorn wie ein Ballon, seine breite Brust und seine muskulösen Arme lassen jeden Widerstand zwecklos erscheinen. Sein Schädel ist glatt rasiert, sein Hals kurz und in seinem Nacken bilden sich Fettrollen. Ich vermute, er ist nicht über 40 Jahre alt. Auf mich wirkt seine Leibesfülle furchteinflößend. Ist er einer dieser mächtigen Männer? Es gibt kaum Männer in seinem Alter, die sich solche Villen leisten können. Die, die es können, haben oft Funktionen in der Politik oder Administration. Wie sonst soll er zu solch einem Vermögen gelangt sein. Im nächsten Augenblick schäme ich mich meiner Gedanken, nur weil ich ihn nicht mag, sollte ich nicht zum Rassisten werden. Nichts kann ich ihm wirklich vorwerfen, vielleicht würde ich ihn sogar mögen, wenn ich ihn in der Kneipe kennengelernt hätte. Er zahlt für einvernehmlichen Sex, was zwar in diesem Land illegal ist, nicht aber in Deutschland. Dass er sie ihrer Würde beraubt? Nur dann, wenn sie ihre Dienste nicht freiwillig zur Verfügung stellt oder er ihre Notlage ausnutzt. Natürlich nutzt er ihre finanzielle Not aus, so wie Millionen anderer Frauen könnte Machbuba auch anderweitig Geld verdienen, geht aber lieber den vermeintlich einfacheren Weg. Er kann höchstens seine eigene Würde beschädigen, ihre Würde kann sie nur selbst beschädigen, wenn sie ihre Arbeit nicht als freiwillig empfindet. Unwillig gestehe ich mir ein, dass ich mir seine Schlechtigkeit nur einrede, da es sich hier um die Frau handelt, die auch ich begehre. Vielleicht ist er sogar ein rechtschaffener Anwalt und ein deutlich besserer Kerl als ich, der gerade auf seinem Grundstück eingedrungen ist und in seinem Privatleben spannt.

Machbuba steht rücklings an die Wand gelehnt und wartet. Er stampft zur Bar, schenkt sich ein Glas ein und geht auf sie zu. Als er sich mit seinem runden Bauch gegen sie drückt, bekomme ich Mitleid mit ihr. Ein Nilpferd mag eine Gazelle. Ich frage mich angewidert, wie sich das anfühlen mag und wie man an diesem Hindernis im Bett vorbeilaviert. Das kann nicht der Sex sein, an dem sie Freude hat, rede ich mir zunächst ein bis mir Zweifel kommen. Ob sie seine Leibesfülle mag und mich zu dürftig findet, oder das Äußere gar keine Rolle für sie spielt und es ihr reicht, dominiert zu werden?

Jetzt weicht sie ihm aus, windet sich aus seinen Armen und verlässt den Raum. Sich rar zu machen ist bestimmt Teil ihres Spiels. Er folgt ihr wie ein Hund, der eine Belohnung erwartet. Als ich auf der obersten für mich nicht mehr einsehbaren Etage Licht aufleuchten sehe, entscheide ich mich zu gehen. Ich schleiche mich denselben Weg zurück, den ich gekommen bin. Äste kratzen mir durch das Gesicht, beim Sprung von der Mauer knickt mein Fuß um und ich rolle auf den Bürgersteig. Schnell humpele ich zu meinem Wagen und fahre los.

Die Kratzer auf meinen Wangen brennen, ich sehe aus wie nach einem Kampf. Machbuba tat mir etwas leid, als ich sie vor ihm ausweichen sah. Sie weiß, worauf sie sich einlässt und das ist ihr Leben, rede ich mir ein und versuche die Gefühllosigkeit meines Handelns vor mir zu rechtfertigen.

Die unzähligen Abende des letzten Jahres, die ich im Bett verbrachte, verschwinden im Nebel der unbedeutenden Erinnerungen. Ich sollte mich schlecht und schmutzig fühlen und tue es nicht. Ich weiß jetzt, dass Voyeurismus keine Leidenschaft von mir wird, aber das Erlebnis des heutigen Abends wird mich mein Leben lang begleiten.

Zu Hause setzte ich mich mit einem Glas Wein auf die Terrasse, Kapstadts Zentrum erkenne ich durch die unzähligen Lichtpunkte, die sich den Hang des Berges hinauf ziehen. In den meisten Häusern dort herrscht Leben, es wird Freude, Hass,

Leidenschaft, Liebe oder Leid empfunden. Das erlerne ich jetzt auch wieder und habe das Gefühl, dazu zu gehören. Als ich schon im Bett liege, summt mein Telefon, Machbuba hat geschrieben: "Hallo mein Herrscher, hab ich dich vorhin gesehen oder habe ich mich getäuscht?" Hat sie mich bei ihr vor der Tür schon bemerkt oder im Garten vermutet und sich für mich inszeniert? Ist sie nach oben gegangen und wollte mir nicht zeigen, wenn es zum Finale kommt? Bei jeder anderen Frau wäre ich jetzt im Boden versunken vor Scham, ein Voyeur, der sich von seiner Freundin erwischen lässt. Bei Machbuba habe ich nicht das Gefühl, mich rechtfertigen zu müssen. Fast das Gegenteil ist der Fall, sie wird es als selbstbewusst wahrnehmen, wenn Männer zu ihren Bedürfnissen stehen. Dann weiß sie, woran sie bei ihnen ist. Ihr Leben sollte die beste Voraussetzung für Tabulosigkeit sein, Scham scheint sie nicht zu kennen. In Gedanken an Machbuba gehe ich zu Bett und schlafe bald ein.

Maswati der Dritte, der König von Swaziland, herrscht über sein winziges Land absolutistisch. Es grenzt an Südafrika und wurde gerade aus seiner Laune heraus in Königreich Eswatini umgetauft. Der Herrscher sucht sich gelegentlich eine weitere Ehefrau, mittlerweile hat er 14 an der Zahl. Sein Vater hatte 72. Zu seiner Brautwahl gehört eine Tradition, zu der in diesem Jahr 20.000 Jungfrauen anreisten. Sie tanzen barbusig und nur mit Baströckchen bekleidet vor ihm, bis er sich die Passende aussucht. Von diesem aufwendigen Hochzeitszeremoniell, das Schilfrutenfest, sah ich letztlich Bilder in der Zeitung, die mich zu meinem Traum inspirierten. Ich sehe mich jedenfalls an einer staubigen Landstraße stehen und den Daumen heraushalten. Der Laster, der anhält und mich auf der offenen Pritsche mitfahren lässt, ist der, den ich abgebildet sah. Auf dessen Ladefläche feierten, sangen und tanzten bestimmt 50 halb nackte Frauen dicht aneinandergedrängt. Es ist warm, in den Kurven kugeln wir über, - und untereinander. Überall sind Hände, alles ist weich und rund, jeder macht, was er will. So wird die Autofahrt für mich zu einem wilden Fest das endet, als ich völlig entkräftet und ausgelutscht vom Wagen geworfen werde, da ich es nicht allen recht machen konnte. Verschwitzt schrecke ich auf und drehe mich schmunzelnd über meine Selbstüberschätzung auf die andere Seite.

Die Morgensonne taucht den Tafelberg in goldenes Licht und verleiht selbst dem rostroten Tanker vor der Hafeneinfahrt eine gewisse Schönheit.
Dabei begann mein Morgen zunächst so deprimierend. Am späten Vormittag wachte ich auf und konnte mich kaum erheben. Da war sie wieder, die Aphatie, die mich in Deutschland so fest im Griff hatte. Ich hatte keinen Antrieb irgendetwas zu unternehmen und fühlte mich einsam in einem freudlosen Leben. Meine Depressionen hatten mich wieder eingeholt. Der heutige Tag sollte sich nicht von den vorherigen unterscheiden, doch alle meine Aktivitäten der letzten Tage erschienen mir sinnlos, dumm und oberflächlich. Ich wollte mich nicht gehen lassen, zündete mir doch eine Zigarette im Bett an und blieb liegen. Um nicht noch tiefer zu fallen, zwang ich mich dennoch aufzustehen, quälte mich hustend in meinen Neoprenanzug, nahm mein Surfboard und ging wie ferngesteuert zum Strand. Ich paddelte direkt und ohne auch nur einen Moment aufzublicken hinaus auf das Meer, um nicht zu riskieren einen Grund zu finden, das Manöver doch noch abzubrechen. Meine Arme ruderten mechanisch wie das Rad eines Dampfers, besessen rang ich mit der einsetzenden Erschöpfung im eiskalten Wasser, wie Treibholz warf mich die Brandung doch immer wieder zurück. Die Wellen waren hoch und ich musste ständig Duckdiven*, um überhaupt die Schaumwalzen überwinden zu können. Ich war nur noch ein gegen den Schmerz kämpfender Organismus, mein Hirn war völlig abgeschaltet und alles andere weit entfernt. Ich hielt durch, was blieb mir draußen auf dem Meer sonst übrig. Schließlich schaffte ich es doch über den Break hinaus.

Nun liege ich schwer atmend auf meinem Brett, habe mich völlig verausgabt und muss mir eingestehen, dass mein Trainingszustand nicht ausreichend für diese harschen Bedingungen ist. Meinen Körper hält der Anzug warm, aber meine Hände und Füße sind taub vor Kälte, einen zweiten Versuch wird es heute nicht geben. Langsam komme ich zur Ruhe. Aufrecht auf meinem Brett sitzend lasse ich meinen Blick nun schweifen und genieße den Ausblick, die schäumende Brandung hatte reinigende Wirkung. Das Meer vor mir ist glatt und friedlich, die Schiffe rollen sanft in der Dünung, hinter mir ist der Abgrund. Die Wellen verschwinden dort wie in einem Wasserfall, ich höre das dumpfe Donnern, wenn die Masse in sich kollabiert.

Als ob ich sie gerufen hätte, taucht plötzlich eine Schule neugieriger Delfine auf. Anhand ihres Bewegungsmusters sind sie schon von weitem von anderen Meeresbewohnern zu unterscheiden. Da sie nicht gleichzeitig an der Oberfläche erscheinen um zu atmen lässt sich ihre Zahl schlecht schätzen. Vielleicht sind es ein Dutzend. Manchmal habe ich das Gefühl, diese liebenswerten Kreaturen anzuziehen, so oft zeigten sie sich mir schon, wenn ich surfen ging. Diese hier sind etwas kleiner als wir Menschen und schwarz-weiß gemustert. Einer ist nur etwa armlang und bleibt nah an der Seite eines anderen, der bestimmt seine Mutter ist. Ich würde sie gerne berühren, sie kommen aber immer nur so nah, dass ich sie nicht fassen kann. Als ich den Kopf unter Wasser halte, höre ich ihre pfeifenden Geräusche und bin fasziniert. Rufe ich ihnen etwas zu, klingt es dumpf und im Gegensatz zu ihren vielseitigen Lauten so intelligent wie das Blöken eines Schafes. In ihrem Element sind sie überlegen. Meist bleiben Delfine mir beim Surfen erstaunlich lange nah, wofür ich keine rationale Erklärung habe. Anders als bei anderen Meerestieren habe ich das Gefühl, dass beide Seiten die nahe Verwandtschaft spüren und den Wunsch des anderen, sich mit gleichem zusammen zu tun. Auf unerklärliche Weise schaffen sie es in mir Freude auszulösen, was mich immer wieder verblüfft. Vielleicht haben sie tatsächlich einen achten Sinn, sieben ihrer Sinne sind der Forschung heute schon bekannt. Auf meiner ersten Afrikareise war ich mit meinem Surfbrett eine lange Zeit in einer Schule von hunderten Tieren. Sie blieben bei mir und spielten miteinander, als hätten sie mich adoptiert. Nach über einer Stunde, als sie mich dann doch verließen, war ich so glücklich wie selten zuvor in meinem Leben. Ich war den übrigen Tag der Welt entrückt, wie auch immer sie das angestellt haben.

Heute sind sie leider weniger anhänglich, drehen einige Runden um mich herum, beäugen mich von allen Seiten, zwei machen noch ein paar Luftsprünge und verschwinden so schnell wie sie gekommen sind. Ihr Besuch war nur kurz, doch hat er auch heute etwas in mir ausgelöst. Mutig paddele ich die nächste Welle an, stehe auf und gerate fast in den freien Fall, als mein Brett nach unten schießt. Ich reite den konkaven Hang, bis die Welle in sich zusammen fällt, gleite auf dem weißen Schaum noch bis zum Ufer und gehe schwer atmend zum Haus zurück.

Auch wenn ich physisch nun so geschafft bin, dass meine Beine zittern, ist meine spirituelle Energie zurückgekehrt. Ich dusche, ziehe mich an und mache mir Frühstück. Auf der Terrasse schlürfe ich meinen Kaffee, mümmle mein Müsli und schaue entspannt auf das Meer. Mein Blick wandert ziellos von einem Punkt zum nächsten, mein Hirn ist hellwach und hat doch kein anderes Interesse als die zweckfreie Naturbeobachtung. Die Möwen gleiten über die Dünen, die Strandläufer trippeln am Strand und das Seegras wiegt sich im Wind und Sonnenschein.
Jetzt freue ich mich über den Ausblick, so kann der Tag noch einmal beginnen.
Da schellt mein Telefon.

11. Lucie

Ich schaue auf das Display und sehe Lucies Bild aufleuchten. Ich fühle mich genötigt abzunehmen. Im letzten Augenblick zucke ich zurück, ich könnte sie auch später noch zurückrufen. Ihr sehr vorteilhaftes Foto auf meinem Telefon, lachend mit einer Blume im Haar, macht sie wieder in meinem Leben präsent. Irgendwann hört es auf zu klingeln. Ich lehne mich wieder zurück und komme doch nicht umhin, an sie zu denken.

Lucie war der Ruhepol in meinem Leben. In der Phase, in der alles aus dem Ruder lief, war sie eine große Hilfe für mich. Zumindest schien es mir so in dieser Zeit. Manchmal frage ich mich, warum sie nicht mehr unternahm, um mich von meiner Sucht zu Arbeiten abzubringen. Sie ist eine intelligente Frau und muss bemerkt haben, wie ich mich veränderte. Es gab ihr eine gewisse Macht über mich, je mehr ich mich vom dynamischen beliebten Manager zum Pflegefall entwickelte. Die Sozialkontakte um uns herum reduzierten sich mehr und mehr, zum Schluss blieben nur noch wir zwei übrig und selbst das schien sie zu akzeptieren. Ich las einmal, "Die Freiheit des Menschen liegt nicht darin, dass er tun kann, was er will, sondern dass er nicht tun muss, was er nicht will." Diese Freiheit war mir völlig abhandengekommen.

Ich bin nicht immer so gewesen. Bei meiner Mutter auf dem Kaminsims steht ein Foto von mir, auf dem ich freudestrahlend und langhaarig das Abiturzeugnis in der Hand halte. Ich fuhr tags darauf mit einem Freund in meinem klapperigen Kombi mit Surfbrettern auf dem Dach bis nach Portugal. Ohne unsere Eltern zu reisen war uns neu, wir freuten uns über Campingplätze und diskutierten über die Freiheit, die uns nun unendlich erschien. Mir war klar, dass ich nicht viel zum Leben bräuchte, hätte ich nur das Meer vor meiner Tür. Die folgenden Jahre meines Studiums haben mich dahin gehend kaum verändert. Ich wohnte in WGs, lernte unterschiedliche Menschen kennen und studierte dies und das, einfach aus Neugierde oder Interesse. Die vielen Reisen, die ich zu der Zeit machte, waren eher lange Forschungsreisen als Urlaube. Mehr gefeiert und gelacht habe ich nie wieder in meinem Leben. Dann kam der erste Job. Ich freute mich darauf, ich wollte all das Wissen zur Anwendung bringen und mich beweisen. Der zweite Job war noch besser bezahlt als der Erste und ich genoss es, in den oberen Etagen wichtige Entscheidungen zu treffen. Das viele Geld, das ich verdiente, war aber nicht mein Antrieb, es war eher eine weitere Bestätigung meines Erfolges. Irgendwann wurde meine Arbeit Selbstzweck. Wie es dazu kam, ist mir immer noch nicht klar. Etwas passierte mit mir, dass das wirkliche Leben gegenüber dem Arbeitsleben unbedeutend werden ließ. Im Büro war ich ein Gladiator in ständigem Kampf mit mir und meiner Umgebung, Menschen wurden von mir Hierarchien und Funktionen statt Sympathien zugeteilt, Gespräche wurden zu Anweisungen. So wie ich mich den ganzen Tag über verhielt, wurde ich nach vielen Jahren, sachlich, effizient und emotionslos.

Den zweiten Anruf Lucies nehme ich etwas genervt entgegen.
"Hallo Lucie, wie geht es dir?", frage ich höflich.
"Gut, gut Liebling, aber wie geht es dir? Ich habe einige Tage nichts von dir gehört. Ich sorgte mich etwas und wollte dir erst einmal Zeit lassen, dich zu finden."
"Die neue Umgebung bringt mich auf andere Gedanken. Ich habe zwar immer wieder Rückfälle, aber es geht mir besser."
"Das freut mich sehr zu hören, wie lenkst du dich denn ab?"
"Ich gehe Surfen oder mache anderen Sport, sitze auf meiner Düne vor dem Haus und versuche herauszufinden, warum ich so bin wie ich bin."
"Vermisst du mich denn?"
"Sicher.", antworte ich konfliktscheu.
"Wann soll ich dich denn besuchen kommen?", setzt sie nach, wie zu erwarten.
"Ich brauche noch etwas Zeit für mich, ich muss mehr Abstand von zu Hause bekommen, um wieder gesund zu werden. Lass uns dazu in ein paar Tagen noch einmal telefonieren, o.k.?"

"Kein Problem, ich vermisse dich und möchte dich endlich wieder gesund sehen, lass dir die Zeit, die du brauchst. Ich melde mich nächste Tage nochmal, Tschüss!", beendet sie das Gespräch.

Ich möchte nicht wieder in alte Muster zurückfallen und das würde passieren, sobald sie hier wäre. Wir würden viel Essen, schlafen und spazieren gehen, das Leben würde wieder beschaulicher und ich würde irgendwann nach Deutschland zurückfahren und weitermachen wie früher. Um mich wirklich zu verändern, muss sich mehr in meinem Leben tun. Heute wäre ich lieber einer der armen Sharkwatcher in Muizenberg, als wieder ein depressiver Manager in einem deutschen Büro.

Später mache ich mich fertig für den Abend. Ich muss mir eingestehen, dass ich mich auf Machbuba freue. Ausgiebig dusche ich und nehme mir Zeit, meine Kleidung zu wählen. Dann fahre ich in den Sonnenuntergang, duftend und fröhlich pfeifend. Das ich das letzte Mal in so guter Stimmung war, ist schon ewig her.

Ich treffe pünktlich bei ihr ein, parke vor ihrem Haus und rufe sie an. Das Telefon klingelt, aber keiner hebt ab. Im Auto zu warten scheint mir sinnlos. Da es keinen Klingelknopf gibt, klopfe ich. Nichts rührt sich, ich lege mein Ohr an ihre Tür, kann aber kein Geräusch von innen vernehmen. Der Vorhang versperrt mir den Blick durch das Fenster.

Eine Obdachlose schiebt auf der Straße ihren gesamten Hausrat hochgetürmt auf einem Einkaufswagen vorbei. Sie schaut zu mir herüber, bleibt stehen und schüttelt den Kopf. Aus ihrem zahnlosen Mund kommen unartikulierte krächzende Laute. Ich möchte nicht mit ihr reden und mogele mich an ihr vorbei zu meinem Auto. Ihr Geruch ist so streng, dass ich fürchten muss, dass er an mir kleben bleibt. Ich kann mir nicht vorstellen, dass Machbuba unsere Verabredung vergessen hat und schaue die Straße rauf und runter. Ich fühle mich nicht in der Stimmung, den Abend alleine zu verbringen und bin entschieden auf sie zu warten. Vor ihrem Haus setzte mich auf die Treppenstufen.

Langsam schwindet das Licht, ohne den Glanz der Sonne wirken die Fassaden noch schäbiger. Ein Mann lungert ein paar Häuser weiter unter einer Hecke auf dem Boden herum, steht dann auf und schlendert auf mich zu. Mir gegenüber hält er an, es ist mir suspekt, wie er mich mustert, doch dann setzt er seinen Weg fort. Sicherheitshalber ziehe ich mich ins Auto zurück. Von dort aus observiere ich die trostlose Umgebung ihres Hauses wie ein Detektiv. Vielleicht ist es aber auch umgekehrt, und hinter den Fensterscheiben lauern Menschen und beobachten mich. Ich steigere mich immer mehr in meine Ängste hinein und sehe überall im Dämmerlicht nun Gefahren. Je länger ich dort sitze, desto düsterer wird meine Stimmung. Ich fühle mich nun von der ganzen Welt verlassen, stelle mir vor, wie Machbuba in den Armen eines Freiers feiert, sie lachen und trinken nackt Champagner in einem überdimensional großem Bett. Sie bedeutet mir etwas, sollte ich mir eingestehen. Warum sonst wartete ich immer noch auf sie. Oder ist es nur mein gekränkter Stolz und die Einsamkeit, die mich bewegen? Meine Gefühle ihr gegenüber schwanken jetzt hin und her zwischen sehnsüchtigem Verlangen und bloßer Wut. Dann schießt es mir durch den Kopf, dass ihr etwas passiert sein könnte und Sorge gesellt sich zu meinem emotionalen Chaos. Da sie mir gestern Abend noch eine Nachricht geschickt hat, wird sie bestimmt schon zu Hause gewesen sein, beruhige ich mich wieder. Auf meinem Telefon prüfe ich die Sendezeit, es war um 22.27. Wenn sie sich morgen meldet, werde ich ihr deutlich die Meinung sagen. Ich stelle mir vor, wie sie weinend vor mir kniet, um Verzeihung bittet und die Sorge schlägt in Wut um. Die Vorstellung sie anzuschreien und niederzumachen verschafft mir Genugtuung. Was ist aber, wenn sie sich gar nicht mehr meldet und auf meine Meinung pfeift? Die Rachsucht weicht nun nagender Unsicherheit. Plötzlich habe ich das ungute Gefühl beobachtet zu werden und blicke zur Seite. Ich erschrecke mich maßlos, als ich in das dunkle Gesicht eines Mannes unmittelbar neben mir schaue. Wäre dort nicht die Seitenscheibe, würde ich seinen Atem riechen. Er wollte das Wageninnere untersuchen und rechnete nicht damit, dass sich jemand darin befindet. Als sei nichts geschehen, schlendert er weiter. Ich glaube, es war der Kerl aus der Hecke von vorhin. Egal wie lange ich warten muss, heute Abend will ich noch mit ihr reden und werde mich nicht von der Stelle bewegen. Ich rauche eine Zigarette nach der anderen und bekomme Hustenanfälle, da ich mich nicht traue, die Fenster weiter als einen schmalen Schlitz zu öffnen. Kann ich mich so in ihr getäuscht haben, frage ich mich mittlerweile. Bohrende Selbstzweifel zermürben mich, die Eifersucht hat sich gegenüber den anderen Gefühlen durchsetzt.

Immer noch tut sich nichts in ihrem Haus, ich schaue zum hundertsten Mal auf die Uhr meines Telefons.

Erst um Mitternacht entscheide ich mich zurückzufahren.

Kaum biege ich aus dem dunklen Wohnviertel in die beleuchtete Hauptstraße, sehe ich etliche Frauen am Straßenrand Spalier stehen. Alle sind dunkelhäutig, leicht bekleidet und geben mir eindeutige Signale im Lichtkegel meines Scheinwerfers. Jetzt überlege ich mir, eine mit nach Hause zu nehmen, nur um es Machbuba gleich zu tun. Ich fahre langsamer und halte bei einer, die sich eine imaginäre Banane in den Mund schiebt und dabei die Backentasche ausbeult. Sie tritt zu meinem Fenster und zieht vergeblich an meinem Türgriff. Ihr zunächst lockend schönes Gesicht verzieht sich zu einer Fratze, als ich anfahre. Noch durch die geschlossene Scheibe höre ich ihr wütendes Geschimpfe und mein Herz schlägt mir bis zum Hals. Langsam fahre ich weiter. Ich muss mir eingestehen, dass allein die Vorstellung mich erregt, diese fremde Frau in mein Auto zu holen und mich auf völlig unkontrolliertes Terrain zu begeben. Wo wird sie mich hin lotsen und wie wird unser Gespräch ablaufen, was wird sie mir anbieten und wird sie mich bedrohen, wenn sie nicht bekommt, was sie haben will? Auf rätselhafte Weise reizt mich der Kontrollverlust, mit dem ich hier spiele. Ich will mich an Machbuba rächen und wiederhole das Manöver bei einer anderen sehr kurvigen mit blonder Perücke, wieder schnellt mein Puls in die Höhe wie bei einem Pawlowschen Hund. Ich bin kurz davor die Tür zu öffnen, lasse es dann aber doch bleiben und fahre allein nach Hause. Wirkliches Begehren lösen diese Frauen bei mir nicht aus, und trotzdem hätte ich mich fast dazu hinreißen lassen. Jetzt, wo der Kick vorüber ist, fühle ich mich armselig und bin befremdet von dieser Seite in mir. Ich bin bereit, entgegen allen meinen Vorsätzen zu handeln, um meine Rachsucht und mein Ego zu befriedigen. Kurz versuche ich mir noch einzureden, dass die Frauen am Strassenrand dem ältesten Gewerbe der Menschheit nachgehen und es ihre freie Entscheidung ist, sich dort anzubieten. Dann beende ich den Selbstbetrug. Machbuba hat mich sitzen gelassen für einen anderen Freier, es geht mir nah und fühlt sich für mich noch demütigender an, da sie eine Prostituierte ist. Ich bin ein armseliger Wurm, in dessen Leben Liebe keinen Platz hat.

Zu Hause lege ich mich ins Bett, bin niedergeschlagen und frage mich, was ich alleine in diesem fremden Land verloren habe. Ich halte schon mein Telefon in der Hand und hätte fast Lucie angerufen. Im letzten Moment unterbreche ich den Wahlvorgang und besinne mich des letzten bisschens Würde, das mir noch geblieben ist.

Am nächsten Morgen scheint wieder die Sonne in mein Bett, dennoch sieht die Welt für mich grau und freudlos aus. Ich schaffe es nicht aufzustehen. Es gibt keinen Grund für mich das Bett zu verlassen. Mir ist zum Heulen zumute, ich bin wieder da angelangt, wovon ich in Deutschland geflohen bin. So fühlt sich Schwermut an. Ich verdunkle den Raum und schlafe wieder ein. Später wache ich durch das Klingeln des Telefons auf. Es wird Lucie sein und will es gerade abschalten, da sehe ich Machbuba's Namen auf dem Display. Erst zögere ich einen Augenblick, dann nehme ich das Gespräch doch an.

"Hallo.", knurre ich sie an.

"Bitte verzeih mir.", schluchzt ihre verweinte klägliche Stimme, "Du weißt nicht was mir passiert ist, sonst wärst du mir nicht böse."

"Ich will es gar nicht wissen.", lüge ich sie an.

"Ich möchte dich sehen und es dir erklären, kann ich bei dir vorbei kommen?"

"Ich liege im Bett und mir geht es nicht gut."

"Mir auch nicht, vielleicht können wir uns gegenseitig helfen?"

"Komm rüber aber erwarte nichts von mir.", antworte ich ihr barsch und drücke auf den roten Knopf.

Kurze Zeit später klopft es leise an meiner Appartementtür. Die Gastwirtin scheint sie ins Haus gelassen zu haben. Als sie eintritt, bleibe ich liegen, den Rücken dem Eingang zugekehrt. Sie schließt leise die Tür, ich höre ein kurzes Rascheln in der Dunkelheit und spüre, wie sie unter meine Decke kriecht. Ihr warmer Körper schmiegt sich von hinten an mich, sie küsst meinen Nacken, kriecht über mich, küsst meine Augen, mein Gesicht, ihre Lippen suchen meine und ich merke, dass ihre Augen feucht sind. Langsam erlahmt mein Widerstand, ich gebe mich zunächst zögerlich, doch dann mehr und mehr meinen Gefühlen hin und scheinbar vereinen sich dabei zwei verlorene Seelen zu einer Art Gemeinschaft. So distanziert wir bisher waren, so liebevoll und zärtlich sind wir jetzt miteinander. Wir wollen einander nicht loslassen und auch mir fließen die Tränen über die Wangen. Etwas hat sich zwischen uns verändert. Vielleicht musste es uns beiden erst so schlecht gehen, dass wir bereit wurden, Gefühle die uns verletzlich machen zuzulassen und sie zu zeigen. Zuvor litt jeder für sich und nun spüren wir durch unsere Gemeinschaft, dass wir einander der Ausweg aus unserer hoffnungslosen Existenz sein könnten. Lange bleiben wir in der Dunkelheit, als wollten wir die Welt nicht mehr zu uns ins Zimmer lassen. Später massiert sie mir den ganzen Körper, von Hand bis Fuß, ohne dass wir sprechen und ohne dass wir miteinander schlafen. Sie nimmt sich alle Zeit der Welt für mich. Danach bin ich dran und gebe mir genauso alle Mühe. Wir haben beide das Bedürfnis, dem anderen etwas zu schenken, selbstlos nur um ihm zu zeigen, wie wichtig wir einander sind.

Irgendwann quält uns doch der Hunger. Als wir aufstehen und die Vorhänge öffnen, ist es schon Nachmittag. In Machbubas

Gesicht bemerke ich eine Schwellung und Verfärbung unter ihrem rechten Auge.

"Was ist dir passiert?", frage ich sie und sehe mir ihr Auge von Nahem an. Ich wundere mich den Schmerz des Mitleids zu spüren, die Anteilnahme am Leben eines anderen Menschen, die mir schon fast fremd geworden ist. Jetzt erst fällt mir wieder ein, dass sie mir vorhin etwas Wichtiges zum gestrigen Abend mitteilen wollte.

"Das ist der Grund, warum ich dich gestern versetzt habe. Ich war unterwegs mit einem Mann, den ich schon länger kenne. Als ich dir die Nachricht schickte, verlief der Abend auch noch ganz gut, aber irgendwann begann mein Begleiter zu trinken und wurde gewalttätig. Ich konnte dort nicht weg und er schlug mich heftig.", beginnt sie zu schluchzen und wieder laufen Tränen über ihren Wangen, "Den Rest der Geschichte möchte ich dir ersparen."

Wieder sehe ich diesen massigen Mann vor mir, der gestern Nacht noch für mich ein unbedeutender Statist in einem Spiel war. Wie bei einer Peepshow habe ich völlig empathielos Machbubas Schicksal beobachtet, statt sie zu beschützen. Hilflose Wut wallt gegen diesen Unbekannten in mir auf und nun schäme mich meiner bisherigen Teilnahmslosigkeit. Ich nehme sie tröstend in den Arm und weiß, dass es an mir ist, etwas zu unternehmen.

"Warum hast du nicht die Polizei gerufen?", frage ich sie.

"Als er mich irgendwann rausgelassen hat, bin ich nach Hause gefahren. Die Polizei zu rufen macht in solchen Fällen keinen Sinn, sie unternehmen nichts. Er ist ein hochrangiger Beamter, die stecken mit der Polizei unter einer Decke. Ich würde ihn gerne nie wieder sehen, aber er übt Druck auf mich aus. Ich traue mich nicht, ihn abzulehnen, er duldet keinen Widerspruch. Außerdem zahlt er sehr gut. Die Polizei kümmert sich nur um schwere Verbrechen oder welche, bei denen sie Geld verdienen kann. Zu Hause angekommen war ich völlig überdreht, morgens habe ich dann Tabletten genommen und habe lange geschlafen. Ich sah später deinen Anruf auf meinem Display. Sorry, es tut mir leid, dass ich dich versetzt habe."

"Ich habe ewig bei dir vor der Türe gewartet und bin dann nach Hause gefahren, ich war mächtig wütend und habe dir alles Mögliche unterstellt."

"Was denn?"

"Das deine Arbeit dir so viel Spaß macht und dass du mich für deine Begleitung versetzt hast."

"Das tut es ja auch manchmal, wenn ich Single bin. Natürlich würde ich heute lieber mit dir zusammen sein als mit jedem anderen Mann. Unsere Beziehung ist völlig anderer Natur, dass glaubst du mir doch, oder?", fragt sie.

Es wird mir klar, in welchen Zwiespalt ich sie manövriere. Sie ist eine selbstbewusste und stolze Frau, die nun ständig in Verdacht gerät und sich rechtfertigen muss. Ein fester Freund passt nicht zu ihrem Lebensmodell.

"Kannst du nicht mit einem normalen Job genug Geld verdienen?", frage ich sie gerade heraus.

Kaum habe ich den Satz ausgesprochen, öffnet sie ihren Mund, um mir etwas empört zu entgegnen, hält aber dann doch inne und schaut mich nur so enttäuscht an, dass ich mir am liebsten die Zunge abgebissen hätte. Sich eines Besseren besinnend schüttelt sie sprachlos den Kopf.

Wir sind an dem Punkt der Beziehung angekommen, der früher oder später zu Diskussionen führen muss. In zwei Stunden Arbeit verdiene ich in Deutschland soviel, wie sie in einem ganzen Monat, wenn sie wie andere Studentinnen putzen geht, hinter der Kasse im Supermarkt steht oder etwas ähnliches macht. Mit regulärer Arbeit die Studiengebühren, eine menschenwürdige Wohnung außerhalb des Townships und den Lebensunterhalt zu verdienen ist fast unmöglich in diesem Land, wenn sie auch noch Zeit zum Lernen für ihr Studium benötigt. Wenn ich ihr traue und sie liebe, muss ich für sie sorgen. Insbesondere wenn ich den Anspruch habe, die Zeit mit ihr zu verbringen, die sie zum Gelderwerb benötigt. Sie so weitermachen zu lassen und nicht für sie aufzukommen hieße, mit dem Risiko zu leben, dass ihr irgendwann schlimmes passiert. Obendrein müsste ich dazu bereit sein, sie mit anderen Männern zu teilen. Was ich jetzt auch sage, wird verkehrt bei ihr ankommen. Sie ist viel zu Stolz, von mir Geld wie ein Almosen anzunehmen. Ich muss mir etwas besseres überlegen.

Als sie sich gesammelt hat, antwortet sie: "So etwas ist mir nicht zum ersten Mal passiert. Jetzt will ich nie wieder diesen Job machen, aber morgen rede ich ihn mir wieder schön, um nicht die letzte Würde zu verlieren. Ich hoffe auf mein Glück und begebe mich noch mal in die Hände von solch einem Schwein, der an mir seine Gewaltfantasien und Machtspiele auslebt. Und du mein Freund, bekommst deinen weißen Luxusarsch nicht aus deinem Bett, und bemitleidest dich für deinen Burnout statt dich mit den wirklichen Problemen der Welt auseinanderzusetzen. Wenn du wie die meisten Schwarzen von morgens bis abends körperlich arbeiten würdest, um genug zu Essen zu haben und nicht nur um dein Ego zu befriedigen, hättest du deine Depressionen nicht und hättest mehr Verständnis für meine Situation. Ihr Weißen lebt in eurer artifiziellen Welt, die sich ihre eigenen Nöte produziert und mit den existenziellen Problemen nichts mehr zu tun hat. Wie kannst du mich jemals verstehen. Natürlich kann ich mit einem „normalen" Job auch Geld verdienen. Unsere Selbstachtung verlieren wir so oder so, ob der Chef der Putzkolonne dich behandelt wie seinen Putzlappen, oder ihr Kerle uns wie eure Matratzen. So wie ich jetzt lebe, bleibt mir noch ein wenig Zeit am Tag und die Illusion selbst zu entscheiden. Gelegentlich tauche ich in eine schönere Welt ein, wie vorgestern in der Villa meines Kunden oder in deinen sicheren vier Wänden. Ich danke dir für die schöne Zeit."

Mit einem verachtenden Blick dreht sich um, greift ihre Tasche, geht hinaus und knallt die Tür hinter sich zu. Ich laufe noch hinter ihr her und versuche sie zu beschwichtigen, weiß aber schon vorweg, dass es umsonst sein wird.

"Machbuba, lass uns reden, es tut mir leid.", bitte ich sie und versuche sie am Arm festhalten.

"Fass mich nicht an!", zischt sie und ihre Augen weiten sich drohend.

Da sie mit dem Taxi gekommen ist, bleibt ihr jetzt nur die Möglichkeit, zu Fuß das Weite zu suchen. Ich folge ihr und mache einen weitern Versuch:

"Bitte lass mich dich bringen, geh bitte jetzt nicht so von mir."
Tränen verschmieren ihr Gesicht und ich kann mir vorstellen, wie sie sich fühlt.

"Machbuba! Es tut mir leid, verzeih mir, was soll ich sonst noch machen? Soll ich auf die Knie gehen?"
Kurz zögert sie, den Augenblick nutze ich, um sie in den Arm zu nehmen. Als ich sie drücke beginnt sie zu schluchzen und ich weiß, dass ich schnell etwas ändern muss, wenn dass mit uns ein gutes Ende haben soll. Zurück gehen wir Arm in Arm und sie hat den Kopf in meine Halsbeuge gelegt. Von weitem sehen wir bestimmt wie ein ganz normales Liebespaar aus. Ich bin sicher, dass hinter einigen Fenstern weiße Gesichter unser Drama beobachtet haben, den Kopf schütteln und meinen zu wissen, dass unsere Romanze sowieso zum Scheitern verurteilt ist.

Zurück in meinem Gästehaus begegnet uns die Managerin in der Lobby, hält mit der Arbeit inne und schaut uns an. Mir ist klar was sie denkt, nämlich dass meine Freundin eine Prostituierte ist und ich da in etwas hineingeraten bin. Bitte frag jetzt nichts, wünsche ich mir, bitte sag jetzt nicht, dass Damenbesuche in den Zimmern nicht gestattet sind. Machbuba wird das demütigende Prozedere bestimmt kennen. Wir haben Glück und passieren sie ungestört, die Managerin erspart uns ihre Belehrung.

Im Zimmer mache ich uns einen Kaffee, während Machbuba im Sessel wie ein Häufchen Elend sitzt. Sie scheint ihrer sonst so stark wirkenden Persönlichkeit beraubt. Ich habe ihren wunden Punkt getroffen. Stumm und apathisch blickt sie ins Leere. Ich setze mich ihr gegenüber auf den Boden, lege meine Ellenbogen auf ihre Knie und beginne das Gespräch:

"Ich weiß, dass ich nicht immer der sensibelste Mensch bin, meine Bemerkung war dumm und ich entschuldige mich dafür. Nimm bitte aber zur Kenntnis, dass das Thema ein Mienenfeld für mich ist. Auch wenn wir uns kaum kennen, weißt du hoffentlich, dass ich kein Rassist bin, dass du mir viel bedeutest, dass ich deine Probleme versuche zu verstehen und dafür Verständnis zu zeigen. Ich habe genug Geld und hätte es dir gerne angeboten, damit du nicht arbeiten gehst, wollte aber auch nicht in die Nähe der Männer gerückt werden, mit denen du arbeitest. Du hättest es aus Stolz abgelehnt und ich wollte dich nicht kränken. So würde ich dich zumindest einschätzen und daher habe ich es nicht versucht. Aber wie lösen wir das Problem?"

Machbuba schaut teilnahmslos ins Leere, ihr sonst so fröhliches Gesicht wirkt starr und resigniert.

"Es macht einfach keinen Sinn, was wir hier versuchen, warum tue ich mir das an.", antwortet sie ohne mich anzuschauen und wieder laufen ihr die Tränen.

"Es wird alles gut.", versuche ich sie aufzurichten und drücke ihre Hand, "Wir kennen uns kaum, sei nicht so pessimistisch, wir hatten doch einen guten Start miteinander, oder nicht? Ich zumindest genieße die Zeit sehr mit dir."

"Das ist mir klar.", antwortet sie kurz.

"Das solltest du nicht so sagen, als ob du in der Lage wärst, Gefühle bei allen Männern so zu generieren, wie es dir beliebt. Aber was wollen wir mehr? Wir müssen uns besser kennenlernen um darüber nachzudenken, ob wir eine gemeinsame Zukunft haben, oder etwa nicht? Liebe entwickelt sich und kommt nicht über Nacht. Ich wollte das große Wort vermeiden, weiß aber, dass ich mich nicht darum drücken kann. Worum soll es sonst gehen, wenn nicht um Liebe. Entweder das Gefühl entsteht, oder wir haben nur eine gute Zeit zusammen."

Ich stehe auf, gehe im Raum umher und fahre fort: "Ich spiele nicht mit deinen Gefühlen, das kann ich dir versprechen. Als wir uns kennen lernten, wollte ich tatsächlich nur Ablenkung, das hat sich allerdings verändert. Ich will dich nicht verlieren. Wir haben beide keine glückliche Vergangenheit, auch wenn sie sehr unterschiedlich verlief. Aber vielleicht können wir gemeinsam unsere Zukunft besser gestalten."

"Rufst du mir bitte ein Taxi? Ich muss darüber nachdenken.", spricht sie leise und wartet verloren im Raum. Sie wirkt so verletzlich, dass ich aufstehe und sie stumm im Arm halte. Gerne würde ich irgendetwas tun, um sie aus ihrer Situation zu befreien, weiß aber nicht was. Dann rufe ich ein Taxi und gehe mit ihr hinaus. Draußen vor dem Haus gebe ich ihr einen Kuss zum Abschied auf den Mund.

"Bitte gib uns noch eine Chance, du bedeutest mir viel."

Als sie ins Taxi steigt, befürchte ich, dass ich sie nicht wiedersehen werde und bekomme einen Kloß im Hals.

Noch in der Wagentür gebe ich ihr mit auf den Weg:

"Mein Vater sagte mir einmal, wenn man sich streitet, sollten sich beide kurz versuchen vorzustellen, wie sie in 300 Jahren aussehen werden. Das löst manchmal das Problem."

Ich meine, den Ansatz eines Lächelns in ihrem Gesicht zu erkennen, dann fährt sie ab und ich schaue ihrem Wagen nach, bis er um die Kurve gebogen ist.

In meinem Zimmer werfe ich mich rücklings auf mein zerwühltes Bett. Ihr Geruch liegt noch in der Luft, meine Brust zieht sich zusammen und ich muss mir eingestehen, dass ich Sehnsucht nach ihr habe. Liebeskummer. Ich bin froh, wieder etwas empfinden zu können, dass es aber so schmerzlich sein muss, habe ich mir nicht gewünscht. Machbuba hat im Handumdrehen Lucie aus meinem Leben verdrängt und ihm wieder Glanz gegeben. Wenn ich sie als Therapie betrachten würde, hätte sie mir sehr geholfen. Das ich es allerdings über das Herz bringen werde sie verlassen, wenn die Widrigkeiten des Lebens es nahelegen, glaube ich kaum. Auch Machbuba wird unsere Liaison nicht ewig so akzeptieren. Bisher bin ich viel zu sehr mit mir selbst beschäftigt gewesen, um mir Gedanken über ihre Bedürfnisse machen zu können. Ich habe sie nicht gefragt, ob sie eine festere Beziehung überhaut sucht und sollte das bald machen.

Am nächsten Morgen werde ich durch leises Klopfen an meiner Tür geweckt.

"Roomservice, hello Sir, hello, roomservice.", höre ich die Stimme der Haushilfe.

Die Tür öffnet sich und das fröhliche schwarze Gesicht des Zimmermädchens schaut in den Raum.

"Sorry Sir, sorry, ich dachte, sie sind außer Haus.", entschuldigt sie sich und will gerade wieder die Tür schließen.

"Nein, kein Problem, kommen sie rein und fangen sie an.", bitte ich sie, stehe auf und trete auf die Terrasse. Als sie beginnt zu kehren, summt sie dabei ein Lied, ich gehe wieder zu ihr hinein und frage sie:

"Wie heißt du?"

"Susanna, Sir."

"Mein Name ist Marcel, woher kommst du?"

"Aus Malawi, Sir.", antwortet sie, schaut mich freundlich an und lehnt sich nun entspannt auf ihren Besen.

"Ich komme aus Deutschland."

"Viele Gäste hier in Kapstadt kommen aus Deutschland."

"Und, wie kommst du mit uns Deutschen klar?", frage ich sie scherzhaft.

"Hmmm...", sagt sie nachdenklich, knabbert an den Lippen und schaut zur Decke. Man sieht förmlich wie sie im Gedanken versucht den Spagat zu bewältigen, mich nicht zu beleidigen und die richtige Antwort zu finden.

"Komm, sei ehrlich!", muntere ich sie auf, mittlerweile neugierig auf ihre Antwort.

"Ihr lacht sehr wenig. Ich frage mich manchmal, warum ihr hierher kommt, wenn ihr so voller Ärger* seid. "

Ich lasse das erst einmal sacken und bin tatsächlich etwas betroffen über ihre treffende und ehrliche Antwort.

"Vielleicht weil wir hoffen, hier auf andere Gedanken zu kommen.", antworte ich und besinne mich meiner eigentlichen Frage:

"Sag mal, was verdient eine Frau hier pro Tag im Restaurant oder wie du im Service?

"Hier in Kapstadt verdient man sehr gut, wenn man einen festen Job hat.", antwortet sie stolz.

"Kannst du davon eine Wohnung mieten und davon Leben?"

"Man kann davon Leben und man muss nicht hungern. Wir wohnen im Township, sonst sind die Mieten zu teuer."

"Danke Susanna, bis später.", verabschiede ich mich und gehe aus dem Haus zum Strand.

Ich würde gerne spazieren gehen, die Sonne scheint vom blauen Himmel, aber der Wind ist zu stark. In den Sommermonaten bläst der Wind hier fast täglich ab mittags den Strand entlang mit Sturmstärke. Die Kapstädter nennen ihn Southeaster oder auch

Capedoctor wegen seiner reinigenden Wirkung. Tatsächlich fliegt der Sand in Kniehöhe und sticht auf der Haut wie kleine Nadeln. Trotz der hohen Sonnenintensität wird es hier selten zu heiß und ich kann mich entspannt in die Düne legen. Dort windgeschützt schaue ich den Windsurfern zu, die vor mir auf den Wellen reiten und ihre Sprünge üben. Ich werde nicht müde, das blaue Meer vor der Skyline des Tafelberges zu beobachten und lasse meinen Blick schweifen. Wie ein buddhistischer Mönch, versuche ich mein Hirn zu leeren und mich völlig in der Betrachtung der Natur zu verlieren. Es gelingt mir eine ganze Zeit, bis sich Machbuba wieder in meine Gedankenwelt schleicht. Es tut mir nicht weh, ihr genug zum Leben zu geben, sodass sie nicht arbeiten muss und sicher wohnen kann. Ich will versuchen ihr Unterstützung anzubieten, ohne ihren Stolz zu verletzen. Ihr vorzuschlagen zu mir zu ziehen ist zu früh. Außerdem wird sie den Vorschlag nicht annehmen wollen. Wie ich das Gespräch mit ihr aufziehen soll, weiß ich allerdings noch nicht. Morgen Abend werde ich sie anrufen, den heutigen Tag möchte ich allein verbringen. Als mir der Wind Sand in die Augen bläst, gehe ich zurück zum Haus.

12. Unter die Haut

Als sich mein Hunger meldet, entscheide ich mich spontan nach Kapstadt zu fahren. Parallel zur Küstenstraße fliegen Flamingos mit mir um die Wette. So wie sie den Hals gerade strecken und die Beine horizontal heben, gleichen sie pinken Pfeilen. Mal überhole ich sie, mal sie mich. In ihrer V-Formation wechseln sie immer wieder ihre Positionen, als wollte einer schneller in der Stadt sein als der andere. Bis zur Überfahrt in Lagoon Beach war ich entschieden, den Abend allein zu verbingen. Nun, da ich von der Anhöhe nach Broklyn hinüber schaue, meldet sich die Sehnsucht wieder, sodass ich spontan die Spur wechselte um nach links abzubiegen. Mir kommt es gar nicht in den Sinn, dass sie mich nicht sehen möchte. Ich will jetzt mit ihr reden und unser Thema aus der Welt schaffen. Sie sollte mir nicht die Verständnislosigkeit der weißen Afrikaner unterstellen, ich muss nicht arm und schwarz sein, um ihre Probleme nachvollziehen zu können.

Als ich mich ihrem Haus nähere, sehe ich sie schon von weitem vor ihrer Tür stehen. Allerdings ist sie nicht allein, ein schwarzer Mann umarmt sie, nicht flüchtig zum Gruß oder Abschied, sondern offensichtlich innig. Schon wieder so ein Kerl, schießt es mir durch den Kopf. Ich bremse direkt vor ihnen, springe wutentbrannt aus dem Wagen und gehe auf das Paar zu. Machbuba sieht mich entgeistert über seine Schulter hinweg an und löst sich von ihm. Der Mann dreht sich zu mir um, blickt fragend zu Machbuba und dann wieder zu mir.
"Wer ist das?", frage ich sie wütend.
"Ich sagte dir doch, dass ich dich anrufe.", keift sie, verschränkt ihre Arme vor der Brust und schaut mich feindselig an.
Der Kerl tritt mit ausgestreckten Armen zwischen Machbuba und mich, als ob er hier etwas zu sagen hätte. Er ist genauso groß wie ich und vielleicht etwas jünger, sieht sportlich aus, wirkt aber unsicher. Als ich weiter auf sie zugehe, legt er mir die Hand auf

die Brust. Da brennt mir eine Sicherung durch. Was bildet der sich ein, was hat er für ein Recht mich anzufassen. Ich schlage seinen Arm zur Seite und gebe ihm einen kurzen Haken auf den Sodaplexus. Er sieht kräftig aus, ist aber schwammig und sackt unmittelbar in sich zusammen. Machbuba schreit auf, stürzt auf ihn zu und versucht ihn zu stützen. Mit Genugtuung beobachte ich, wie der Typ auf den Knien nach Luft schnappt.

Während sie ihm noch hilft, blickt sie zu mir auf und brüllt mich hasserfüllt an: "Hau ab und lass mich in Ruhe! Jason ist nur ein guter Freund von mir, bist du von Sinnen?"

Ich bin völlig perplex, der Gedanke ist mir nicht gekommen. "Aber..., er..., aber..., das sah anders aus, das tut mir leid.", stammele ich.

"Zieh endlich ab, los, du bist hier nicht sicher!", wiederholt sie und schaut suchend die Straße entlang, "Geh bitte, schnell!".

Die Wut ist ihren Augen gewichen und ich meine, etwas wie Sorge zu erkennen. Vielleicht hat sie jetzt erst verstanden, warum ich so reagiert habe.

Ich bücke mich, lege ihm die Hand auf die Schulter und sage: "Sorry, man."

Dann gehe ich zu meinem Auto und fahre los. Im Rückspiegel sehe ich noch, wie Jason sich aufrappelt. Ich habe ihn nicht zu hart getroffen. Mir bricht der Schweiß aus allen Poren, ich fluche vor mich hin und trommele auf das Lenkrad. Ich könnte im Boden versinken vor Scham über mein pubertäres Verhalten und weiß nicht, wie ich das wieder gutmachen soll. Besser, ich fahre nach Hause und beruhige mich. Als ich einen Supermarkt passiere, kommt mir eine Idee. Ich kaufe eine Flasche guten Whiskys und lasse sie als Geschenk verpacken. Mit Filzstift schreibe ich „Sorry Jason!" darauf und fahre zurück. Die beiden befinden sich scheinbar im Haus, denn im Wohnzimmer brennt Licht hinter den vergilbten Vorhängen. Ich stelle die Flasche vor die Tür, klopfe laut und springe wieder ins Auto. Als Machbuba den Vorhang zur Seite schiebt, fahre ich los und hoffe, dass sie meine Entschuldigung akzeptieren. Wie konnte ich mich nur so dumm und kindisch verhalten. Am liebsten würde ich mich jetzt verkriechen. Mein Hunger lässt mich doch an einem kleinen asiatischen Restaurant in der Nähe von Sunset Beach anhalten.

Nachdem ich Platz genommen habe, sehe ich ein paar Tische weiter meine Wirtin alleine sitzen. Ich grüße sie von weitem, worauf hin sie mir einladend zuwinkt. Auch wenn ich jetzt keine Gesellschaft möchte, gehe ich höflicherweise hinüber und schüttele ihr die Hand. Zum ersten Mal betrachte ich sie aufmerksam. Bisher war ich zu sehr mit mir selbst beschäftigt, als dass ich sie wirklich wahrgenommen hätte. Sie ist um die 40 Jahre alt und hat ein offenes sympathisches Gesicht. In Kapstadt und seiner Umgebung lies sich nach dem Ende der Apartheid ein bestimmter Typus des europäischen Zuwanderers nieder, der viel Zeit unter freiem Himmel mit seinen Freizeitbeschäftigungen verbringt. Man erkennt ihn an seiner sonnenverbrannten hellen Haut, seinem durchtrainierten Körper und seinem zufriedenen Gesichtsausdruck. Sie gehört zu dieser Gruppe von Menschen, denen man unterstellt, für sich ihr Glück im Leben gefunden zu haben.
"Hi Marcel, magst du dich einen Augenblick setzen bis dein Essen kommt?"
Da es unhöflich wäre abzulehnen, setze ich mich.
"Wie geht es dir?", leite ich unser Gespräch ein.
"Wunderbar, ich danke Gott jeden Tag, dass ich in einem so gesegneten Land leben darf! Und du, wie gefällt dir Sunset Beach?"
"Sehr gut, man wohnt am Strand und ist nah zu Kapstadt, dein Haus ist wirklich erste Wahl.", antworte ich, und so plätschert unser Gespräch zunächst dahin.
"Seit wann kennst du deine hübsche Freundin?", fragt sie mich unerwartet und etwas zu neugierig.
"Wir lernten uns vor gut einer Woche in der Stadt kennen."
"Sie wirkt sehr sympathisch.", bemerkt sie.
"Wir sehen uns fast jeden Tag, und ich tauche so langsam in ihr Leben ein."

"Ich wünsche euch viel Glück. Ihr werdet es brauchen! Ich bin wegen eines Kapstädters vor 15 Jahren von Amsterdam hierher gezogen, es war nicht einfach, sich einzugewöhnen."
"Ich hätte gedacht, es fällt leicht bei den ganzen Europäern, die dir hier Gesellschaft leisten.", antworte ich ihr.
"Das stimmt, es gibt viele Europäer hier, besonders viele deutsche Auswanderer. Ich liebe die Natur, das noch intakte Meer und die endlos langen Sommer. Die Menschen verbringen ihre Freizeit außer Haus, das liegt mir sehr. Nach der Arbeit gehen sie Wandern, Klettern oder Surfen und nicht nur in den Ferien. Aber es gibt auch Schattenseiten. Wenn du dein Geld in Südafrika als Weißer verdienen willst, wird es schwierig, insbesondere als Angestellter. Die Gesetze begünstigen die Schwarzen. Das war zunächst sicher auch sinnvoll, aber mittlerweile gibt es auch Armut unter den Weißen und die Ungelernten fühlen sich jetzt zu Recht diskriminiert. Schau mal auf den Kreuzungen auf dem Weg in die Stadt, da betteln seit einigen Jahren genauso Weiße. Die Apartheid ist zwar vorbei, aber Weiß und Schwarz leben noch nicht harmonisch zusammen. Mein früherer Freund kam aus Durban und ist schwarzer Afrikaner. Wir hatten eine tolle Zeit zusammen, aber der kulturelle Unterschied war doch zu groß."
"In welcher Hinsicht?"
"Finde es selber heraus. Es gibt viele Fortschritte in diesem Land. Die junge Generation geht gemeinsam auf die Schule oder zur Uni. Für sie ist das Problem der vielen Sprachen schon gelöst. Wir beide kamen aus verschiedenen Kulturen und hatten unterschiedliche Werte, die für uns bedeutsam waren. Das machte sich irgendwann im Alltag bemerkbar. Ein Beispiel, kannst du dir vorstellen, dass über 80% der schwarzen Südafrikaner sich von Zauberern für alle möglichen Probleme des Lebens beraten lassen? Du siehst an den Ampelsäulen häufig Aufkleber die viel versprechen: Health problems, sexual problems or financial problems, call XXX. Es gibt über 200.000 dieser traditionellen und spirituellen Heiler in Südafrika. Sie werden Sangomas genannt und die Menschen sehen keinen Widerspruch zu ihrem christlichen Glauben oder

wissenschaftlichen Erkenntnissen. Ärzte gibt es nur 25.000 in diesem Land. Ein weiteres Problem ist für mich die Unzuverlässigkeit im Arbeitsleben. Die Menschen fühlen sich nicht an ihr Wort gebunden. Die Folge ist, dass alles komplizierter wird. Manchmal werde ich wütend, aber es hilft nichts, ich muss mich denn doch fügen. Auch ich bin langsamer geworden und habe mich zumindest etwas der Mentalität der Afrikaner angepasst.", endet sie mit einem versöhnlichen Seufzen. Es signalisiert mir, dass sie Frieden mit dem Land und seinen Problemen geschlossen hat.

Da mein Essen gebracht wird, bedanke ich mich für die Gesellschaft, verabschiede mich und gehe zu meinem Platz zurück. Ob das, was sie sagte, auf Machbuba zutrifft? Sie wirkt sehr modern und aufgeklärt und ist bestimmt nie bei einem Zauberer gewesen. Wie soll das auch zusammen passen, Psychologie zu studieren und an Magie zu glauben. Laut Silvie scheint das hier allerdings normal zu sein. Ich muss mir eingestehen, dass ich wenig von Machbuba weiß, nicht einmal, ob sie Christin ist. Für mich und meine Umgebung hat Religion nie eine Bedeutung gehabt, sodass es mir schwerfällt, mich in andere gläubige Menschen hinein zu versetzen. Ich frage mich, ob es sich hier nicht genauso wie in der westlichen Welt verhält, wenn man dort den Trend zu Homöopathie, Handauflegen und anderen esoterischen Lehren betrachtet. Die moderne Gesellschaft denkt wissenschaftlich und will im Alltag nur an das glauben, was ihr zweifelsfrei bewiesen wird. Aber weshalb auch immer suchen sich die Menschen, insbesondere die Gebildeteren, Refugien in unserer industriellen und rationalen Welt, in der andere Regeln gelten, wo noch alles möglich scheint. Sie schauen gerne Fantasiefilme und folgen Gurus die nur lose versprechen können, dass sie Wunder bewirken können. Da sie aber daran glauben, gehen die Wunder in Erfüllung, oder sie reden sich ein, dass sie in Erfüllung gegangen sind. Vielleicht sollte auch ich mich von meinem Pragmatismus verabschieden und einen Sangoma besuchen. Meine Probleme sind nicht real, sie existieren nur in meinem Kopf. Wahrscheinlich bin ich der erste Burn-out-Patient bei einem Sangoma, aber warum soll er mir nicht helfen können...

Nach dem Essen gehe ich nochmal zu meiner Wirtin hinüber und wünsche ihr einen schönen Abend. Später beim Einschlafen denke ich an Machbuba, überlege sie noch anzurufen, verschiebe es aber auf morgen. Mitten in der Nacht wache ich auf, ich sah sie im Traum in einer Lehmhütte bei einem Zauberer sitzen und Nadeln in eine Puppe stechen. Danach habe ich Schwierigkeiten wieder einzuschlafen.

Am nächsten Morgen fühle mich kläglich. Ich kann mich nicht aufraffen, etwas allein zu unternehmen, bleibe im Bett und lese. Dann besinne ich mich Machbubas Vorwurf, reiße mich zusammen, stehe auf und gehe am Strand spazieren. Am Mittag rufe ich Machbuba zum ersten Mal an, aber sie hebt nicht ab. Nachmittags wird die Sehnsucht zu groß, ich muss ihre Stimme hören und versuche es wieder erfolglos. Am späten Nachmittag verliere ich allen Stolz, rufe sie stakkato an und schreibe ihr eine Nachricht:

"Bitte gib mir noch eine Chance, ich muss mit dir sprechen. Ich vermisse dich sehr."

Mittlerweile dämmert es und ich kann an nichts anderes mehr denken als an sie. Immer wieder rufe ich sie an und höre ihre süße Stimme der kurzen Ansage ihres Anrufbeantworters. Er klingt mir im Ohr und ich sehe ihr Lächeln vor mir. Wie ein Tiger laufe ich in meinem Zimmer hin und her. Ich bin schon drauf und dran bei ihr vorbei zu fahren, als endlich das Telefon klingelt.

"Hallo.", sagt sie kurz und grantig.

"Endlich rufst du an. Ich muss mit dir reden. Es tut mir leid, was ich getan habe. Geht es Jason besser?"

"Jason geht es gut, der Whiskey hat ihn getröstet."

"Ich muss dich sehn, kommst du zu mir?", bitte ich sie unumwunden.

"Mach uns etwas zu Essen, ich komm rüber zu dir.", antwortet sie knapp. Allein dass sie zusagt, lässt mich hoffen, wieder Frieden schließen zu können.

Während mir beim Duschen das warme Wasser über die Augen fließt, denke ich über uns nach. Ich will ihr glaubhaft machen, dass wir eine Zukunft haben, die ich zunächst finanzieren muss. Wenn ich nicht den richtigen Ton treffe, wird sie sich nicht wieder auf mich einlassen. Ich will sie nicht verlieren, das ist mir klar geworden.

Als sie klopft, bin ich schon in der Küche und bereite das Essen vor. Ich öffne ihr die Tür und bitte sie rein, sie bleibt zunächst störrisch vor der Türe stehen. Erst als ich sie drücke und auf den Mund küsse, lässt sie sich mehr oder weniger widerwillig ins Appartement hereinziehen. Sie lässt sich bitten und möchte ein Zeichen setzten.

"Verzeih mir, lass mich dir einiges erklären.", beginne ich das Gespräch, setze sie an das Kopfende des Bettes und lege mich ihr gegenüber auf die Seite.

"Ich weiß, dass ich mich ändern muss. Bitte hab etwas Geduld mit mir und gib mir eine Chance. Du bedeutest mir viel, das weiß ich heute. Ich möchte mit dir zusammen sein und denke ständig an dich. Ich will nicht, dass du weiter arbeiten gehst aber weiß nicht, wie ich das mit dir diskutieren kann. Bitte lass mich dich unterstützen, ich habe genug Geld. Wenn du mir sagst, dass wir keine Zukunft haben, werde ich das akzeptieren und dich nicht mehr belästigen. Auch wenn es mir schwerfallen würde, dich zu vergessen. Ich weiß, dass wir beide einen Haufen Probleme mit uns rumtragen. Du weißt vielleicht noch gar nicht, was für ein komischer Typ ich bin."

Sie sieht mich an und ich merke, wie ihre Gedanken arbeiten. Sie hat sich ein dickes Fell zugelegt und lässt nichts mehr an sich heran, sie hat zu viel erlebt.

"Sag mir, was empfindest du mir gegenüber, haben wir irgendeine Chance unsere Differenzen zu überwinden?", möchte ich wissen.

"Was magst du an mir? Sei ehrlich.", antwortet sie.

"Was soll ich sagen, zunächst warst du als hübsche exotische Ablenkung für mein verkorkstes Leben gedacht. Dann stellte ich fest, dass du eine intelligente, verständnissvolle, unterhaltsame und einfach wunderbare Frau bist. So verliebte ich mich in dich. Was magst du an mir?"

Machbuba legt ihren Kopf zur Seite, schaut mich an und überlegt, dann erst antwortet sie: "Ich weiß es tatsächlich nicht. Etwas an dir zieht mich an, ist es deine Überlegenheit? Du wirkst nicht schwach, so wie du dich selbst darstellst. Vielleicht ist es deine Offenheit, so über deine Schwächen zu sprechen, die dich stark wirken lässt. Du hast einen respektvolleren Umgang Frauen gegenüber, so wie die meisten Europäer, die Emanzipation ist in Afrika noch nicht angekommen. Das ist auch ein Grund, warum ich gerne weiße Männer date. Du wirkst relativ vorurteilslos. Auch mag ich deinen Vorsatz, dein Leben in Frage zu stellen und gegebenenfalls zu ändern. Aber ich verliebe mich meist in die falschen Männer. Du bist auf jeden Fall eine Herausforderung und ziehst Probleme an, Langeweile wird es bei dir nicht geben.", endet sie mit einem liebevollen Lächeln, die Ironie ihrer Aussage klarstellend.

"Trinkst du noch ein Glas Wein mit mir?", frage ich sie und warte ihre Antwort nicht ab. "Ich möchte so viel von dir wissen, aber traute mich bisher nicht, es anzusprechen. Ist jetzt der richtige Zeitpunkt? Ich verspreche dir auch alle deine Fragen ehrlich zu beantworten."

"Ich will es genauso versuchen.", sagt sie.

"Was hast du für ein Männerbild?", ist meine erste Frage.

"Könntest du etwas konkreter sein?"

"Ich frage mich, wenn du von afrikanischen Männern sprichst und der Kultur der Gewalt von Männern Frauen gegenüber, was empfindest du dabei. Dazu kommt deine Arbeit, bei der du dich immer wieder in deren Hände gibst. Kannst du Männern noch trauen und sie lieben? Kannst du mir trauen?"

Als sie sich eine Zigarette anzündet, entgeht mir nicht, dass ihre Hand zittert. Ich kann ihre Anspannung fühlen. Sie geht im Raum umher, während ihre Gedanken zirkulieren und antwortet erst, nachdem sie ihre Zigarette wieder ausgedrückt hat:

"Du bist nicht der erste Europäer, mit dem ich zusammen bin. Daher weiß ich, dass ihr ein anderes Frauenbild habt. Ja, ich hab ein Problem mit Männern, ich habe das Gefühl, ihnen nicht vertrauen zu können und es dauert ewig, bis ich sie wirklich an mich heranlasse. Ich glaube, es begann damit, dass mein Vater mich aussetzte. Auch wenn er es vielleicht musste, um das Leben meiner Brüder zu retten, kann ich ihm niemals verzeihen. Ich war noch sehr jung und kann ich mich dennoch genau daran erinnern. Wir waren schon seit Tagen unterwegs und liefen mittags über diese sandige, menschenleere Ebene. Es war heiß, mein Vater trug mich auf seinen Schultern, meine Mutter hatte meine Brüder an den Händen. Ich war irgendwann zu schwer für ihn. Wir hielten an, und meine Eltern debattierten lautstark. Ich wusste zunächst nicht, was los war. Dann schrie meine Mutter ihn an, und meine Brüder fingen an zu weinen. Mein Vater setzte mich unter einen Busch und versprach, dass sie zurückkommen würden. Als sie weggingen, schluchzte meine Mutter füchterlich. Ich lief hinter ihnen her, doch mein Vater brachte mich immer wieder zurück. Sein Gesicht werde ich nie vergessen. Kannst du dir vorstellen, was das mit einer Kinderseele macht, wenn du fühlst, dass du weniger wert bist als deine Geschwister?"

"Was hat es mit deiner gemacht?", frage ich sie, obwohl sie den Tränen nah ist. Um mehr von ihr zu erfahren, muss ich sie mit diesen Erinnerungen konfrontieren.

"Ich fühle mich nicht geliebt und hatte daher später Probleme mit meinem Selbstwertgefühl. Daher studiere ich Psychologie, einfach gesagt, um mir klar zu werden, warum ich mich oft nicht leiden kann und diese Angst habe, verlassen zu werden."

"Und du hast niemand aus deiner Familie je wiedergesehen?"

"Nein. Das wäre natürlich hilfreich gewesen um zu verstehen, was dort passierte. Sie werden das nicht freiwillig getan haben. Ich höre noch heute die Schreie meiner Mutter. Von meiner Pflegefamilie habe ich dir schon erzählt."

"Hat deine Vergangenheit etwas mit deinem Verhalten Männern gegenüber zu tuen?", stelle ich eine vielleicht überflüssige Frage, aber ich möchte es aus ihrem Mund hören.

"Jeder Mensch ist das Ergebnis seiner Entwicklung, dazu gehört insbesondere seine Kindheit. So auch bei mir. Ich will geliebt werden, ich habe das Gefühl, alles dafür tun zu müssen und ich mag es, Grenzen dafür zu testen. Erstaunlicherweise sind viele meiner Freier weiß. Einige mögen Rollenspiele und haben die Fantasie, ich sei ihre Sklavin. Irrtümlicherweise besitzt meist nicht der beim SM die Macht, der den anderen fesselt, sondern der, der sich fesseln lässt. Das hört sich für dich bestimmt absurd an. Aber manches Mal weiß ich, dass ich die Einzige bin, die ihm diesen Wunsch der absoluten Unterwerfung erfüllt und er mich dafür lieben wird. Ich mag es, meine Liebhaber zu beherrschen und diese Macht über sie zu besitzen.", sagt sie und nippt an ihrem Glas. Ich bin sicher der Erste, dem sie sich so offenbart und spüre, dass es ihr Erleichterung verschafft.

"Der Mann ist deshalb der Schwächere, weil er meine Unterwerfung braucht. Die Illusion, dass er mich völlig beherrscht, erregt ihn, dass ich ihn nicht zurückweisen kann, macht ihn potent. Wenn das nicht schwach ist. Wenn sie sich in mich verlieben, macht es mir manchmal Freude, es den Männern heimzuzahlen. Dann habe ich sie in der Hand und muss zugeben, mich stellvertretend für ihre ganze Gattung an einigen gerächt zu haben."

Ich bin verblüfft über ihre Fähigkeit sich selbst so klar zu analysieren.

"Machst du das jetzt auch mit mir, du Psycho?", frage ich sie witzelnd und nehme ihre Hand. Die Vorstellung, dass sie einmal die Stärkere in unserer Beziehung sein könnte, bereitet mir Unwohlsein.

"Du weißt, dass das mit uns eine andere Geschichte ist.", sagt sie und ich sehe endlich wieder ihre Grübchen im Gesicht, als sie zu mir herüber rutscht, mir langsam die Hand durch das offene Bein meiner weiten Jeansshort schiebt, mich schmerzhaft drückt und sagt:

"Aber vielleicht quäle ich dich doch ein bisschen, wenn du mir deine Geschichte nicht erzählst."

"Sag mir noch eins, bevor wir zu mir kommen, wofür willst du dich rächen und wie rächst du dich, wenn es doch freiwillig ist, was du machst. Zumindest behauptest du das doch.", möchte ich wissen.

Vielleicht habe ich ihren wunden Punkt getroffen, dass auch die so reflektierte Psychologin ins Grübeln verfällt.

"Du hast recht, ich bräuchte mich nicht zu rächen, wenn ich meinen Job rein aus Freude machen würde. Natürlich biege ich mir die Dinge so zurecht, dass ich mit dem, was ich mache, klarkomme. Es ist tatsächlich die Macht, die ich genieße, die mich manchmal gegen meine Überzeugung Menschen schlecht behandeln lässt. Ich lasse sie einfach nach meiner Pfeife tanzen und dafür noch viel Geld bezahlen. Jemanden, der mir seine Überlegenheit immer vorführte, auch einmal als Bittsteller zu sehen, tut mir dann gut. Ich gebe zu, dass es ein niederes Motiv ist. ", antwortet sie, "Und nun erzähl mir von dir."

"Ich glaube, deine Psychotheorien treffen auf mich nicht zu. Ich bin nicht so kompliziert, für mich ist Sex nur ein Spiel, ich genieße dich in Wallung zu bringen, das macht mich wiederum an und so kommt das Spiel in Gang."

"Ich spreche gar nicht vom Sex. Du bist zu intelligent um zu glauben, dass deine Arbeitsumgebung zu deinen Problemen führte. Ich möchte mehr von dir wissen, von deiner Vergangenheit hören, sonst werde ich dich nie wirklich verstehen und du wirst mir fremd bleiben.", sagt sie unwirsch, "Ich möchte wissen, warum du so bist wie du bist. So bist du nicht erst nach deinem Studium geworden, dein Charakter hat sich viel früher geformt. Haben wir uns gerade Ehrlichkeit versprochen?", erinnert sie mich.

"Da gibt es einfach nichts zu erzählen. Ich habe dir schon vom Verhältnis zu meinen Eltern berichtet. Ich hatte im Gegensatz zu dir eine behütete Kindheit. Da war nichts, was sich wie bei dir in meine Kinderseele hätte brennen können."

"Schade, es interessiert mich von dir zu hören, ich bin deine Freundin, nicht deine Psychologin. Ich habe bisher kein Bild von deinem bisherigen Leben."

Machbuba steht auf, holt die Weinflasche, schenkt uns nach und bringt die Flasche zurück. Als sie sich eben als meine Freundin bezeichnete, löste das ein Gefühl der Freude in mir aus. Ich verfolge die Bewegungen ihres grazilen Körpers und genieße ihre Nähe. Dann stößt sie mit mir an und gibt mir einen Kuss.

"Du erzähltest mir vor kurzem, dass du so wenig Kontakt zu deinem Bruder hast. Ist das nicht schade? Du hast doch nur einen. Ich würde alles dafür tun, meine Geschwister wieder zu sehen. Wie kamt ihr früher miteinander klar?", fragt sie für mich unerwartet und ich bin erstaunt, was sie für eine aufmerksame Zuhörerin ist.

"Wir wohnten in dieser alten Villa im Grünen und die nächsten Nachbarn waren ein ganzes Stück entfernt. Es war wie ein Abenteuerspielplatz und wir haben uns viel miteinander beschäftigt. Er ist nur ein Jahr jünger als ich, wir haben wir uns immer aneinander gemessen und nicht selten gestritten. Meine Mutter hatte ihre liebe Not.", erinnere ich mich und sehe uns beide wieder vor mir.

"Und was wurde dann daraus?"

"Unsere intensive Beziehung war unserer Isolierung geschuldet und immer mehr Wettstreit als Liebe. Sie löste sich auf, als wir mobil wurden und nicht mehr an unser zu Hause gebunden waren. Unsere neuen Freunde suchten wir uns aus Sympathie. Später zog ich zum Studieren in eine andere Stadt und wir verloren uns aus den Augen. Er war das Nesthäkchen, blieb länger zu Hause und studierte Jura in unserer Heimatstadt. Heute ist er ein langweiliger Familienvater, er lebt nah bei meiner Mutter und sie kümmert sich um seine Kinder."

"Hatte dein Bruder mehr Kontakt zu deinem Vater?"

"Ja, mein Vater war auch Jurist und die beiden hatten natürlich ihre Wellenlänge. Du musst wissen, dass Juristen unglaublich viel von ihrer Denkschule halten und Nichtjuristen nur bedingt als intelligente Menschen anerkennen können."

"Das kann ich von meinen Kommilitonen bestätigen.", lacht sie, "Fühltest du dich ausgeschlossen?"

Ich blicke zurück und sehe Martin und mich wie Orgelpfeifen vor dem schweren Eichenschreibtisch meines Vaters zur Standpauke stehen. Alle Details seines Arbeitszimmers sind mir noch präsent, als wäre es gestern gewesen. Hinter ihm hing ein Ölgemälde mit einer Seeschlacht in einem pompösen goldenen

Barockrahmen. An einem silbernen Briefbeschwerer in Form eines Schwanes musste ich vorbeischauen, um meinen Vater in seinem Arbeitssessel zu sehen. Ich erinnere mich kaum mehr an die Arbeitszimmer meiner Studienzeit, obwohl ich so viel mehr Zeit darin verbrachte. Mein Bruder und ich ragten beide nicht weit über den Schreibtisch meines Vaters hinaus, doch an den Schreibtisch mit seiner Lederauflage kann ich mich genau erinnern. Mein Vater erhob den Zeigefinger und immer war ich verantwortlich für allen Ärger, den wir anrichteten. Lob bekam aber zuerst mein Bruder. Trotz dessen löst die Erinnerung an ihn und sein Arbeitszimmer in mir ein tiefes wehmütiges Gefühl der Liebe und der Traurigkeit aus, sodass sich ein Kloß in meinem Hals bildet. Im späteren Leben kämpften mein Bruder und ich an unterschiedlichen Fronten, Martins Schlachtfelder kannte mein Vater und sie wurden aufmerksam verfolgt, meine schienen sich seinem Interesse zu entziehen. Ich musste schon in der Zeitung stehen, um bei ihm Erwähnung zu finden.

"Gelegentlich.", antworte ich knapp.

"Es ist traurig zu sehen, dass Eltern manchmal ihre Liebe ungleich verteilen und was sie damit anrichten. Aber Eltern sind auch Menschen und keine Maschinen, du würdest vielleicht dieselben Fehler begehen. Verzeih ihnen. Mach dir klar, dass auch dein Bruder dafür nichts konnte. Natürlich warst du eifersüchtig auf deinen Bruder und wolltest deinem Vater zeigen, dass du mehr kannst als er. Das erklärt deinen Ehrgeiz.", sagt sie liebevoll, kriecht zu mir hinüber und wuschelt in meinen Haaren. Wir liegen eine Zeit lang schweigend nebeneinander und Bilder der Vergangenheit ziehen an mir vorbei. Später küssen wir uns lang anhaltend und ich genieße unsere Innigkeit. Nachdem wir auf der Terrasse noch etwas gegessen haben, schauen wir in die dunkle Nacht und ich bitte sie, bei mir zu übernachten. Es hat symbolische Bedeutung, dass ich ihr eine eigene Zahnbürste im Badezimmer auf das Waschbecken stelle. Wir schlafen eng umschlungen die erste Nacht unter einem Dach ohne Sex. Ich habe das unsinnige Gefühl, das Sex unsere Nähe korrumpiert hätte. Das holen wir am nächsten Morgen ausgiebig nach. Erst am späten Vormittag kommen wir aus dem Bett, als Machbuba hektisch zu einer Vorlesung aufbricht.

"Sehen wir uns heute Abend?", frage ich sie, bevor sie ins Taxi steigt.

"Gerne, aber ich muss einiges für die Uni erledigen."

"Ich hole dich ab, wann soll ich da sein?"

"Wenn du mich partout abholen möchtest, komm um 20 Uhr.", sagt sie, gibt mir noch einen Kuss auf den Mund und fährt los. Ich winke ihr nach und könnte die Welt umarmen. Ich bin verliebt.

13. Kapstadt

Erst als ihr Taxi um die Kurve biegt, gehe ich ins Haus zurück. Auf dem Weg werfe ich noch einen Blick auf den Tafelberg und habe das Gefühl, dass es hier viel schöner ist, als ich es bisher wahrgenommen habe. All der Trübsal der letzten Zeit scheint von mir abgefallen wie Staub von der Kleidung. Ich habe so viel Energie und Tatendrang, dass ich mich entscheide, in die Stadt zu fahren. Andere Städte der Welt verlässt man zum Wandern, in Kapstadt läuft man vom Zentrum los. Die Innenstadt zieht sich weit hoch in die Hänge des Tafelbergs, des Lion's Heads und des Signal Hills. Ich entscheide mich den Lion's Head zu besteigen, parke oberhalb der letzten Häuserreihe und marschiere los. Der Trail schraubt sich in Windungen um den Bergkegel herum und bietet mir ständig neue Panoramen. Zunächst blicke ich auf die Hänge des Tafelberges, dann hinüber nach Camps Bay und die davor türkisblau schimmernden Buchten. Es folgen die an der Promenade liegenden Stadtteile, die City Bowl* und der Hafen. Vor der Küste erkenne ich die ehemalige Gefängnisinsel Robben Island. Nach fast einer Stunde bin ich auf 669 m Höhe angekommen und außer Atem. Wie beim Tafelberg bildet ein Steinplateau die Spitze des Lion's Heads, die Fläche hier ist nur kleiner und tiefer gelegen. Es sind nur wenige Wanderer unterwegs, ich setze mich und teile mir den Gipfel mit zwei Pärchen. Langsam senkt sich mein Pulsschlag, ich lasse meinen Blick entlang des Ufers der Tablebay unter mir wandern, über die Kräne und Docks des Hafens bis nach Sunset Beach und Blouberg Strand im Norden. Die Luft ist so klar, dass ich fast endlos sehen kann. Im Westen wird mein Blick nur durch die Krümmung der Erdkugel begrenzt. Die Weite beflügelt meine Sinne, ich stelle mir vor, von der Felskante vor mir mit einem Drachenflieger abzuspringen und über die blaue glitzernde Fläche dem Horizont entgegen gleiten zu können.

Ob unterstützt durch die Endorphine in meinem Blut oder die Erhabenheit des Panoramas, jedenfalls spüre ich in mir den Wunsch aufkeimen, dieses Land zu meiner Wahlheimat zu machen. Mein Leben kann woanders kaum glücklicher verlaufen als hier, wird mir in diesem Moment klar.

Werde ich hier irgendwann Heimweh bekommen, frage ich mich. Heimat ist für mich etwas abstraktes und geistiges. Den einzigen Ort, den ich mit Heimat verbinde, ist das Schulgebäude meiner Jugend, das einem griechischen Tempel glich. Dort schaffte es mein Geschichtslehrer entgegen meines ursprünglichen Desinteresses, in mir die Freude an humanistischer Bildung zu wecken. Später studierte ich weit weg von zu Hause dieses und das in einem kleinen Universitätsstädtchen mit schmalen Gassen und vielen Kneipen. Ich lebte zunächst in einer Wohngemeinschaft. Mit meinen Kommilitonen debattierte ich in langen Nächten leidenschaftlich über Politik, Ethik und Literatur. Auch das prägte mein Heimatgefühl. Die Idylle endete, meine Freunde zogen in andere Städte und gründeten Familien. Widerwillig verließ ich auch die Uni. Ich hatte es mir dort in dem staubigen Tempel des Wissens, der heute noch aussieht wie vor hundert Jahren, gemütlich gemacht.

Meine Heimat ist meine Kultur, ich trage sie in mir und nehme sie mit, wohin ich auch gehe.

Zu Hause ist für mich das Haus meiner Eltern, der Treppenaufgang, der großen Garten, die Hunde und meine Freunde, mit denen ich am Waldsee fischen ging und Hockey spielte. An Sommerabenden hörte ich das Gespräch meiner Eltern von der Terrasse, bevor ich einschlief. Im Winter spielten wir im Keller Tischfußball, meine Mutter auf meiner Seite, mein Vater gegenüber mit meinem Bruder. Sie gaben mir Sicherheit, meine Mutter, die immer für mich da war und mein zu strenger Vater, den ich trotzdem liebte. Die Zeit ging ins Land, mein Vater starb und meine Mutter zog in eine Wohnung. Auf dem Grundstück meiner Eltern wurden Reihenhäuser gebaut. Später, als ich schon lange bei meinen Eltern ausgezogen war, reagierte meine Freundin befremdet, wenn ich von zu Hause sprach und immer noch das Haus meiner Kindheit meinte. Obwohl ich an anderen Orten lange lebte, blieb mein Elternhaus mein zu Hause, wo anders habe ich dieses Gefühl nie wieder so intensiv empfunden.

Zu Hause ist für mich ein lieb gewordener Ort zu seiner Zeit.

Der Mensch neigt dazu, sich aus romantisch verklärten Erinnerungen an seine Vergangenheit klammern. Wenn nicht in Kapstadt, wo dann hat der Schöpfer sich solche Mühe gegeben. Vielleicht würde ich mir hier wie die meisten Auswanderer meine Landsleute suchen, um mich auszutauschen. Auch in Kapstadt würde ich Freunde finden, meine Heimat wird Afrika nie werden, aber ich würde dieses Land lieben und mich eines Tages zu Hause fühlen können.

Ich genieße noch eine ganze Weile die mich umgebende Schönheit und mache mich beglückt über meine so plötzliche Eingebung auf den Rückweg. Bester Laune steige ich am Parkplatz in meinen Wagen, fahre ziellos durch die Straßen am Hang entlang, jetzt sehe die Stadt mit anderen Augen. Blühende Bäume säumen beidseitig meinen Weg und spenden Schatten. Ich lasse mir Zeit in den schmalen steilen Straßen von Tamberskloof und bestaune die viktorianischen Reihenhäuser mit ihren verzierten Balkongalerien, die anmuten wie weiße Puppenhäuser. Dann wechsele ich auf die andere Seite der City Bowl. In den Alleen von Oranjesicht liegen prachtvolle Villen im

Hang, sie sind zum Meer hin ausgerichtet und dösen in der prallen Mittagssonne. Auch wenn Luxuswagen davor parken weiß man nicht, ob die Eigentümer zu Hause sind. Kein Verkehrslärm dringt bis hier oben, selbst die Vögel akzeptieren die Mittagsruhe. Vor einem besonders schönen Haus, in dessen gepflegten Rasen des Vorgartens ein Verkaufsschild steckt, halte ich. Da wird die Idylle jäh unterbrochen, der Kleinwagen eines Wachdienstes rast mit quietschenden Reifen um die Kurve und verschwindet in einer Seitengasse. Die Verbrecherjagd in dieser vornehmen Umgebung führt mir die Absurdität des Lebens in Kapstadt vor Augen und holt mich auf den Boden der Realität zurück. Kaum wo anders auf der Welt ist der Gegensatz zwischen Reich und Arm so groß wie hier und beruht so sehr auf dem jüngst beendetem Unrecht. Dass sich die Armen noch nicht solidarisiert und ihr Schicksal gewaltsam in die Hand genommen haben, verwundert da fast. In Gedanken fahre ich weiter den Berg hinab und sehe am Straßenrand den Schaukasten eines Immobilienmaklerbüros. Ich setze zurück, schaue mir die Angebote genauer an und bin etwas ernüchtert. Mit meinem Ersparten werde ich hier einfach leben müssen. Eine so gut bezahlte Arbeit wie in Deutschland zu finden wird nicht einfach werden, in weiteres Problem ist meine fehlende Arbeitsgenehmigung. Die Rückfahrt endet im Stau, während mein Hirn immer noch um all die Widrigkeiten eines Neuanfangs in einem fremden Land kreist. Ich hupe und bin genervt wie alle autofahrenden Pendler in der Welt. Damit meine ursprüngliche Euphorie nicht wie der Verkehrsfluss vollständig zum Erliegen kommt, entschließe ich mich, einen Umweg zu fahren. Ich zockele durch Nebenstraßen und hänge meinen Ellenbogen in den warmen Fahrtwind. Wieder ändert sich die Architektur, aus den Hochhäusern des Business Districts werden bunte Reihenhäuser der letzten Jahrhundertwende und überall wird an Holz gearbeitet. Ich sehe etliche winzige Schreinereien, die aus alten Holzresten in Handarbeit Vintagemöbel zimmern. Die Fassaden der vielen Kunstgalerien und Einrichtungsgeschäfte wurden zwar mit geringen Mitteln, aber umso mehr Einfallsreichtum gestaltet. So aufstrebend und sympathisch der Stadtteil auf mich wirkt, ist es doch spürbar, dass ich mich bei Dunkelheit nicht sicher fühlen würde. Hier ist das Wohlstandsgefälle nicht so hoch wie in den Hanglagen der Innenstadt, aber dort kann man sich einen Wachdienst leisten. Ich verstehe mehr und mehr, dass in diesem Land Geld Sicherheit bedeutet. Arm zu sein heißt in Europa Konsumverzicht, hier obendrein ständig Angst vor Gewalt zu haben, nachts bei jedem Geräusch wach zu werden und zu lauern, was vor der Tür passiert. Ich beschließe etwas desillusioniert, das Land besser zu erkunden, bevor ich meine Pläne in die Tat umsetze. Dabei soll mir Machbuba helfen.

Meine Stimmung sinkt zunehmend. Ich weiß nicht, ob das mit meinen negativen Gedanken zusammen hängt, oder mein Organismus mir wieder ein Tief ankündigt. Nachdem ich in Sunset angekommen bin, gehe ich am Strand spazieren und schaue den Surfern im Sonnenschein zu, kann mich aber nicht daran erfreuen. Nichts Positives dringt mehr zu mir durch, als befände ich mich unter einer abschirmenden Glocke. Meine Augenlider fangen wieder an zu zucken. Ich versuche mir mein morgendliches Glück auf dem Berggipfel zu vergegenwärtigen, doch die Autosuggestion bleibt erfolglos. Zurück im Appartement bin ich kurz davor mir eine Dose Bier zu öffnen, rauche stattdessen ein paar Zigaretten und ärgere mich über dies und das.

Am Abend setze ich mich in meinen Benz und fahre übellaunig zu Machbuba. Auf dem Weg schimpfe ich über den Verkehr und die unsinnige Ampelschaltung. Vor ihrer Haustüre halte ich auf der Straße an und hupe. Kurze Zeit später kommt sie aus dem Haus geeilt, gibt mir einen Kuss durch die geöffnete Scheibe und setzt sich auf die Beifahrerseite.

"Ein Gentleman hätte mich an der Haustür abgeholt und mir die Autotür geöffnet, deine Höflichkeit reißt aber schnell ab, mein Schatz.", zwitschert sie fröhlich neben mir und gibt mir einen weiteren Kuss auf die Halsbeuge. Mürrisch schlängele ich mich durch die engen Gassen von Broklyn und ärgere mich auf der

Hauptstraße über die völlig entspannt durch den Verkehr latschenden Fußgänger. Einem sehr langsamen fahre ich bis kurz vor die Kniekehlen, hupe ihn an und brülle durch die offene Scheibe wie ein entgleister Fußballfan. Er schaut verblüfft zu mir herüber und macht sich zügig von dannen, bei meinem Anblick mit dem Schlimmsten rechnend. In diesen Phasen neige ich zu aggressiven Ausbrüchen und kann nur wenig dagegen tun. Das Blut rauscht in meinem Kopf, grundlose Wut beherrscht mein Denken und ich wäre ausgestiegen, wenn der Mann die Fahrbahn nicht sofort verlassen hätte.

Machbuba schaut mich befremdet an, sagt zunächst nichts und fragt dann vorsichtig:

"Ich hatte mich auf einen schönen Abend mit dir gefreut. Was ist los mit dir? Du bist in Afrika, hier gehen Menschen über die Straßen. Wenn du Pech hast, wirst du das nächste Mal für solch ein Verhalten umgebracht, da möchte ich nicht dabei sein. Willst du mich nicht besser wieder zu Hause absetzen und das mit dir selbst ausmachen?"

"Tut mir leid, ich bin nicht in bester Stimmung.", knurre ich zurück ohne mich weiter erklären zu wollen.

"Komm, wir fahren in die Stadt, gehen etwas Essen und früh schlafen, dann schau ich, was ich für deine Laune tun kann, o.k.?", schnurrt sie zuckersüß.

Sie scheint aggressive psychopathische Kundschaft gewohnt und Erfahrung mit Deeskalation zu haben. Das lässt mich für mein Verhalten schämen und ich versuche, mich zusammenzureißen. Sie legt ihren Kopf an meine Schulter und knetet mir den Oberschenkel. Es wird ewig mein Dilemma im Umgang mit ihr sein, mich von all den Männern abheben zu wollen, die sich vor mir in ihrem Leben daneben benommen haben.

"Ich hatte ursprünglich vor, dass du heute Nacht bei mir schläfst, ich dachte, du solltest sehen wie ich lebe. Wenn es dir aber nicht gut geht, sollten wir das besser verschieben, oder?", fragt sie unsicher.

"Ist schon in Ordnung, geht bestimmt vorbei, manchmal überrumpeln mich auf unerklärliche Weise diese Launen, ich habe keine Erklärung dafür. Ignoriere mich einfach ein wenig.

Ich war heute Morgen auf dem Lion's Head wandern, es war wunderschön, ich war bester Stimmung. Eigentlich wollte ich mich mit dir über unsere Zukunft unterhalten. Irgendwann schlug meine Euphorie allerdings ins Gegenteil um.", antworte ich.

Beim einparken in eine zu kleine Parklücke beginne ich zu fluchen wie ein Tourettepatient und lasse den Wagen schließlich schräg in der Lücke stehen. Im Restaurant warte ich hibbelig darauf, dass der Kellner den Wein bringt. Machbuba ignoriert mich vollständig und tippt während dessen auf ihrem Telefon. Nach außen wirken wir bestimmt wie ein altes Ehepaar, dass sich nichts mehr zu sagen hat. Nach dem zweiten Glas verschwindet langsam meine Verspannung und ich werde wieder kommunikativer.

"Deine Gegenwart tut mir gut und deine Fröhlichkeit hält mir einen Spiegel vor.", beginne ich unser Gespräch.

"Was wolltest du mir denn erzählen?", fragt sie neugierig, legt ihr Telefon zur Seite und nimmt meine Hand. Da wird das Essen gebracht und wir widmen uns erst einmal dem Fisch, der seziert werden will. Nachdem die Flasche Wein geleert ist und der Magen gefüllt, setze ich wieder an:

"Ich dachte heute in einem Anflug von Begeisterung daran, mich hier niederzulassen und ein Haus zu kaufen."

"Das ist ja wunderbar!", sagt sie mit strahlenden Augen, "Habe ich etwas dazu getan, deine Entscheidung zu beeinflussen?", fragt sie so charmant mit ihren Wimpern klimpernd, dass ich nicht anders kann, als nachzulegen.

"Auf jeden Fall einiges, Kapstadt und du gehört für mich zusammen. Es geht mir hier so viel besser als zu Hause, ich habe bisher nur kurze Tiefphasen gehabt, in Deutschland kam ich aus dem Modus kaum noch raus."

Kurz holt mich meine Vernunft ein und flüstert mir, dass das hier alles viel zu schnell geht. Wir stoßen miteinander an, sie schaut mir verliebt und voller Erwartung in die Augen und ich schlage alle Warnungen in den Wind. Ich lasse mich in die Gefühlsanwandlung fallen, die ich so lange vermisst habe.

"Sei mein Ratgeber, du kennst dich aus, du kannst mir sagen, wo ich mit meinem Budget die besten Chancen habe, die richtige Bleibe für mich zu finden in der du dich auch wohlfühlen würdest.", setze ich noch nach.

Machbuba schaut mich so beglückt an, dass ich es unterlasse, sie nochmals vor mir zu warnen, wie ich es mir vorgenommen hatte. Jeder gemeinsame Plan ist durch meine instabile Psyche gefährdet und ich will sie nicht verletzen. Doch ich rieche ihr Parfüm, erwidere ihren schmachtenden Blick und kann nicht anders, als mich in unsere Träumereien fallen zu lassen. Nach zwei weiteren Gläsern Wein diskutieren wir über schöne Wohnlagen, Himmelbetten, über die langen Sommer in Kapstadt und die wilde Natur im Hinterland. Heute Abend blende ich alle Hindernisse aus, die uns im Wege stehen könnten und möchte nur glücklich mit ihr sein. Auf den Nachtisch verzichten wir und können es kaum erwarten, nach Hause zu kommen. Bei ihr zu Übernachten verschieben wir auf morgen. Wir necken uns wie die Backfische und ich wehre mich nur halbherzig, als sie mir während der Fahrt das Hemd aufknöpft. In weiter Ferne sehen wir Blaulicht am Straßenrand und Machbuba fragt mich:

"Weißt du eigentlich, dass du hier für Trunkenheit am Steuer ins Gefängnis wanderst, wenn du an einen strengen Polizisten gerätst?"

Als wir dem Licht näher kommen, bemerke ich erleichtert, dass es sich nur um einen Verkehrspolizisten handelt, der ein liegengebliebenes Auto sichert.

Sie fragt mich unschuldig lächelnd: "Kannst du denn noch konzentriert fahren, wenn ich dich so ablenke?"

Ich schlucke und schulde ihr die Antwort, ich bin so wild auf sie, dass ich kaum an mich halten kann.

"Weißt du, was dir im Knast passiert, wenn sie dich hier einbuchten?", fährt sie fort,

"Du kommst in Untersuchungshaft, aber nicht in eine Einzelzelle. Da sind meist viele böse Kerle und du musst gut auf deinen weißen Hintern aufpassen."

Es fällt mir immer schwerer mich auf die Fahrt zu konzentrieren, als sie ihre Hand zwischen meinen Beinen durchschiebt und den Kopf auf meine Schulter legt. Verkniffen lächele ich dem Polizisten zu, als er uns durchwinkt.

"Hast du schon mal Erfahrungen mit Männern gesammelt?", fragt sie wie nebenbei und massiert mich weiter, um mir die Leiden des Gefängnisses zu veranschaulichen.

"Nein!", antworte ich entrüstet, wobei für sie die Frage nicht so abwegig scheint.

"Und hast du die Phantasie, es scheint dich doch zu erregen?", setzt sie so ungezwungen nach, als ob wir über das Schachspielen sprechen würden.

"Weniger.", antworte ich locker, um nicht prüde zu klingen.

Der Albtraum, wegen eines Verkehrsdeliktes in einem afrikanischen Gefängnis zu Sex mit Männern gezwungen zu werden, rückt hier tatsächlich ein Stück näher und ich verdränge ihn lieber.

Um das Thema zu wechseln, stelle ich ihr die Gegenfrage: "Hast du denn schon einmal Frauen geliebt?"

"Geliebt würde ich das nicht nennen, ich hatte da so ein Erlebnis. Es hat mir Spaß gemacht, aber ich mag lieber Männer. Dem Kerl hat es bestimmt Freude bereitet, wie wir zu dritt über ihn gekrabbelt sind und...", erzählt sie vergnügt weiter, mich immer noch mit der Hand bearbeitend. Ich unterbreche sie, da wir vor meiner Pension eintreffen und ziehe den Gürtel fest. Wir laufen hinein, ich etwas nach vorn gebeugt und hoffe niemand zu begegnen. Kaum fällt die Tür hinter uns zu, reißen wir uns die Kleider vom Leib und fallen über einander her. Sie kann es nicht erwarten, setzt sich auf mich und nimmt sich, was sie haben will. Sie ist so erregt, dass ihr Saft über meine Schenkel läuft, beugt sie sich hinab, umarmt mich und kommt zuckend auf mir. Mir schmerzt es vor übermäßigem Verlangen und ich fühle mich ihr so nah, dass mein Hirn sich ausschaltet. Alles ist gut, ich kann nicht anders, komme in ihr und will nicht über die Folgen nachdenken. Schwer atmend bleibt sie auf mir liegen. Ich küsse ihren verschwitzten Nacken und mag ihren salzigen Geschmack.

Langsam kommt ihr Puls zur Ruhe und sie seufzt mir ins Ohr:
"Ich liebe dich."
Ich will nichts erwidern und flüstere dennoch selig:
"Ich dich auch."

14. Ihr Leben

Am nächsten Morgen steht Machbuba früh auf und macht sich zurecht. Ich bleibe im Bett und beobachte sie genüsslich durch die offene Badezimmertür. Nach dem Duschen trocknet sie sich ab, cremt ihre schlanken Beine sorgfältig ein und summt dabei ein Liedchen. Dann beugt sie sich nackt auf Zehenspitzen über den Waschtisch und streckt mir ihren prallen Po entgegen, sodass ich den Ansatz ihrer Schenkel sehen kann. Konzentriert und kritisch mustert sie sich abschließend im Spiegel und sprüht sich ein wenig Parfume auf ihre Halsbeuge. Ihre hautenge Jeans zieht sie bis zum Anschlag, wobei sie abwechselnd rechts und links in den Knien federt wie ein Hampelmann. Dabei spannt sich der Stoff auf den prallen Backen. Was für ein wunderbares Wesen, denke ich entzückt in meiner Betrachtung. Dann kommt sie vom Bad in meine Reichweite zurück. Ich kann nicht umhin, sie mit einem schnelle Griff wieder ins Bett zu zerren, als sie mir zum Abschied einen Kuss zuwirft. Vehement wehrt sie sich und entkommt zerzaust.
"Kommst du heute Abend um 20 Uhr zu mir?", fragt sie und entfleucht, ohne eine Antwort abzuwarten. Ihr betörender Duft bleibt im Raum und erinnert mich noch eine Zeit an sie.
Den Vormittag trödele ich herum, gehe eine Stunde Surfen und schlafe danach geschafft. Am frühen Abend wache ich auf und frage mich, wann ich es das letzte Mal so genossen habe, die Zeit totzuschlagen. Jetzt gelingt es mir. Dass ich Machbuba heute treffe, scheint meinem verbummelten Tag einen Sinn zu geben. Sie wird nicht ewig meine Dämonen fernhalten, aber jetzt geht es mir gut.

Später nehme ich eine Flasche Wein aus dem Kühlschrank und fahre los zu ihr. Ich kann es nicht erwarten sie zu sehen, was der Abend auch bringen wird ist egal, solange sie Teil dessen ist.

In Broklyn parke ich direkt vor ihrem Haus und lasse nichts im Auto liegen. Hoffentlich machen sich die Diebe die Mühe in den Wagen zu schauen, bevor sie ihn versuchen aufzubrechen. Ich klopfe, Machbuba öffnet und nimmt mich noch in der Tür liebevoll in den Arm, schmiegt sich an mich und gibt mir einen Kuss.

"Willkommen in meiner Welt!", strahlt sie mich an, zieht mich hinein und alles ist gut. "Lass nichts in deinem Auto, nicht einmal Zigaretten, lass die Scheiben eine Handbreit auf. Ich bin gerade dabei etwas für uns zu kochen."

Machbuba wendet sich dem Herd zu und gibt mir die Gelegenheit mich umzuschauen. Die Wohnung hat eine Kochnische, ein Einzelbett und einen kleinen Schreibtisch. Sie ist so winzig, dass ich fast vom Bett zum Herd langen kann. Die Fenster sind mit Gittern gesichert. Es ist alles geordnet und sauber, das Bett ist frisch bezogen. Die Decke des Raumes wird von den sich langsam drehenden Flügeln eines Ventilators eingenommen. Mir fällt auf, dass das übliche technische Gerät fehlt, es gibt keinen Fernseher und keine Musikanlage. Nur ein Laptop steht auf dem Schreibtisch, er ist wertvoller als die komplette Wohnungseinrichtung. Ein Schachspiel im Regal überrascht mich und ich frage sie dümmlich:

"Spielst du Schach?"

"Sehr gerne sogar, hast du das nicht erwartet? Schach kommt aus Persien und ist keine europäische Erfindung!", antwortet sie.

Ich schäme mich meiner Frage, aus der eine gewisse arrogante Voreingenommenheit klingt. Warum sollte in armen Siedlungen nicht auch Schach gespielt werden. Ich unterstelle, dass die Muße, sich intellektuellen Spielen zu widmen, fernab von existenziellen Problemen besser gedeiht und daher Schach Privileg der Oberschicht ist. Eine Wand ziert ein Poster der Skyline von New York und ich spare mir die Frage, ob sie schon einmal dort war. Gegenüber auf der Wand sind Fotos aufgepinnt, die ich mir genauer anschaue. Auf einem sind lachende

Mädchen in Schuluniformen abgebildet, in ihren Kleidchen und Kniestrümpfen sehen sie sehr adrett und sauber aus. Jedes Gesicht hat eine etwas andere Farbe, die junge Generation der Rainbownation. Wenn man dazu neigt, Schuluniformen für ein altbackenes Relikt aus der englischen Kolonialzeit zu halten, wird man hier eines Besseren belehrt. Sie lenken den Fokus auf den Menschen und nicht auf seinen Status. Ein Foto daneben erweckt meine Aufmerksamkeit, dort sehe ich eine eigentümlich aussehende Frau in einem dunklen rauchigen Zimmer. Ihr schwarzes Gesicht ist mit weißer Paste übergeschminkt. Die Dame trägt einen roten Rock und einen mit bunten Perlen besetzten Umhang über den Schultern. In ihren Haaren sind weiße Kügelchen eingeflochten. In der Hand hält sie einen länglichen Gegenstand, der durch sein am Ende abstehenden Haarbüschel aussieht, wie ein mit buntem Tape umwickelter Ochsenschwanz. Die Stimmung wirkt gespenstig.

"Wer ist denn die Dame auf dem Bild dort?", frage ich Machbuba unbedarft. Ich ahne, dass dort etwas okkultes passiert und hoffe nicht wieder in einen Fettnapf zu treten.

"Das wirst du nicht verstehen, sie ist mein Sangoma, oder sagt dir das etwas?"

"Ein bisschen, gehst du da häufiger hin?"

"Selten, aber es gab Fälle, da wusste ich nicht weiter. Natürlich ist mir klar, dass Schamanismus, der für euch wie Voodoo aussieht, nicht mit meinem akademischen Wissen zu vereinbaren ist. Aber hier geht fast jeder zu einem Sangoma, manchmal zusätzlich zu anderer Hilfe."

"Ich würde da gerne mal hin.", antworte ich ihr spontan.

"Ich kann es kaum glauben, du willst zu einem Sangoma?", überschlägt sich ihre Stimme, "Morgen gehen wir zu meinem! Das kann dir vielleicht gut tun. Ich werde ihr nichts von dir vorher sagen, mal sehen, was sie über dich herausfindet. Was erwartest du von ihr?", fragt sie und dreht sich interessiert vom Herd zu mir hinüber.

"Ich habe dir von meinen Problemen erzählt, du hast davon hier nur wenig mitbekommen, da es mir momentan deutlich besser geht. Ich glaube allerdings nicht, dass die Geschichte vorbei ist.

Nichts gegen dein Studium, aber Psychologen traue ich nur begrenzt. Vielleicht liegt das auch daran, dass naturgemäß niemand einen Fremden gerne in seiner Seele rumstöbern lässt."
"Klar, wenn es für dich einfacher ist, Schlangensud oder Krokodilsblut zu trinken, dann probieren wir es einmal!", lacht sie noch einige Zeit vor sich hin, bestimmt einige fürchterliche Zaubertränke vor Augen.
"Du gehst doch selbst zu ihr, wie kannst du dich dann darüber lustig machen?"
"Weil wir hier zu dieser Schizophrenie stehen. Gerade in der Psychologie gibt es so viele Therapien die nur wirken, wenn der Patient daran glaubt und sich helfen lässt. Wenn du glaubst, dass es dir gut geht, geht es dir meist auch gut. In der Medizin ist das oft anders. Ist das Bein gebrochen, hilft der Glaube dir weniger. Aber auch hier kann der Heilungsprozess durch den Glauben beschleunigt werden. Vielleicht ist die Kombination von Zauber und Psychologie sogar am effizientesten. Erst einmal klärst du das Problem mit deinem Psychologen auf, damit du weißt, woher es kommt, und was du ändern musst. Danach sagt dir der Sangoma, iss das Krokodilpulver, du wirst stark sein, du schaffst das. In diesem Land können sich die meisten Menschen gar keinen Psychologen leisten, wir arbeiten noch vorwiegend an den Problemen der weißen zahlungskräftigen Bevölkerung."
Nach einer Gesprächspause meldet sich Machbuba vom Herd:
"Ich koche für dich etwas landestypisches.",
"Was denn?", frage ich neugierig und schaue ihr über die Schulter.
"Das ist Pap, eine Art Maisbrei. Das ist die günstigste Möglichkeit satt zu werden, die Armen aßen und essen bis heute Pap mit einer einfachen Soße tagein und tagaus. Du bekommst die Luxusvariante mit Boerewors, das ist eine Rinderwurst mit einer Kräuterwürzung, ich liebe sie. Dazu gibt es Chakalaka, ein scharfes Gemüsegericht. Trinken werden wir Weißwein von einem der Weingüter aus der Umgebung, den sich sonst nur die wenigsten hier leisten können."
Als Machbuba die Wurst in die Pfanne wirft, füllt sich der Raum mit dem öligen Bratgeruch, zunächst köstlich und würzig, dann

aber mit einer Impertinenz, dass es mir fast schlecht wird. Das Zimmer ist einfach zu klein zum Kochen, ich sage aber nichts dazu. Machbuba verwendet den Schreibtisch auch als Esstisch und so sitzen wir bald gemütlich zusammen und essen. Das Gericht ist scharf und mir zu mächtig aufgrund der ganzen Fette, aber es schmeckt gut und ich freue mich, etwas Neues kennenzulernen.

"Schmeckt es dir?", fragt sie und schaut mich skeptisch an.

"Sehr gut!", antworte ich zügig, nur nicht überzeugend genug.

"Es schmeckt mir wirklich gut, in Deutschland essen wir leichter, ich habe den Vorsatz abzunehmen, das kann ich aber auch verschieben.", füge ich schnell hinzu, nachdem sie immer noch nicht glücklich aussieht.

"Machst du dich über mich lustig?", schaut sie mich ernst an.

"Wie könnte ich das!", antworte ich ihr, ich habe die Bedeutung des Kochens in ihrer Kultur offensichtlich unterschätzt. Vielleicht überschätze ich auch ihr Selbstbewusstsein und sie fühlt sich von mir nicht ernst genommen oder gering geschätzt.

"Das Schönheitsideal ist hier anders als in Europa, die Männer mögen kurvige Frauen. Das ist ein Zeichen von Wohlstand und Gesundheit. Du weißt, dass Ehefrauen in Südafrika auf dem Land immer noch von deren Vätern gegen Kühe verkauft werden. Wird der Ehemann zu dünn, weil die Frau nicht ordentlich kocht, gibt er die Ehefrau dem Vater zurück und erhält seine Kühe wieder."

"Für mich solltest du bitte nicht zunehmen, ich mag dich schlank. Ich hab für dich nichts gezahlt und kann dich auch nicht zurückgeben.", necke ich sie.

"Schmeißt du mich aus dem Bett, wenn ich dir zu fett werde?", schaut sie mich mit großen Augen neugierig an, "Was macht dich an? Sag nicht, dass du die runden Hinterteile der afrikanischen Frauen nicht sexy findest.",.

"Was soll ich sagen, Kurven finde ich schon attraktiv, das ist mein evolutionäres Erbe, das sind Schlüsselreize für jeden Mann. Aber wenn ich die Wahl habe zwischen Großen weichen und Kleinen festen, nehme ich die Kleinen. Ich mag die Ästhetik deines Gazellenkörpers, deine schlanken Beine. Geschmäcker haben sich immer wieder gewandelt. Der Steinzeitmensch mochte es richtig kurvig, die älteste menschliche Kunstfigur eines Frauenkörpers ist ungefähr 30.000 Jahre alt, es ist die Venus von Willendorf, die Dame wog bestimmt 200 Kilo. Wenn ich die Tennisweltmeisterin Serena Williams beobachte, empfinde ich auch eine eigentümliche sexuelle Anziehung. Sie ist so archaisch stark und verkehrt das Mann-Frau Rollenverständnis vollständig. Es ist bei mir die Fantasie des Ausgeliefertseins, die mich neugierig macht. Ich mag keine massigen Körper und delligen Hinterteile, die Farbe ist mir gleich."

Damit scheint sie sich zufriedenzugeben.

"Was ist denn mit mir, sollte ich für dich abnehmen?"

"Du bist perfekt, wenn du aber noch 5 Kilo zunehmen würdest, hätte ich auch nichts dagegen.", antwortet sie und ich glaube, sie meint es tatsächlich ernst.

"Das beruhigt mich, ich kann es aber kaum glauben."

"Doch, doch, was ich nicht mag, wenn Männer dünn sind und trotzdem einem Schmerbauch haben. Dann passt der Bauch irgendwie nicht zum Körper und du fragst dich, was da drin ist, Männer sehen dann schwanger aus. Wenn Männer Speck haben, kräftig sind und der Bauch sich prall wölbt, so unterhalb der Rippenbögen ansetzt, ist das gut. Er darf auch etwas Brusthaar haben, so ein richtiger Kerl. Das strahlt Lebensfreude, Vitalität und Kraft aus. Hier waren fast alle bis vor einigen Jahren dünn und zeigen jetzt ihren ersten Wohlstand durch ihren prallen Kurven."

Auch wenn ich ihrem Ideal bestimmt nicht entspreche, scheint sie mich zu mögen, wie ich bin, daher belasse ich es dabei.

"Seit wann wohnst du hier in dem Haus?", frage ich sie um das Thema zu wechseln.

"Seit einem Jahr."

"Und wie kommst du hier klar?"

"Neben den Moskitos und Kakerlakeninvasionen gibt es noch die Kriminalität. Sicher sind dir jede Nacht Dutzende Mückenstiche und wenn ich mein Laptop in der Nähe des Fensters stehen lasse, ist es garantiert morgen weg. Wie Menschen nur so lange Arme haben können, wie die Kraken schaffen sie es, durch das halbe

Zimmer zu langen. Wenn du allerdings die Fenster schließt, kannst du wegen der Hitze häufig nicht schlafen. Einen Tod muss man sterben.", beendet sie lachend ihre Einführung und beugt sich wieder zum Fenster, um kurz hinaus zu blicken. Sie verhält sich in ihrer Wohnung wie ein wachsames afrikanisches Savannenhuftier, das beim Grasen immer wieder innehält und mit großen Augen und langem Hals aufblickt, um nicht von einem Räuber überrascht zu werden.

"Heute Nacht bist du sicher, ich passe auf dich auf.", witzele ich und nehme ihre Hand.

"Auch du kannst hier nicht helfen, außer du hast auch eine Knarre und schießt als Erster. Wenn nachts einer am Fenster mit einer Pistole steht, was dann? Oder einer macht sich an deinem Auto zu schaffen. Das Problem ist das Tik, die Kerle sind nicht Herr ihrer Sinne."

"Was ist Tik?"

"Das ist eine Droge, so etwas wie Christal Meth, es ist sehr billig, die Süchtigen machen alles für das Zeug und morden für ein Telefon. Nachts ziehen sie hier durch die Straßen wie Zombies. Denen solltest auch du, mein Held, dich nicht in den Weg stellen."

"Und wie oft passiert hier nachts etwas in deiner Gegend?"

"Ständig, Kapstadt gehört, was die Mordrate anbetrifft, augenblicklich zu den gefährlichsten Städten der Welt. Zynisch ist allerdings, dass sich die Gewalt fast ausschließlich in den armen und überwiegend schwarzen Gegenden abspielt, da die weißen Luxusgegenden gut gesichert sind. Die Armen sind die Kriminellen und die Opfer, sie bleiben untereinander und bringen sich gegenseitig um. Die Polizei meidet die Brennpunkte und das macht sie noch gefährlicher. In Broklyn ist es erträglich, wenn du es mit den Cape Flats vergleichst. Hier hörst du nur selten nachts Schüsse."

"Zerstört die Armut die Solidarität der Schwarzen, die bestimmt doch am Ende der Apartheid recht groß war?", frage ich nach.

"Ich glaube schon ein wenig. Selbst die höchsten Politiker des Landes sind Lügner, Betrüger, Vergewaltiger und Diebe. Stell dir vor, die Weggefährten unseres Idols Mandela verraten die

Revolution. Wären die Weißen die Armen, würden sie sich gegenseitig berauben und umbringen, man sieht aber täglich das Gegenteil und neigt dazu, die uns ständig umgebende Realität zu verallgemeinern. Kommt mir ein Weißer auf der Straße entgegen, würde ich vielleicht von ihm Rassismus oder Betrug erwarten, aber keine Gewalt. Manchmal hasse ich mich für die Skepsis fremden Menschen gegenüber, insbesondere bei Dunkelheit.", endet sie erhitzt, steht auf und atmet sichtbar wütend durch.

"Sorry, ich wollte keine politischen Reden schwingen, aber mich machen die Ungerechtigkeiten hier ganz krank. Am schlimmsten ist für mich allerdings, dass 25 Jahre nach dem Ende der Apartheid das Land sich aufgrund der Dummheit und Korruptheit unserer eigenen Leute so in die falsche Richtung bewegt. Würde die Wirtschaft bei uns wie in China jedes Jahr mit 5-10% wachsen, gäbe es kaum Armut und Kriminalität mehr."

Plötzlich wird Machbuba von einem Geräusch am Fenster abgelenkt, auch ich sehe eine Bewegung hinter dem Vorhang. Sie legt ihren Zeigefinger auf den Mund und hebt die andere Hand mir zum Zeichen mich ruhig zu verhalten. Ihre Augen weiten sich ängstlich und sie lauscht einen Moment. Ich höre nur das Zirpen von Grillen in der dunklen Nacht. Dann schleicht sie ans Fenster, schiebt den Vorhang vorsichtig zur Seite und spät suchend hinaus in den Vorgarten. Völlig unerwartet entspannen sich ihre Gesichtszüge wieder, als eine schwarze Hundeschnauze am Gitter erscheint. Sie wuschelt in seinem Fell, gibt ihm Kosenamen und ihre Stimme verfällt in die hohe überschwängliche Tonalität eines Kindes. Aus den Essensresten nimmt sie eine halbe Wurst und reicht sie dem Tier durch das Gitter.

Immer noch freudestrahlend erklärt sie mir über ihren Besucher: "Das ist Tarzan, der Herr des Großstadtdschungels und mein Wächter. Ist er nicht süß? Er gehört mir nicht und schläft manchmal die ganze Nacht vor meiner Türe. Dann fühle ich mich am sichersten. Ich belohne ihn für seine Wachdienste, indem ich ihn gelegentlich füttere. Ein großer Hund ist wahrscheinlich die beste Alarmanlage hier im Viertel. Bei mir ist leider nicht genug Platz für einen eigenen Hund."

Ich weiß nicht, was ich zu all dem sagen soll. Selbst in dieser Vorhölle findet sich noch ein Stück Restidylle. Machbuba ist ein Fremdkörper hier, ihr liebevolles Wesen mit ihrer fragilen Schönheit hat in dieser feindlichen Umgebung nichts verloren. Millionen Menschen leben so in diesem Land, vielleicht noch viel schlimmer, doch einen meine ich retten zu müssen, weil er mir so nah steht. Weil ich mich in ihn verliebt habe.

Als sie das Essen abräumt und abspült, versuche ich ihr zu helfen, sie besteht aber darauf, alles allein zu erledigen und erklärt mir:

"Lass mich das machen, das ist meine Aufgabe. Ich hab kein Problem mit Geschlechterrollen, so bin ich aufgewachsen und das ist hier noch so. Die Emanzipation der Frauen ist hier noch Lichtjahre entfernt und ich bin bestimmt schon eine Vorreiterin. Wenn ein Kerl im Sitzen pinkelt, wird er verspottet. Auf dem Land ist es extremer, als in der Stadt, dort ist noch die Vielweiberei gängig. Unser letzter Präsident hat 7 Frauen, die letzte ist 50 Jahre jünger als er.", lacht sie.

Das scheint sie mit Humor zu betrachten, zumindest ein Thema, das bei uns nicht zu Konflikten führen wird.

"Komm, lass uns ins Bett gehen", säuselt sie mit verführerischer Stimme, zieht seine ihrer Dreadlocks in die Länge und wickelt sie um ihren Zeigefinger. In diese Geste verliebte ich mich schon an unserem ersten Abend, ohne es zu wissen.

Ich zwänge mich in ihr winziges Bad, Machbuba geht anschließend, löscht dann das Licht und kriecht zu mir in das schmale Bett. Ihre Hände suchen mich, sie reibt sich an mir und küsst mich leidenschaftlich. Es ist zu warm und eng in ihrem Bett. Mir ist nicht nach Zärtlichkeit in diesem Umfeld zu Mute, aber Machbuba lässt mir keine Wahl. Immer wieder blicke ich über das Kopfende des Bettes zum Fenster, wenn etwas meine Aufmerksamkeit erregt. Es ist aber nur der Wind, der den leichten Musselinvorhang bewegt. Ich bin paranoid und habe das Gefühl, dass wir von draußen beobachtet werden, ich warte auf die Augen, die sich in der Dunkelheit zeigen werden.

"Komm jetzt, bitte.", sagt sie schon fast flehentlich.

Ich fühle mich gänzlich unromantisch und will es nur zu Ende bringen, sie allerdings ist ganz von Sinnen. Je gröber ich zu ihr bin, desto mehr Freude scheint es ihr zu machen. Eine Stellung nach der anderen will sie erleben, ich greife fest zu und fühle nichts dabei. Sie windet sich unter mir wie ein Aal und stöhnt immer lauter. Der Wind öffnet den Vorhang vollends und ich kann mein Auto auf der Straße in der Dunkelheit sehen. Schatten huschen durch die Nacht, ich hebe meinen Kopf um besser über die Fensterbank spähen zu können, kann aber nichts konkretes erkennen. Ihr Atem geht schneller unter mir, sie röchelt etwas und scheint die Tortur zu genießen. Ich habe Angst sie zu verletzen und lockere meinen Griff um ihren Hals. Ihr Körper bäumt sich auf, holt Luft, stöhnt lauthals und kommt. Ich wälze mich zur Seite und schaue zur Decke. Genussvoll seufzend und befriedigt schmiegt sie sich mit ihrem nassen Körper an mich, während ich den langsamen Bewegungen des Ventilators folge.

"Es ist nicht so einfach, sich hier zurechtzufinden, hm? Kennst du den Unterschied zwischen Schimpansen und Bonobos?", fragt sie schläfrig.

"Keine Ahnung, ich weiß nur, dass es beides Primaten sind, die ähnlich aussehen und sehr nah verwandt sind.", antworte ich abwesend.

"Stimmt, Schimpansen wohnen im Norden des Kongoflusses in Afrika, mehr in trockenen Savannengebieten, Bonobos südlich des Kongoflusses in den tropischen Wäldern. Schimpansen sind ein bisschen größer aber genetisch fast identisch. Schimpansen leben im Patriarchat und lösen Konflikte häufig gewalttätig, sie morden, quälen und vergewaltigen Artgenossen. Bonobos lösen Konflikte durch Liebe, Schmusen und ständigen Sex in außergewöhnlicher Vielseitigkeit. Die Affendamen der Bonobos sind häufig bisexuell und leben im Matriarchat. Forscher untersuchten, ob die unwirtlichen Lebensumstände für das so aggressive Verhalten der Schimpansen verantwortlich sind, aber selbst in Gefangenschaft blieb das Verhalten gleich. Ich glaube, wir Menschen sind irgendwo dazwischen anzusiedeln, vielleicht sind auch die einen schimpansischer und die anderen bonobesischer. Lass uns beide immer Fellpflege betreiben, körperlich bleiben, dann lösen sich die meisten Probleme von alleine."

Sie gibt mir noch einen Kuss, dreht sich auf die Seite und zieht die Decke vollständig über den Kopf. Ihre gleichmäßigen Atemzüge signalisieren mir schon Momente später, dass sie eingeschlafen ist. Was für Erlebnisse haben sie dazu gebracht sich so einzuigeln, frage ich mich. Können wir uns jemals wirklich verstehen mit einer so unterschiedlichen Vergangenheit, geht es mir durch den Sinn, während ich gespannt den Geräuschen der Nacht lausche.

Weit entfernt platzt eine Glasflasche klirrend auf dem Asphalt, Autos hupen, eine Frau keift jemanden an, der versucht sich lallend zu verteidigen, irgendwo bellen wütend Hunde. Direkt vor ihrem Fenster zirpen Grillen friedlich vor sich hin, sie lassen sich von nichts und niemand aus der Ruhe bringen. Ich fühle mich wie einst bei der Aufnahme eines Hörspieldramas im Tonstudio. Es gab Tonkanäle, die durchgehend sendeten, wie hier die Geräusche der Grillen und Hunde, dann setzte plötzlich ein neuer Tonkanal von links ein und erzeugte Spannung, ein anderer von rechts verebbte, immer passierte etwas, Ruhe trat nie ein. Machbuba scheint daran gewöhnt, sie schläft selig, ich wache noch lange. Mücken schwirren um unsere schwitzenden Körper und es fällt mir schwer, sie zu ignorieren. Jetzt weiß ich, warum die Touristen gerne in der Nähe des kühlenden Meeres wohnen. Wieder schrecke ich auf, weil ich ein mir unbekanntes Geräusch höre. So muss auch das Hirn des Hundes arbeiten, der bestimmt immer noch vor unserer Tür liegt. Auf unsicherem Terrain bei Nacht fällt er in eine Art Halbschlaf, in dem das Unterbewusstsein nur die bedrohlichen Geräusche herausfiltert und in sein Bewusstsein dringen lässt, um rechtzeitig reagieren zu können. Auch das degenerierte menschliche Hirn passt sich der

Situation an und aktiviert uralte Instinkte. Neben mir hebt und senkt sich die Wölbung der Decke.

Um sieben Uhr morgens weckt mich das Piepen ihres Weckers, irgendwann muss ich doch eingeschlafen sein. Machbuba klettert mit halb geschlossenen Augen und wortlos über mich hinüber und tapst ins Bad. Über ein „guten Morgen mein Schatz" hätte ich mich gefreut, denke ich grummelig. Draußen ist es hell, Autos hupen stakkato auf der nahen Hauptstraße im morgendlichen Verkehr. Es wundert fast, dass selbst in dieser Gegend Vögel zwitschern, wenn sie doch frei sind, sich in den üppigen fast tropischen Gärten nah der Küste niederlassen zu können. Aus dem Bett lasse ich meinen Blick durch ihr Zuhause wandern und versuche mir mein Glück bewusst zu machen, in Wohlstand leben zu dürfen.
Machbuba singt beim duschen und scheint bester Laune.
"Mein Schatz.", ruft sie, "Ich muss gleich zur Uni und bin spät dran, kannst du mich bringen?"
"Kein Problem, ich dusche später zu Hause.", rufe ich erleichtert zurück und freue mich auf mein Luxusbad in Gästehaus.
Ihre Wohnumgebung wäre unserer Zuneigung abträglich und das lässt mich ziemlich alt fühlen. Noch vor 10 Jahren wäre ich in jedes Kellerloch gezogen, wenn mich solch ein bezauberndes Wesen gelockt hätte.
Kurze Zeit später sitzen wir im Auto. Die Scheiben sind glücklicherweise über Nacht intakt geblieben, und so lerne ich mich über bisher selbstverständliches zu freuen. Ich bin noch müde und wir fahren im Stopp and Go in Richtung Innenstadt. In Kapstadt ist das morgendliche Verkehrschaos größer als in anderen Großstädten dieser Welt. Die weißen Fahrer, die ich rechts und links durch die Seitenscheibe beobachten kann, fahren allein mit ausdruckslosen Gesichtern. Die Schwarzen drängen sich in völlig überfüllten Minibussen bei lauter Musik. Sie sind wahrscheinlich glücklich eine Arbeit zu haben, wirken fröhlich und lachen viel. Der Mensch ist schon ein eigentümliches Wesen.

Machbuba duftet wie ein Blümchen und erzählt mir gut gelaunt von ihrem Studium. Sie ist offensichtlich besser als ich mit der Geräuschkulisse der Nacht klar gekommen. Als ich einen Blick auf sie werfe, sehe ich ein deutliches Würgemal an ihrem Hals und habe ein schlechtes Gewissen.

"Du solltest heute Morgen einen Schal tragen, sonst wirft das ein falsches Licht auf deinen Freund.", merke ich an und zeige auf ihren Hals.

"Was schert uns der Rest der Welt, mein Liebesgott.", antwortet sie lachend und gibt mir einen Kuss, "Gestern war nicht dein Abend, aber nächstes Mal bist du dran, o.k.?"

Das lasse ich so stehen und genieße das Kompliment. Machbuba kann nicht lange ruhig sitzen und einfach ihren Gedanken folgen. Das ist ein Merkmal ihrer Jugend und ich habe vergessen, dass ich auch einmal so war. Sie muss ihrem Bewegungsdrang folgen wie ein Welpe, schaltet das Radio an, der Sender Bush Radio spielt genau den Rhythmus, den man von ihm erwartet. Sie beginnt sitzend zu tanzen, ihr ganzer Körper zuckt, wippt und windet sich wie auf der Tanzfläche, ihr Gesang übertönt noch das Radio. Ich sehe ihr lachendes Gesicht, wie ein Leguan rollt sie ihre pinke Zunge und ich kann mich von ihrer Fröhlichkeit nur anstecken lassen. Tanz ist sinnlos und dient nur dem Ausdruck und der Generierung von Lebensfreude, warum sollte ich dieses Privileg der Jugend überlasen. Dezent fange ich auch an zu grooven, versuche es lieber langsam und cool. Bei zu hektischer Aktivität habe ich das Gefühl, mich eckig und verkrampft zu bewegen. Doch irgendwann schaltet sich mein Hirn ab, ich bin albern und einen Moment vielleicht so glücklich wie Machbuba.

Die Uni liegt in der Stadt am Fuße des Tafelberges, langsam nähern wir uns dem monumentalen Hang vor dem blauen Morgenhimmel. An dieser überall gegenwärtige Kulisse sieht man sich nie satt und sie ist auch für den ärmsten Kapstädter gratis zu bewundern, denke ich gut gelaunt.

Als Machbubas Telefon schellt, lässt sie es zunächst klingeln, schaut dann doch auf das Display und schaltet sofort das Radio ab um das Gespräch entgegenzunehmen.

"Guten Morgen.", begrüßt sie den Teilnehmer förmlich und ihre Stimme bekommt eine unterwürfige, ängstliche Tonlage. Diese Seite von ihr war mir bisher nicht bekannt.

Nickend und ernst hört sie zu, bis sie antwortet: "Ja, o.k., Morgen Abend. Versprich mir aber, dass das nicht noch mal passiert, sonst können wir..."

Sie kann den Satz nicht beenden und schaut auf ihr Display. Für ihren Gegenüber war das Gespräch schon beendet.

"Halt bitte eben dort an.", bittet mich Machbuba.

Noch bevor ich sie fragen kann, steigt aus dem Auto und geht in einen Kiosk. Ich bin sicher, dass der Anruf von dem Kerl kam, der sie letztlich so geschlagen hat. Wut steigt in mir auf. Als sie sich wieder mit zwei Kaffeebechern in der Hand ins Auto setzt, sehe ich, dass sie geweint hat. Ihre Augen sind gläsern und gerötet.

Als sei nichts gewesen reicht sie mir einen Kaffee und sagt affektiert fröhlich: "Überraschung!".

"Ich möchte nicht, dass du weiter diesen Job machst, ich habe genug Geld, um für uns zu sorgen. Lass uns heute Abend darüber sprechen."

"Kaufst du uns was zum Picknicken und holst mich um 16.00 ab? Dann reden wir darüber."

Wir sind vor dem Fakultätsgebäude angekommen, sie drückt mir noch einen Kuss auf den Mund und steigt aus. Dann blicke ich ihr nach, während sie in einer Gruppe Frauen aller Hautfarben auf dem Gelände verschwindet. Diese jungen Menschen sind die Hoffnung und Zukunft dieser Nation. Was für ein wunderbares Land könnte Südafrika werden, wenn es endlich seine Vergangenheit überwunden hätte. Auch dieser gewalttätige Typ, der Machbuba angerufen hat, ist eine Folge der Apartheid. Das Pendel schlägt jetzt in die andere Richtung. Er ist einer der vielen Emporkömmlinge in dieser jungen Demokratie, der nicht eine solche Position bekleiden sollte. Mit solch einer Führung wird es nicht leicht das Land so schnell zu reformieren, wie es notwendig wäre. Der Fisch stinkt vom Kopf, sagt man. Das ist der Preis, den alle Südafrikaner zu zahlen haben.

Ich finde in einem ruhigen Viertel ein Frühstückskaffee und bestelle Spiegeleier, um mich herum sitzen weiße Gäste, die Kellnerinnen sind schwarz.

Nach dem Frühstück fahre ich zurück nach Sunset Beach. Von meiner Terrasse aus schaue ich über das aufgewühlte Meer und denke über Machbubas Leben in Broklyn nach. Ich könnte mich noch eine Zeit lang mit ihr vergnügen und mir einreden, dass ich nicht für sie verantwortlich bin. Wenn mir aber etwas an ihr liegt, muss ich sie aus ihrer Misere heraus holen. Sonst nehme ich in Kauf, dass sie Teil der Statistik wird, eine dieser vielen Frauen die in Südafrika misshandelt werden. In meinem bisherigen Leben drehte sich alles um mich und ich habe verlernt, auf meine Gefühle zu hören. Heute Abend werde ich sie bitten, vorübergehend zu mir zu ziehen, bis wir ein gemeinsames Appartement finden. Alles Weitere wird sich schon ergeben. Ein Stein fällt mir vom Herzen, meine Entscheidung getroffen zu haben.

Später kaufe ich eine Kühlbox und fülle sie mit Eis, kaltem Wein und allerlei Leckereien. Dann fahre ich zu ihr. Sie kommt mir vor ihrem Haus entgegen und sieht verlockend aus. Ihr weißes Hemd ist über ihren Bauch zusammengeknotet und zeigt ihre schlanke Taille. Sie küsst und umarmt mich stürmisch, als hätten wir uns Jahre nicht gesehen und ich weiß, dass meine Entscheidung die Richtige ist.

Sie schien meinen Blick bemerkt zu haben und fragt kokett:
"Gefalle ich dir?"
"Ich mag keine Moden und kollektive Erkennungsmerkmale, außer wenn sie nicht kollektiv sind."
"Die Hose hab ich im Second Hand gekauft, sie stammt bestimmt aus den Sechzigern.", antwortet sie empört.
"Deshalb gefällt mir auch dein Stil, er ist tatsächlich individuell."
"Ehrlich?", fragt sie etwas verunsichert.

"Ich bewundere dich dafür, dass du dein Ding machst.",
antworte ich ihr und schnuppere an ihrem Nacken um in die
Erinnerungen abzutauchen, die ihr süßer Geruch in mir auslöst.
"Zuerst besuchen wir meinen Sangoma, dann machen wir ein
Picknick, o.k.?"
"Ich bin gespannt!"
Dann fahren wir los und Machbuba gibt sich als meine
Fremdenführerin.
"Das ist ein Flamboyanttree, sein Name kommt aus dem
Französischen und leitet sich aus "Flammengleich" ab.", referiert
sie, als wir einen auffällig rot blühenden Baum passieren.
Gewissenhaft hat sie zu allem etwas zu berichten und ich genieße
es sehr von ihr lernen zu können. Nachdem wir die Stadt hinter
uns gelassen haben, cruisen wir die Rückseite des Tafelberges
entlang nach Muizenberg.
"Ich wollte dir noch etwas zu Latoya erzählen, die wir gleich
treffen. Sangomas heilen entweder oder sehen in die Zukunft,
einige wie Latoya machen beides. Voodoo im Gegensatz dazu ist
eine Religion. Die Zeremonien haben eine gewisse Ähnlichkeit
und beide haben afrikanische Tradition. Es geht meist um die
Geister deiner Vorfahren. Ekel dich nicht, meist verwendet sie
Kräuter, manchmal aber auch andere widerliche animalische
Substanzen als Muti* um ihr Ziel zu erreichen.", kichert sie
scheinbar in Erinnerung früherer Erfahrungen.
Im Stadtzentrum von Muizenberg passieren wir einige mondäne
alte Strandvillen ähnlich derer in den historischen Badeorten an
der französischen Atlantikküste. Beim Anblick der französischen
Bäderarchitektur versetzte ich mich gerne in die vermeintlich
gute alte Zeit vor den Weltkriegen, in der weiß gekleidete
Großfamilien Strandurlaube machten. Ich stellte mir
Familienszenen wie auf den Strandbildern Monets vor und
geniesse die Wehmut, die sich bei der Betrachtung von
vergangener Herrlichkeit gelegentlich einstellt. Hier erinnert
mich die Architektur allerdings an ein rigides und
menschenverachtendes Regime, in dem die Nutznießer der
Privilegien in genau diesen Villen ihre Sommer verbrachten und
auf die internationale Isolation keinen Deut gaben. Ich stelle mir

vor, wie sie das schlechte Gewissen gelegentlich plagte, sie beim Essen an langen Tafeln diskutierten aber nichts sie dazu bewegte, etwas an der Situation tatsächlich ändern zu wollen. Schnell verdränge ich wieder die negativen Gedanken und versuche das uns ständig begleitende Thema auszublenden. Heute gehört der Tag nur Machbuba und mir. Wir folgen weiter der Landstraße ostwärts entlang der Küste der False Bay. Rechts und links der Straße blenden uns weiße Sanddünen. Gelegentlich werden sie unterbrochen und geben den Blick frei auf den menschenleeren breiten Strand und das türkisblaue Meer. Kein Tourist liegt hier auf seinem Handtuch, der Wind bläst mit Orkanstärke und peitscht den Sand horizontal bis in Hüfthöhe. Mich erstaunt kilometerweit keine Häuser zu sehen, obwohl wir uns so nah der Stadt befinden. Hat der Naturschutz die Menschen davon abgehalten, diesen wunderbaren Küstenabschnitt zu bebauen, oder waren es schlicht die Naturgewalten? Dann knickt die Straße ab und wir fahren ins Landesinnere. Bald treffen wir auf die ersten Hütten, der Anfang der Siedlung, dessen riesige Ausdehnung ich schon aus dem Flugzeug überblickte.

"Das sind die Cape Flats, eins der größten Townships Afrikas.", erzählt Machbuba, "Hier leben Millionen von Menschen, die meisten erst seit wenigen Jahren. Früher siedelte hier wegen des harschen Wetters kaum jemand, in der Apartheidszeit wurden die Schwarzen aus dem Zentrum Kapstadts umgesiedelt, ganze Stadtviertel, wie zum Beispiel der Distrikt Six, wurden mit Bulldozern aufgelöst. Innerhalb der Cape Flats gibt es unterschiedliche Stadtteile, die einen werden mehr von Coloureds* oder Moslems, die anderen mehr von Schwarzen bewohnt. Die Kriminalität hat hier drastisch zugenommen und dort wo die Gangs aktiv sind, gibt es die meisten Probleme. Seitdem die Bandenkriege ausgebrochen sind, sterben hier unzählige Unschuldige durch umherfliegende Kugeln."

"Was für Gangs?", möchte ich wissen.

"Die Gangkultur kommt ursprünglich aus den Gefängnissen, dort schließen sich Gruppen zum Schutz zusammen und schwören sich Treue. Sie tätowieren sich zur Kennzeichnung Symbole häufig bis ins Gesicht, jeder soll sie sehen und sie sind stolz darauf. Sie nennen sich Americans, Mongrels, Hard Livings oder geben sich schlicht Nummern, 26, 27 oder 28. Auch außerhalb des Knasts setzen sie ihre Arbeit fort, sie sind völlig skrupellos und beherrschen die Townships wie die Gefängnisse. Die Polizei hat Angst vor ihnen und einige Gegenden werden zu rechtsfreien Räumen, zu Gangland. Daher wird gelegentlich sogar das Militär im Township eingesetzt."

"Sollten wir dann nicht lieber umdrehen?", frage ich etwas besorgt. Ich erkenne keinen Unterschied zu dem letzten Township, in dem ich mit ihr war.

"Mach dir keine Gedanken, dort wo wir hinfahren sind wir über Tag recht sicher. Es gibt aber Ecken, wo auch ich mich nicht hinbegeben würde.", sagt sie.

"Und was ist der Unterschied zwischen Townships und Homelands?"

"Die Homelands hatten denselben Zweck wie die Townships. Sie sollten die Schwarzen und Farbigen* in Randbezirken isolieren, Homelands waren aber ganze Landstriche, die ethnisch homogen sein sollten."

"Warum unterscheidet ihr immer noch zwischen Schwarz, Farbig und Weiß, das sollte doch der Vergangenheit angehören. In den USA gilt das als diskriminierend."

"Die Unterscheidung stammt aus der Apartheidszeit, die Weißen bevorzugten die Mischlinge und asiatischen Migranten den Schwarzen gegenüber. Der daraus resultierende Neid blieb bestehen und auch heute noch grenzen sich die Gruppen untereinander ab."

"Aber das sollte jetzt beendet sein."

"Der Gesetzgeber arbeitet immer noch mit den alten Bezeichnungen, um die heute wirtschaftlich am schlechtesten dastehenden Schwarzen den anderen Rassen* gegenüber zu bevorzugen."

"Es gibt nur eine Rasse und zwar die Menschliche.", versuche ich etwas schlaues einzubringen.

"Du hast Recht, der Gesetzgeber versucht die Dunkleren gegenüber den Helleren zu bevorzugen. Das nennt sich Black

147

Empowerment Act*. Du kannst dir vorstellen, dass sich nun einige zu Recht benachteiligt fühlen."

"Das verstehe ich nicht."

"Coloureds, Inder oder Chinesen fühlten sich nicht weiß genug während der Apartheid und heute nicht schwarz genug für den ANC. Hier unten am Westkap gibt es sehr viele Farbige, anders als im Norden. Vielen geht es wirtschaftlich schlecht, nur wenigen, zum Beispiel den indisch-stämmigen, meist besser. Die Leute meinen, den Coloureds geht es am schlechtesten, weil sie keine Identität haben, weil sie oft aus einer Vergewaltigung des Kolonialherren hervorgegangen sind. Die meisten Schwarzen fühlen sich irgendeinem Stamm mit seiner Kultur zugehörig. Die Coloureds dagegen sind entwurzelt und schafften sich ihre Gangland in den Cape Flats."

"Dann sind sie die Ursache der vielen Probleme?"

"Nein, die Weißen, denn sie haben vorsätzlich diesen Keil in die Gesellschaft getrieben, damit die Untergruppen sich nicht gegen sie zusammen schließen konnten. Mandela schaffte es alle zu Einen, wenn sich nun aber die alten Gräben zwischen den Stämmen, Ethnien oder Farben wieder vertiefen wird es ungemütlich in der Regenbogennation."

"Siehst du denn keine positive Entwicklung?"

"Doch, klar, etliche, aber es gibt auch Rückschritte, wie zum Beispiel die Ausschreitungen in den Townships von schwarzen Inländern gegen zugezogene schwarze Ausländer. Wirtschaftlich ist jeder sich selbst am nächsten, soviel zum Thema Solidarität."

Der Straßenbelag wird schlechter, die Hütten stehen immer dichter und wir müssen uns an spielenden Kindern und Hunden vorbeischlängeln. Dann parken wir und gehen ein paar Meter zu Fuß. Wir klopfen an einer Hütte, deren Tür ein undefinierbares, haariges Körperteil wie ein Türklopfer ziert.

Geöffnet wird von der Dame, die ich schon von Machbubas Foto kenne. Ihr Gesicht ist heute allerdings nicht so weiß geschminkt. Sie schüttelt mir die Hand, Machbuba umarmt sie kurz, wobei sie keine Mine verzieht.

"Ich bin Latoya, kommt bitte hinein.", stellt sie sich mir mit tiefer Stimme vor, die gar nicht zu ihrer femininen Gestallt passt.

"Ich bin Marcel, Machbuba hat uns bestimmt angekündigt."

"Nein.", antwortet Latoya, schaut mir kurz ins Gesicht und belässt das Gespräch dabei. Dann dreht sie sich um, geht hinein und beginnt im hinteren Teil der Hütte zu kramen. Machbuba setzt sich ungefragt am Rand des Raumes auf den Boden während ich zunächst vor ihr stehen bleibe. Mein Blick schweift durch die dämmerige Tiefe des Zimmers. Licht fällt nur durch eine kleine Fensteröffnung, gespenstisch gleich Fischen eines Aquariums schweben Staubpartikel auf der Lichtbahn. Es ist drückend heiß unter dem Wellblechdach. Auf dem Lehmboden liegt das langhaarige Fell eines großen Tieres, darauf setze ich mich im Schneidersitz. Als ob uns keine Wände trennen würden, dringt aus der Nachbarhütte der sonore Singsang eines alten Mannes, der dazu rhythmisch auf etwas gläsernem klopft. Es riecht nach Rauch, Fell und Urin. Latoya hat Blätter in einer Schale angezündet, kommt zu mir herüber und hält mir ungefragt den qualmenden Haufen unter die Nase. Der eigentümliche Geruch wirkt etwas einschläfernd auf mich. Dann kniet sie sich leise summend mir gegenüber auf den Boden. Schweiß läuft mir über mein Gesicht. Warum Latoya nicht unter der Hitze leidet, kann ich mir nicht erklären. Neben sich platziert sie sorgsam ein paar alte Metalldosen und diesen Wedel, der mich schon auf dem Foto neugierig gemacht hat. Jetzt kann ich ihn von nahem betrachten, er besteht aus einem geflochtenen bunten Griff aus dessen Ende lange schwarze Haare heraus hängen. Stammen sie von einem Toten oder einem Tier? Ich bin gespannt, was sie damit macht. Zwischen uns legt sie eine schmale abgegriffene Stoffrolle. Sie schließt die Augen, faltet die Hände auf ihren Oberschenkeln und beginnt eigentümlich kehlig zu singen und den Oberkörper zu wiegen. Das Geplapper und Geklopfe des Nachbarn und ihr Singsang vereint sich zu einem erstaunlichen Kanon. Ich nutze die Gelegenheit, sie genauer zu betrachten. Sie ist um die 40 und wird einmal attraktiv gewesen sein. Jetzt ist sie wie die meisten südafrikanischen Frauen übergewichtig und recht kurvig. Ihre mächtigen Brüste teilen die Flut der Kügelchen ihrer bunten Perlenketten wie zwei Felsen einen Strom. Ihr einst hübsches Gesicht mit ihren schön geschwungenen Lippen verzieht sich plötzlich zu einer Grimasse. Sie beginnt schwer zu atmen, schlägt die Augen auf und schaut mich an. Ihr Blick macht mir Angst, blickt sie durch mich hindurch oder in mich hinein? Wenn sie sich wünscht, ernst genommen zu werden, hat sie ihr Ziel erreicht. Langsam beruhigt sich ihr Atem wieder und ihr Blick wird klar. Sie rollt den Stoff vor sich aus, darin eingewickelt befindet sich eine Sammlung von Kleinteilen wie Kronkorken, Scherben, Muscheln, einen Würfel, eine Münze und etliche Knochen, deren Anatomie durchaus auch menschlich sein könnte.

"Nimm alles in deine Hände und füll es in die Dose.", fordert sie mich auf.

Ich folge ihren Anweisungen, sie schüttelt die Dose wie ein Barmixer und verteilt mit Schwung den ganzen Kram auf dem Tuch, nur der Kronkorken und die Münze rollen von dannen.

"Du bist nicht allein hier, du hast jemand bei dir. Ist einer deiner Vorfahren, der dir wichtig war, vor Kurzem gestorben?", fragt sie mich und schaut mich durchdringend an.

"Mein Vater starb vor einem Jahr."

"Das ist sein mächtiger Geist, der dich begleitet.", sagt sie und hebt einen Knochen auf.

"Du musst dich von ihm lösen, um deinen Weg zu gehen." fährt sie fort und hebt die Münze auf.

"Du bist nicht gesund, das weißt du. Du bist getrieben von seinem Geist, du must nicht so sein wie er, um glücklich zu sein. Ihr Weißen meint alles besser zu wissen. Schaut euch doch an, wohin ihr mit euerm Ehrgeiz und eurer Betriebsamkeit gekommen seid. Pass dich dem Rhythmus Afrikas an. Nimm dir Zeit.", sagt sie noch im Ausatmen und wirkt plötzlich erschöpft. Dann steht sie schwerfällig auf und geht durch den Raum. Im Vorbeigehen schaut sie auf Machbuba und zuckt zusammen, als hätte sie eine Schlange gesehen.

"Uhh, Schätzchen, du musst auf dich acht geben!", bemerkt sie, geht weiter und fährt mit ihrer Arbeit fort, als sei nichts geschehen. Sie nimmt ein Fläschchen aus dem Regal, kommt zu mir, setzt sich wieder und fuchtelt mit dem haarigen Fliegenwedel vor meinem Gesicht umher. Dann murmelt sie etwas, kippt ein wenig schwarzes Gekrümel auf meinen Handrücken und ordnet mir in strengem Ton an:

"Leck etwas davon ab, das ist Muti."

Erst zögere ich, will aber kein Feigling sein und mir vorwerfen müssen, ihre Therapie abgelehnt zu haben. Vorsichtig strecke ich meine Zunge nach dem Pulver aus, es schmeckt so widerlich, dass ich würge und es fast in den Raum pruste.

"Den Rest wirf über deine Schulter, lass deine Vergangenheit hinter dir.", ruft sie theatralisch aus und reißt die Augen auf.

Ihr Kontakt zu meinen Geistern lässt sichtbar Kraft aus ihr weichen. Sie sackt in sich zusammen, ihre zuvor aufrechte Statur wirkt nun gebeugt.

"Es fällt mir schwer euch zu verstehen, ihr seid so anders.", haucht sie und schüttelt den Kopf.

"Nun geht bitte, ich bin sehr müde.", beendet sie die Sitzung und weist uns die Tür.

Machbuba sitzt immer noch an derselben Stelle und schaut wie ein hypnotisiertes Kaninchen in den Raum. Mir ist klar, dass sie Latoyas Äußerung ernst genommen hat, daher spreche ich Latoya auch noch einmal darauf an:

"Bitte sag mir, was mit Machbuba ist, ich sorge mich ein wenig."

Latoya holt Luft, um etwas zu antworten, bricht aber wieder ab und schaut zu ihr hinüber. Dann steht sie auf, bückt sich schwerfällig und flüstert ihr etwas ins Ohr. Machbubas Augen weiten sich, in ihrem zunächst ausdruckslosen Gesicht spiegelt sich nun Angst wieder. Dann steht sie auf, stellt keine Fragen mehr und geht zur Tür. Zum Abschied schüttelt mir Latoya wortlos die Hand. Machbuba umarmt sie wieder. Unauffällig reicht Machbuba ihr etwas Geld.

Im Wagen herrscht zunächst Stille, die nur durch gelegentliche Anweisungen zur Richtungsänderung unterbrochen wird. Wir beide lassen das Erlebte nachhallen und versuchen unsere Schlüsse daraus zu ziehen. Jedes ihrer Worte habe ich noch präsent und muss mir eingestehen, dass sie mich beeindruckt hat. Ich fühle mich wie nach zu langem Schlaf ins Leben zurückgekehrt und bin der uns umgebenden Landschaft noch entrückt. Erst als Machbuba meine Hand nimmt und ich ihre warme Haut spüre, habe ich das Gefühl, wieder auf der Erde zu sein. Es wirkt wie das Schnippen des Hypnotiseurs, der seine Patienten aus der Trance zurückholt.

"Was hat sie dir gesagt?", frage ich Machbuba.

"Unwichtig, Geschwätz einer alten Dame.", antwortet sie.

"Wenn du nicht daran glauben würdest, hätten wir sie nicht besucht. Ich sehe dir an, dass du es dir zu Herzen genommen hast."

"Sie sagte nur, dass ich die nächsten Tage sehr vorsichtig sein sollte, sie könne nicht sehen, worum es sich handele, aber ich hätte gerade eine ganz schlechte Aura. Sie glaubt an die Kraft der Geister meiner Vorfahren. Sie meint, es häng indirekt auch mit... , so ein Unsinn.", beendet sie ihre Aussage abrupt.

"Komm, sag schon, was wolltest du sagen?", frage ich sie, kann aber nichts mehr aus ihr hervorlocken. Ich möchte uns auch nicht den ganzen Tag durch den Hokuspokus verderben lassen.

Über den Ou Kaapse Road fahren wir in Serpentinen die grün bewachsene Rückseite des Tafelbergmassives hinauf. Oben breitet sich vor uns überraschend eine graue Mondlandschaft aus. Hier muss ein verheerender Flächenbrand vor Kurzem gewütet haben. Das Landschaftsbild deprimiert, gleich schwarzen Armen ragen die verkohlten Büsche und Bäume aus der Asche in den blauen Himmel.

"Die Leute, die hier ihre Zigaretten aus dem Fenster werfen, sollte man hinterher schmeißen.", äußere ich meine Frustration.

"Auf der Asche des Alten wächst das Neue.", sagt Machbuba in Gedanken.

"Na ja...", äußere ich etwas befremdet über ihren Fatalismus.

"Weißt du, was das für Pflanzen sind?", fragt Machbuba.

"Nein, Buschwerk, ist das was Besonderes?"

"Fynbos heißt die hier am Kap vorherrschende buschartige Vegetation. Da drüben, wo es nicht gebrannt hat, kannst du es sehen. Die großen schönen Proteas mit dem silbrigen Pelz und den riesigen Blüten gehören dazu."

"Dann ist es umso schlimmer."

"So kann man sich irren, das Gegenteil is er Fall. Fynbos gedeiht dadurch, dass es alle paar Jahre abbrennt. Denn erst dann platzen die Samenkapseln auf und die Pflanzen können sich aussähen. Auf der Asche des Alten wächst das Neue. Glaub es oder nicht, das ist es, was die Sangoma mir sagte."

In steil abfallenden Kurven schlängeln wir uns über die westliche Rückseite des Tafelbergs zur Küste hinab. Hinter dem letzten Felsvorsprung sehen wir auf einmal das Tal von Nordhoek Beach wie eine Offenbarung. Wir passieren ein Weingut, dessen Zufahrt zum Herrenhaus hundert Meter schnurgerade den Hang hinauf durch die Weinfelder führt. Den Ortskern von Nordhoek lassen wir links liegen. Machbuba lotst mich zu einem Parkplatz nah des Meeres. Wir laufen eine Weile barfuß durch das Dünengras, dann entlang einer steilen Granitsteinformation bis ich erkenne, warum Machbuba diese Bucht gewählt hat. Die sich über viele Kilometer ausdehnende Nordhoek Bay hat fast schneeweißen Sand und so klares blaues Wasser, wie ich es bisher selten gesehen hab. Es sind kaum Menschen unterwegs, an einsamen Plätzen fehlt es nicht. Hier können wir perfekt einen romantischen Nachmittag verbringen. Wir entscheiden uns in einer blickgeschützten Nische zwischen zwei Felsblöcken die Picknickdecke auszubreiten. Hinter uns steigt der Berghang schroff hunderte Meter an. Da das Tafelbergebirge die Ebene von Nordhoek fast kreisrund einfasst, wird sie vom hiesigen harschen Wetter verschont und ist viel grüner als die vom Wind gegerbte restliche Kaphalbinsel. Dieses Fleckchen Land wurde vom Schöpfer bevorzugt. In der Mitte des Tals liegen von Schilfwäldern umgebene Seen und am Hang erkenne ich die Weinfarm, deren Felder wir eben passiert haben. Wäre ich der Winzer, könnte ich von der Terrasse des Haupthauses bis auf das Meer hinab blicken, stelle ich mir vor. Wie herrlich wäre es dort oben fernab von allem leben zu dürfen. Beseelt lasse ich meinen Blick weiter schweifen und fühle mich in Anbetracht dieser erhabenen Schönheit unbedeutend mit meinen Sorgen. Ein Kloß bildet sich in meinem Hals und meine Augen werden feucht. Ich muss schmunzeln und freue mich darüber, dass meine Gefühle mich wieder bewegen, dass der Naturgenuss mich überwältigt und mein Glück spüren lässt.

Ich öffne eine Flasche Weißwein, wir stoßen an und schauen uns in die Augen. Später, als wir fertig gegessen haben, entscheide ich mich, das Thema anzusprechen, dass mir schon die ganze Zeit auf der Seele liegt.

"Machbuba, ich möchte dich bitten, nicht mehr andere Männer für Geld zu treffen. Vielleicht geht dir das alles viel zu schnell, aber ich möchte, dass du zu mir ziehst, bis wir ein gemeinsames Apartment gefunden haben. In Broklyn zu leben ist zu gefährlich. Ich liebe dich und möchte dich nicht teilen und dieser Gefahr ausgesetzt sehen. Was hältst du davon, ich bleibe in Kapstadt und wir bauen uns ein neues Leben auf?"

Noch bevor sie mir antwortet, sehe ich in ihren Augen, dass ich nicht mit Ablehnung zu rechnen habe.

"Du weißt gar nicht, wie sehr ich mich darüber freuen würde. Als ich dich kennen lernte war mir klar, dass das mit uns sowieso nichts werden kann. Etwas lies mich dennoch hoffen. Ich mochte dich so sehr, dass ich es in Kauf genommen habe, enttäuscht zu werden. Nun haben wir doch eine Chance. Ich mag das Abhängigkeitsverhältnis nicht, in das ich mich dann begeben würde, wenn ich zu dir ziehe. Es bleibt uns zunächst aber nichts anderes übrig. Ich bin sicher, dass ich so mein Studium deutlich schneller beenden kann, bald mein eigenes Geld verdiene und auf eigenen Füßen stehen werde. Ein Problem muss ich allerdings noch lösen. Der Mann, mit dem ich morgen Abend verabredet bin, ist der, der mich häufiger bucht und zuletzt geschlagen hat. Er ist sehr mächtig und er duldet keinen Widerspruch. Ich werde ihn noch einmal treffen müssen, um ihm mitzuteilen, dass ich einen festen Partner habe und ihn nicht mehr sehen werde. Das wird er akzeptieren. Wir werden keinen Sex mehr haben. Wenn ich nicht mit ihm rede und mich verstecke, würde er mich suchen und finden. Dann sind wir beide in Kapstadt nicht mehr sicher. Er hat seine Leute überall."

Ich freue mich zu sehr über das, was sie mir zu ihren Gefühlen sagte, als dass ich diesen Moment mit meinen Bedenken zu ihrem Abschiedstreffen zerstören will. Vorschriften kann ich ihr sowieso nicht machen.

Daher antworte ich ihr: "Was soll ich dazu sagen, ich kann es dir nicht verbieten, das ist deine Entscheidung und du kannst am besten beurteilen, ob du das riskieren kannst. Du hast dein Telefon dabei, wenn es ein Problem gibt, kannst du mich anrufen und ich hole dich da raus. O.k.?"

"Mach dir keine Gedanken!", strahlt sie mich an, stellt ihr Glas ab und wirft sich stürmisch auf mich. Die Lebensmittel fallen in den Sand, wir küssen uns wild und verdrängt sind alle Sorgen. Später liegen wir auf dem Rücken, schauen in den Himmel und vertrödeln die Zeit. Das Leben hat mir doch noch die sonnige Seite gezeigt. Entspannt schließe ich kurz die Augen und nicke weg.

Ein ungewohnter strenger Geruch weckt mich etwas später. Ich öffne die Augen und meine zunächst noch zu träumen. Verschlafen realisiere ich im ersten Augenblick nicht, was sich dort vor mir gerade abspielt und richte mich auf. Doch schlagartig wird mir klar, dass ich in das haarige dunkle Gesicht eines Raubtieres blicke, eine Armlänge von mir entfernt. Das Monster hat sich nun offenbar erschreckt und brüllt mich mit aufgerissen Maul an. Fingerlange Fangzähnen klaffen dort, als wolle es mich fressen. Es dauert einen Moment, bis die Schockstarre weicht und ich in den Verteidigungsmodus gehe. Ich lege meinen Arm um Machbuba und brülle so laut wie möglich zurück. Das Tier ist ein Pavianmännchen in grauem Pelz und aus meiner Perspektive groß wie eine Dogge, tatsächlich aber nicht viel größer als ein Schäferhund. Hektisch und immer noch bestialisch kreischend grapscht es sich einen Leib Brot und schaut rechts und links weiter nach Beute. Machbuba macht sich von mir los, greift einen Stein und springt unerschrocken auf. Der Affe tritt sofort den Rückzug an, da seine Einschüchterungsstrategie nicht mehr aufgeht. Machbuba wirft ihm den Stein nach und verfolgt das nun fliehende Biest in die Düne. Dreibeinig mit dem Brot im Arm läuft das Tier immer noch weit schneller als sie. Es rettet sich zu seiner Herde auf einen steilen Felsen und beginnt in aller Ruhe zu fressen. Derweil haben sich einige Affen von hinten angeschlichen. Als sie sich unserer Decke mit den Lebensmitteln nähern, gehen wir zum

Gegenangriff über. Wir kreischen und brüllen genau wie sie und werfen mit allem, was uns zur Verfügung steht. Die Affen sind schlau, nehmen wir mangels eines Steines nur Sand, weichen sie nicht zurück. Schließlich findet Machbuba einen Ast, rotiert ihn über ihrem Kopf und attackiert die Meute. Aus meiner anfänglichen Angst ist für mich ein Rollenspiel geworden, ein archaischer Spaß. Wir kämpfen Seite an Seite, Homo sapiens gegen Primaten, ein martialischer Kampf um Nahrung, so wie er sich bestimmt hier nah des Geburtsortes der Menschheit vor langer Zeit regelmäßig zugetragen hat. Machbuba in wilder Rage und zu beobachten ist mir eine Freude. Sie ist völlig in ihrem Element. Ich entdecke atavistische Instinkte in mir, die ich so nicht kannte. Wie ein Hund am Zaun, der sich völlig in seiner Aggression verlieren darf, mache ich wütende Angriffe, werfe und schreie geifernd. Dann treten die Affen den Rückzug an, wir rennen noch ein Stück sinnlos hinter ihnen her und fühlen uns wie Sieger. Dem großen Alphamännchen rufe ich ein paar Verwünschungen hinterher, indes er auf seinem Hochsitz schon fast den ganzen Leib Brot vertilgt hat. Bestimmt denkt er amüsiert, dass wir die erbittertsten Verteidiger von Lebensmitteln an diesem Strand waren und es uns trotzdem nichts genützt hat. Oben auf der Düne treffen wir uns schwer atmend. Machbuba ist verschwitzt, sandpaniert und voller Adrenalin. Ihre Augen glänzen, sie strahlt und gibt mir high five. Wir können kaum aufhören zu lachen.

Auf dem Weg zurück zu unserer Decke frage ich Machbuba:

"Hattest du keine Angst vor dem Männchen, die sind doch gefährlich, oder?"

"Baboons nennt man die Paviane hier, sie haben tatsächlich längere Zähne als Löwen, aber greifen normalerweise nicht an. Wenn sie es denn doch tun, hast du ein Problem. Sie töten einen großen Hund im Handumdrehen. Sie sind verdammt schlau und wollen eigentlich nur Essen stehlen. Man darf sie nicht füttern und das haben wir auch weitestgehend verhindert.", antwortet sie kichernd und ergänzt, "Die Touristen fürchten sich sehr vor ihnen. Bei uns zu Hause auf dem Land hat man sie gegessen. Sie schmecken gar nicht schlecht."

Auf der Rückfahrt fahren wir durch dichte Wälder entlang der nordöstlichen Hänge des Tafelberggebirges. Ich staune über riesige Eichen und Eukalyptusbäume, die hier so hoch wie in den Urwäldern Europas wachsen. Am Fuß der Berge leitet mich Machbuba auf eine lange von Bäumen gesäumte Vorfahrt, die an einem historischen blütenweiß getünchten Hofgebäude endet. "Das ist die Geschichte Kapstadts, das musst du dir anschauen." Wir parken und gehen an aufwendig restaurierten Fassaden entlang bis zum Restaurant im Hauptgebäude. Beim Eintreten knarren uralte polierte Eichendielen.

"Groot Constantia ist das älteste Weingut des südlichen Afrikas.", erzählt mir Machbuba bei einem Glas Wein. "Seine Historie ist die der Kolonisation des Landes. Einer der Eigentümer des Gutes im 17ten Jahrhundert war ein Holländer, er heiratete eine Sklavin und zeugte 12 Kinder mit ihr. Sie überlebte ihn und blieb die reiche Herrin des Anwesens und der hier beschäftigten Sklaven."

Die Geschichte weckt meine Aufmerksamkeit, denn ich dachte bisher, dass „gemischtrassige" Ehen in der Geschichte Südafrikas verboten waren.

"Das waren sie auch.", erklärt sie mir, "Aber erst während der Apartheid im 20ten Jahrhundert. In der frühen Kolonialzeit nicht, da gab es Freie und Sklaven, so wie bei euch in Europa."

Erst bei einbrechender Dunkelheit gehen wir zum Auto und fahren zu meiner Pension zurück. Im Apartment schließen wir die Türe hinter uns und lieben uns ausgiebig. Etwas hat sich zwischen uns geändert. Es hat sich eine Innigkeit eingestellt, die unserem Beisammensein eine neue spirituelle Ebene bringt und die unsere Machtspiele ersetzt hat.

Das Thema Verhütung habe ich nicht mehr angesprochen und passe halbherzig auf, die Konsequenzen auf mich nehmend. Ihr scheint es genauso zu gehen. Sie hat mir den Verstand geraubt, denke ich, als ich eng umschlungen mit ihr einschlafe.

15. Schatten

Am nächsten Morgen stehe ich auf und koche Kaffee. Es ist früh, die Luft kühl und riecht nach Meer, die Schatten sind noch lang und ich bringe es nicht über mich, sie aus ihrem seligen Schlaf zu wecken. Ich setze mich ihr gegenüber und beobachte sie, trinke erst meinen Kaffee und dann ihre Tasse. Ruhig geht ihr Atem und eine hübsche Brust guckt seitlich unter der Decke hervor. Mein Magen zieht sich schmerzlich zusammen und mein Puls beschleunigt sich, als in meiner Vorstellung der heutige Abend seinen Schatten vorauswirft. Mit Mühe schaffe ich es, die Bilder in meinem Kopf zu verdrängen, lege mich neben sie und küsse sie wach.

Beim Frühstück schauen wir aus dem Bett auf das Meer, sprechen von der Zukunft, von einem gemeinsamen Haus, Kindern und dem Glück. Machbuba wünscht sich einen Hund. Alles andere sei ihr egal, das sagt sie zumindest. Ich wünsche mir, in der Nähe des Meeres zu leben, sodass ich mit unseren Kindern und dem Surfbrett zu Fuß zum Strand laufen kann. Außerdem bestehe ich auf zwei Töchter, sie auf zwei Söhne. Darüber brechen wir in Streit aus, kämpfen erbittert und vertragen uns wieder. Wie schön kann das Leben sein, wenn man verliebt ist. Ich mag es, mich zurückzunehmen, sie zu beobachten und ihre mir lieb gewordenen Eigenarten zu studieren. Sie hat ständig irgendwelche Melodien im Kopf, bewegt sich dann zu der imaginären Musik, singt kurz mit, wackelt mit dem Hintern oder macht eine Mine nach, die sie in einem Clip gesehen hat. Gelegentlich reicht ihr die Autosuggestion nicht mehr, sie schaltet an ihrem Telefon den Lautsprecher ein und spielt eins ihrer Lieblingslieder. Musik ist ihr die Droge, die sie immer wieder in kurzen Abständen bedarf. Trotz der geringen Lautstärke ihres Telefons steigert sie sich dann zu einem bühnenreifen Auftritt. Ihr ganzer Körper ist involviert in die afrikanische Körpersprache des Tanzes. Machbubas Leben ist bestimmt härter als das der meisten Europäer. Trotzdem resigniert sie nicht, schafft sich immer wieder eine Auszeit und schaltet in den Gutelaunemodus.

Gerne würde ich die Zeit anhalten und die Türen hinter uns verschließen.

Am Nachmittag bringe ich Machbuba nach Hause, auf der Fahrt ist es ruhig im Wagen. Sie spielt scheinbar gedankenverloren mit ihrer Hand an meinem Nacken und schaut in die vorbeiziehende sonnige Landschaft. Die Sorge liegt jetzt wie ein Mühlstein auf meiner Seele. Meine Gedanken kreisen nur noch um ihre abendliche Verabredung. Wie einen Zug sehe ich jetzt das Unglück auf uns zurasen, indes wir auf den Bahngleisen warten und hoffen, dass er uns passiert. Vor ihrem Haus stehen wir uns zum Abschied gegenüber. Ich schaue ihr in die Augen und nehme sie in den Arm, um sie noch einmal zu drücken. Dabei kann ich nur daran denken, dass dieser zierliche Körper gegen einen Mann nichts ausrichten kann.
"Ich hole dich morgen nach der Uni ab, dann schauen wir nach Apartments, wenn du magst?", frage ich sie.
"Ich kann es nicht erwarten, nachmittags bin ich wieder zu Hause, mein Süßer.", antwortet sie und gibt mir einen liebevollen Abschiedskuss.
Ich druckse herum und will nicht gehen in der Hoffnung, dass sie noch mit einer anderen Idee aufwartet. Obwohl ich weiß, wie ihre Antwort lauten wird, stelle ich ihr dann dennoch die Frage:
"Machbuba, kann ich dich nicht noch irgendwie davon abbringen, den Mann heute Abend zu treffen?"
"Nein, es muss sein, ich tue es für uns beide, nur so können wir ein neues Leben beginnen. Bitte traue mir.", antwortet sie beschwörend und hält meine Hände.
Wir stehen uns gegenüben, ich will noch etwas entgegnen, setze an und lasse es bleiben. Stattdessen blicke ich ihr nur in die Augen und muss schlucken.

Dann drehe ich mich um, steige in meinen Wagen und fahre ab. Im Rückspiegel sehe ich sie zum Abschied winken, Luftküsse schicken und immer kleiner werden. Ich fühle mich elend.

Steigere ich mich in die Sache zu sehr hinein, und ist es nicht doch Eifersucht, die mich benebelt? Ich kann ihr nicht verbieten, den Mann zu treffen. Meine Eltern haben mir vorgelebt seinen Partner zu respektieren. Sie meint ihn ausreichend zu kennen, um ihn einzuschätzen zu können. Sie hat wahrscheinlich jahrelang solche Männer getroffen, und es ist nichts Schlimmes passiert, rede ich mir ein.

Hoffentlich geht sie nicht zu ihm nach Hause.

Auf der Rückfahrt nach Sunset versuche ich die düsteren Gedanken zu verdrängen, was mir nicht ansatzweise gelingt. In meinem Appartement ziehe ich mir Sportkleidung an und mache mich fluchtartig auf den Weg zum Strand. Wie ein Marathonprofi jogge ich los, als könnte ich meinen Sorgen entfliehen. Ich laufe und laufe bis zur völligen Erschöpfung, werde schließlich langsamer und gehe in die Knie. Kaum komme ich zu Atem, melden sich die bohrenden Gedanken wieder. Ich stehe auf, drehe mich um und gehe auf meinen Spuren zurück. Ich kann nicht umhin, mir Vorwürfe zu machen. Kurz vor dem Gästehaus halte ich es nicht mehr aus, renne hinein, greife zum Telefon und rufe sie an.

Lange klingelt es, doch niemand hebt ab. Hektisch tippe ich ihr eine Nachricht: „Gehe bitte nicht zu ihm, ich liebe dich!". Dann laufe ich zu meinem Auto. Wie konnte ich nur mit meiner vertrauensseligen europäischen Toleranz ihren Vorsatz akzeptieren, wütet es in mir, während ich nach Broklyn rase. Wäre ich doch Manns genug gewesen, ihr deutlich die Meinung zu sagen. Ich habe es nicht einmal nachdrücklich versucht, sie von ihrem Vorsatz abzubringen, werfe ich mir vor. Habe ich nicht die Pflicht einzugreifen und auf Emanzipation zu pfeifen, wenn Gefahr in Verzug ist? Auf einer Kreuzung nehme ich einem Bus die Vorfahrt, fast fährt er mir in die Seite. Vor ihrem Haus bremse ich mit quietschenden Reifen, springe aus dem Auto und klingele Sturm. Dann schlage ich mit der flachen Hand gegen die Tür, aber niemand öffnet. Ich bin zu spät und mir ist zum Heulen zu Mute. Was bin ich nur für ein armseliger Wurm, sie nicht von dieser Dummheit abbringen zu können. Nun bleibt mir nichts anderes übrig, als abzuwarten. Ich setze mich auf die Stufe vor ihrer Tür und blicke in die Gegend zur Untätigkeit verdammt, während dieser Typ sie vielleicht gerade an den Haaren durch das Hotelzimmer schleift. So müssen sich die leibeigenen Männer des Mittelalters gefühlt haben, wenn sie ihre Verlobte in der Nacht vor der Hochzeit ihrem Herrn zur Verfügung stellen mussten. Damals galt das „Droit du Seigneur", das Recht der ersten Nacht. Bestimmt wird sich dieser Kerl einfach nehmen, wonach es ihm gelüstet. Mir kommen die Tränen, als meine Fantasie mit mir durchgeht. Kurz ziehe ich in Erwägung, die Polizei anzurufen, gebe den Gedanken aber wieder auf. Die Polizisten würden sich nur über mich, den Gehörnten, lustig machen. Wieder zieht die zahnlose Obdachlose mit ihrem beladenen Einkaufswagen an mir vorbei, dieses Mal kommt sie aus der anderen Richtung. Mittlerweile grüßt sie mich sogar, ich winke ihr etwas angewidert zurück. Plötzlich schießt mir der Gedanke durch den Kopf, dass Machbuba sich vielleicht bei dem Mann zu Hause befindet, bei dem ich sie aus dem Garten beobachtet habe. Ich springe in meinem Wagen und rase los, komme aber nur wenige Straßen weit, bis mich der Berufsverkehr bremst. Vorne und hinten eingekeilt geht es im Schritttempo voran. Mal überhole ich über den Bordstein rechts und mal links, nichts bringt mich wirklich schneller vorwärts und ich trommele wütend auf mein Lenkrad. Schweiß läuft mir über die Stirn und mein Hemd klebt an meiner Brust. An einer Ampelkreuzung fahre ich über Rot und höre umgehend die Polizeisirene hinter mir. Es bleibt mir nichts anderes übrig, als am Straßenrand zu halten und lege die Hände auf das Lenkrad, ganz wie ich es aus amerikanischen Krimis kenne. Im Rückspiegel sehe ich die Uniformierten langsam auf mich zukommen, ein schwarzer dickbäuchiger und ein weißer schmächtiger Mann, beide die rechte Hand am Pistolenhalfter. Der Schwarze signalisiert mir die Scheibe herunter zu lassen, bückt sich und schaut mir von Nahem ins Gesicht. Er merkt sofort, dass etwas mit mir nicht in Ordnung ist und öffnet die

Griffsicherung seiner Waffe, während der andere zum Streifenwagen zurückgeht.

"Sie sind über Rot gefahren, ist das ihr Fahrzeug? Geben sie mir ihren Führerschein."

"Nein, das ist nur ein Mietwagen, ich habe es sehr eilig, entschuldigen sie bitte.", antworte ich in meiner Not, als ob das helfen könnte. Dann gebe ich ihm die Papiere.

"Weshalb haben sie es so eilig? Haben sie getrunken oder Drogen genommen?"

"Meine Freundin ist in Not. Ich will ihnen die Geschichte ersparen und muss schnell in die Stadt. Bitte lassen sie mich zahlen und dann gehen.", versuche ich möglichst beherrscht zu antworten.

Nun kommt der Weiße dazu und gibt hinsichtlich meines Kennzeichens Entwarnung. Sie sehen aus wie Karikaturen. Der Weiße schreibt das Ticket wie ein Erstklässler in Zeitlupentempo, dabei blickt er immer wieder auf. Beide haben den gleichen strengen unerbittlichen Gesichtsausdruck, der ihnen Autorität verleihen soll. Sie lassen mich nicht aus den Augen, ganz als ob ich versuchen wolle, zu fliehen oder sie anzugreifen. Wahrscheinlich sind sie einiges gewohnt, verschwitzt wie ich bin, sehe ich alles andere als vertrauenserweckend aus. Schließlich reicht der Weiße mir das Ticket in der Erwartung, dass ich zusammenzucke. Ich gebe ihm sofort das Geld in Cash, doch er weist es zurück und belehrt mich, dass ich nur überweisen könne. Schnell verabschiede ich mich und lasse die Herren auf der Straße stehen. Mittlerweile hat sich der Stau etwas gelichtet und ich fahre so vorschriftsmäßig wie nötig.

An der Villa des Freiers angekommen passiere ich langsam das Gebäude, kann aber von der Straße aus nichts erkennen. Meinen Wagen parke ich wie das letzte Mal in der Nebenstraße. Die Dämmerung hat eingesetzt und ich gehe wieder das Risiko ein, über die Mauer zu springen und mich durch das Gebüsch vorwärts zu arbeiten. Während ich auf dem Bauch denselben Weg durch dieselben Sträucher in wütender Verzweiflung robbe, in denen ich noch vor ein paar Tagen als lüsterner Spanner lauerte, wird mir die Schizophrenie meines Handelns klar. Mir kommen kurzzeitig Zweifel an der Klarheit meines Verstandes und ich halte einen Moment inne. Dann krieche ich weiter.

Im Haus ist alles dunkel, es sind keine Lebenszeichen zu erkennen, weder auf der ersten noch auf der zweiten Etage. Leise fluche ich vor mich hin. Hierzubleiben ist sinnlos und so mache ich mich wieder auf den Rückweg. Als ich von der Mauer auf die Straße springe, kommt genau in dem Augenblick, als ich auf dem Boden aufsetze, ein alter Herr mit einem großen angeleinten Hund um die Ecke gebogen. Das Biest springt sofort auf mich zu, bellt und fletscht seine Zähne. Der alte Herr hat Mühe ihn zurückzuhalten und schaut mich überrascht an. In diesem Viertel ist man nicht gewohnt, dass Weiße über Mauern springen oder einbrechen. Ich klopfe meine Kleidung ab und grüße freundlich, ziehe es aber vor mich nicht zu rechtfertigen und verschwinde zügig um die Ecke. In meinem Wagen sammele ich zunächst meine Gedanken und entscheide mich dann den Ort zu verlassen. Als ich über die nächste Straße den Berg hinabfahre, sehe ich wieder den alten Herrn, allerdings hält er jetzt ein Telefon am Ohr und schaut suchend von rechts nach links. Er hat bestimmt den Wachdienst gerufen, hier muss ich mich bis auf Weiteres fernhalten.

Weiter den Berg hinunter biege ich in die Kloofstreet und halte vor einer Kneipe. An der Theke nehme ich Platz und bestelle ein großes Bier. Wie der Angehörige eines Entführungsopfers warte ich nun auf Lebenszeichen. Ich bin zur Untätigkeit verdammt und auf die Gnade des Unbekannten angewiesen. Da ich alleine bin, versucht der Barkeeper Konversation mit mir zu machen. Er erzählt von Fußball und dass er aus England stammt, merkt aber schnell, dass ich nicht gesprächig bin. Er bleibt zurückhaltend, macht gewissenhaft seine Arbeit und lässt mich nicht aus den Augen. Er hält mich bestimmt für einen Drogensüchtigen, sowie ich schwitze und unruhig auf meinem Barhocker von rechts nach links rutsche. Ich versuche, mich nicht noch weiter in die düsteren Gedanken hineinzusteigern, die mir durch den Kopf geistern. Wie ein Mantra sage ich mir immer wieder, dass sie diesen Mann kennt, dass sie ihn oft genug gesehen hat und dass deshalb nichts passieren wird. Doch dann erscheinen mir Visionen, wie sie ihn wegschubst, schreit, er sie festhält und rechts und links ins Gesicht schlägt. Ich kann nicht sitzen bleiben, stehe auf, rauche vor der Türe eine weitere Zigarette, gehe hinein, trinke noch ein Bier und noch zwei. Da ich nichts gegessen habe, werde ich betrunken und mir wird flau im Magen. Warum habe ich nur diese Gewissheit, dass bei ihr heute Nacht etwas schief geht. Schließlich verweigert mir der Kellner das Bier. Ich zahle, gehe hinaus und torkele die Straße entlang. Fußgänger wechseln die Straßenseite und schauen mich mitleidig an. Plötzlich kommt es mir hoch, erst der Schaum, dann das Bier. Ich halte noch die Hand vor den Mund, aber es hilft nicht, ich verteile nur alles nach rechts und links wie ein Gartensprenger. Es pladdert auf die Straße, läuft mir in den Ärmel und auf meine Schuhe. Zu spät beuge ich mich würgend und zitternd über das gepflegte Blumenbeet neben mir. Das wiederum missfällt den Anwohnern. Die Tür des Hauses wird aufgerissen und ein schimpfendes, altes Weib im Morgenrock kommt mit dem Besen in der Hand auf mich zugestürmt. Ich stolpere los, falle der Länge nach hin und schlage mit der Stirn auf dem Boden auf. Dann trifft mich der Besen, ich rappele mich hoch und laufe davon. Die Alte genießt den Triumph und bleibt schimpfend vor ihrem Blumenbeet zurück. Um die Ecke herum hocke ich mich hinter eine Mülltonne. Die Beule am Haaransatz schmerzt, mein Magen rebelliert und ich stinke nach Erbrochenem. Die Angst um Machbuba schnürt mir die Kehle zu und trifft mich härter als mein elender physischer Zustand. In der Stadt kann ich nichts mehr für sie tun und entscheide mich nach Hause zu fahren. Ich rappele mich auf und winke das nächste Taxi heran. Der Fahrer rümpft die Nase und will mich zunächst nicht mitnehmen, gegen ein Trinkgeld kann ihn doch noch umstimmen. Im Appartement dusche ich, nehme eine Schlaftablette und falle alsbald in traumlosen Schlaf.

16. Die dunkle Seite

Am nächsten Morgen lassen mich Klopfgeräusche hochschrecken, die zuvor meinen Traum zu begleiten schienen. Schlaftrunken muss ich mich erst orientieren, bevor ich zur Tür wanke. Als ich öffne, erwarte ich Machbuba zu sehen. Vor mir steht aber Silvi, meine Vermieterin.

"Guten Morgen Marcel. Entschuldige die Störung, aber da stehen 2 Polizisten in der Lobby, sie wollen mit dir sprechen.", flüstert sie konspirativ.

"Was wollen die denn hier? Die haben mir gestern einen Strafzettel verpasst.", antworte ich noch etwas durcheinander.

"Nein, das sind keine Verkehrspolizisten, das sind Kriminalpolizisten in Zivil. Sie haben mich auch schon nach deiner Freundin gefragt. Ob ich sie kenne und ob sie schon einmal hier war. Ich sagte, ich wüsste von nichts. Weißt du, was sie von dir wollen?"

"Keine Ahnung. Ich hoffe nicht, dass meiner Freundin etwas passiert ist. Am besten spreche ich mit ihnen.", antworte ich ihr.

"Mach nicht den Fehler, denen irgendetwas zu erzählen, die verwenden das gegen dich und sperren dich ein. Sag besser gar nichts. Soll ich denen sagen, dass du gleich kommst?", fragt Silvi.

"Ich bin gleich da.", antworte ich.

Schnell kleide ich mich an, schaue im Vorbeigehen in den Spiegel und bekomme einen Schreck. Eine blaue Schwellung prangt auf meiner Stirn, Schrammen ziehen sich über eine Wange und meine Augen liegen in dunklen Höhlen. Als ob das meinen Eindruck wirklich verbessern würde, zupfe ich meinen Kragen glatt und gehe ins Foyer. Dort sitzen zwei indisch anmutende Herren in Zivil und warten. Sie erheben sich höflich, als ich eintrete.

"Guten Morgen Herr Goldman. Entschuldigen sie die Störung.", entgegnet der Kleinere freundlich.

"Guten Morgen die Herren.", begrüße ich die Männer ohne Händedruck.

Der größere Bärtige mit strengem Gesichtsausdruck und tiefer Bassstimme übernimmt die Gesprächsführung: "Können wir kurz mit ihnen reden? Wir sind von der Kriminalpolizei, mein Name ist Akwan Gautam, mein Kollege ist Manish Pallav.",

"Setzen wir uns.", biete ich den Herren an.

"Danke Mr Goldman. Wo kommen sie her und wie lange sind sie schon im Land? Kann ich ihren Pass sehen?"

"Ich komme aus Deutschland und mache hier Urlaub. Meinen Pass hat die Wirtin."

"Haben sie sich gestern verletzt?", übernimmt wieder der Kleine.

"Ja, nur eine Beule, ich bin gefallen. Was möchten sie von mir?", antworte ich.

"Und die Kratzer?", hakt er nach.

"Von einem Busch."

"Wann haben sie das letzte Mal ihre Freundin Machbuba Ingozi gesehen?", fragt der Große nun mit lauerndem Blick. Als er den Namen Machbuba ausspricht durchzuckt es mich wie ein Stromstoß und ich weiß, dass meine Befürchtungen eingetreten sind.

"Was..., was ist mit ihr passiert, sagen sie es mir, bitte.....", stammele ich.

Ich versuche mich zu sammeln und blicke von einem zu anderen ohne eine Regung in ihren Gesichtern zu erkennen.

"Erst beantworten sie bitte unsere Fragen, Herr Goldman.", sagt der Kleine mit devoter Mine.

"Gestern Mittag.", antworte ich, "Aber sagen sie mir bitte, ist ihr etwas passiert, oder warum fragen sie?"

"Wo war das und genau wann?", möchte der Große wissen und zückt sein Notizblock.

"Gegen 13.00 habe ich sie zu Hause in Broklyn abgesetzt."

"Wir haben sie über das Telefon von Frau Ingozi gefunden, sie hatten einigen Kontakt mit ihr. Sind sie sicher, dass sie sie danach nicht mehr getroffen haben?", setzt der Kleine nochmals nach.

"Erst einmal möchte ich wissen, was sie von mir wollen, vorher sage ich ihnen gar nichts mehr."

"So so, sagt jetzt der Große, sie sind nicht in der Position irgendetwas zu bestimmen. Sie Schwein haben ihre Freundin fast tot geschlagen, seinen sie ehrlich. Sie kommen erst mal mit auf die Wache, dann sehen wir weiter. Oder haben sie für gestern Nachmittag bis nachts ein Alibi und können uns ihre Verletzung im Gesicht glaubhaft erklären?"

"Ich habe ihr nichts getan, sie ist meine Freundin. Sagen sie mir, was mit ihr ist.", bitte ich den Kleineren in der Hoffnung, dass er mir glaubt.

"Wenn sie mir ihren genauen Tagesablauf mitteilen, vielleicht.", zieht er sich listig dreinblickend und faltet seine Hände wie in Frömmigkeit.

"Ich habe sie mittags zu Hause abgesetzt, sie hatte hier übernachtet. Sie wollte so einen Typen abends treffen. Dann bin ich wieder nach Hause gefahren. Abends war ich noch in der Stadt, ich war aber allein. Ich saß eine ganze Zeit in einer Kneipe, der Kellner wird das bestätigen. Dann bin ich mit dem Taxi nach Hause gefahren, da ich etwas getrunken habe. Reicht ihnen das?"

"Wo steht denn ihr Auto?", fragt der Bärtige.

"Vor dem Restaurant in der Kloofstreet, es heißt Black Sheep."

"In der Gegend wurde auch Machbuba Ignozi gestern Nacht gefunden, in Oranjesicht den Berg rauf, das ist nicht weit von dort, wo sie sich aufhielten. Sie lag in einem Gebüsch, hat etliche Knochenbrüche, eine Gehirnblutung, Platzwunden und ist immer noch bewusstlos. Wir müssen damit rechnen, dass sie den Tag nicht überlebt. Auf jeden Fall lügen sie, nachmittags wurden sie noch vor Frau Ignozis Haus gesehen. Wahrscheinlich haben sie ihr dort aufgelauert, sie mitgenommen und so zusammengeschlagen. Ihr Auto ist auffällig, sie werden leicht wiedererkannt. Sie scheinen eifersüchtig zu sein, aber dass sie so hemmungslos sind, einen Menschen so zuzurichten!"

Meine Augen werden feucht, meine Brust krampft sich zusammen und ich stammle nur: "Bitte bringen sie mich zu ihr, ich hab nichts damit zu tun.".

"Bleiben sie sitzen.", weist mich der Bärtige laut zurecht, als ich aufstehen will.

Er holt Handschellen aus seiner Tasche, steht auf und kommt auf mich zu. Ich habe die Hände auf meinen Knien liegen und will etwas sagen oder die Hand wegziehen, bin aber so perplex, dass ich zu spät reagiere. Es gibt ein ratschendes Geräusch, als sich der metallene Haken um mein Handgelenk schließt. Als ich es das zweite Mal vernehme, ist es zu spät, ich schaue auf meine Hände und bewege sie ungläubig so weit es geht auseinander und spüre den kalten Stahl auf meiner Haut.

Jetzt erst wird mir klar, dass ich meiner Freiheit beraubt bin und nun an mich denken sollte.

"Kommen sie!", sagt der Bärtige, greift mich grob am Ellenbogen und führt mich ab.

Ich weiß nicht, wie mir geschieht, als ich genau wie an jedem anderen sonnigen Urlaubstag die bunten Gemälde der Lobby passiere und das Gästehaus durch den Eingang verlasse. Noch habe ich die Hoffnung, dass irgendwer Einspruch erhebt, doch es ist wie in einem bösen Traum, der nicht enden will. Vor dem Haus sehe ich den ängstlichen Blick des Zimmermädchens hinter dem Glas des Fensters. Sie steht da wie angewurzelt mit der Hand vor dem Mund, hat bestimmt schon ihre eigenen Erfahrungen mit der Polizei gemacht und ist sich selbst die nächste. Was könnte sie auch unternehmen. Der Bärtige öffnet die hintere Tür der Zivilstreife und schubst mich hinein, allerdings ohne mich zu schützen, wie man es aus den amerikanischen Filmen kennt. Unsanft stoße ich mir den Kopf am Rahmen und fühle mich auf meine weitere Behandlung vorbereitet.

"Swyn" beschimpft er mich noch, was bestimmt auf Afrikaans soviel wie Schwein bedeutet.

Während wir abfahren, sehe ich Silvi aus der Türe treten. Sie formt die Hände zu einem Trichter vor dem Mund und ruft mir nach: "Ich schicke dir einen Anwalt!"

Sie hat offensichtlich unser Gespräch aus ihrem Büro mitgehört. Als der Kleine sie sieht, hält er den Bärtigen an zu warten, steigt aus und geht zum Haus. Er spricht kurz mit Silvi und kommt mit meinen Pass zum Auto zurück.

Später fragt mich der Kleine auf Afrikaans: "Verstaan je Afrikaans?"

"Was meinen sie?", frage ich möglichst ahnungslos zurück.

Meine Eltern mieteten in meiner Jugend häufig ein Ferienhaus in den Niederlanden. Wir spielten mit den Kindern dort und lernten etwas Niederländisch. Afrikaans entwickelte sich aus dem Niederländischen der ersten Siedler und ähnelt ihm sehr. Daher verstehe ich einiges.

Dann sagt der Kleine auf Afrikaans zum Bärtigen: "Akwan, wenn der das nicht war, haben wir ein Problem. Der ist ein Tourist."

Der Bärtige antwortet: "Er lügt auf jeden Fall, trau mir. Wie viel Beweise brauchen wir mehr? Er ist verletzt, hat gestern Abend Alkohol getrunken, das Auto in der Nähe des Opfers stehen lassen, hat kein Alibi und das Motiv Eifersucht. Wenn der eine Nacht in der Zelle war, scheißt der sich in die Hosen vor Angst und singt. Ich weiß, mit wem ich den zusammen lege, du wirst schon sehen. Morgen bevor der Anwalt kommt, hat der schon ausgepackt. Auch wenn er nicht singt und die Frau stirbt, dann geht der bis zur Verhandlung nach Polsmor in Untersuchungshaft. Die werden sich seinen zarten, weißen Arsch so richtig vornehmen. Selbst wenn er auf Kaution rauskommt, haben wir noch seinen Pass. Fliehen kann der sowieso nicht."

Das meiste habe ich verstanden und sollte mich um mein Schicksal sorgen. Dennoch erscheinen mir meine eigenen Probleme geradezu unbedeutend. Die Angst um Machbuba nimmt mich gefangen, macht mich verzweifelt und wütend zugleich. Was hat dieser Kerl mit ihr gemacht, wie konnte er ihr solche Gewalt antun. Ich stelle sie mir im Krankenbett vor, Geräte piepsen und überall hängen Schläuche. Nutzlos balle ich meine Fäuste in den Handschellen. Ich sehe die so schöne Seenlandschaft an mir vorbeifliegen und kann ihr nichts mehr abgewinnen, ich bin zur Tatenlosigkeit verdammt. Konzentriere dich, meldet sich mein Selbsterhaltungstrieb, was kannst du jetzt machen? Was bringt es, den beiden von dem Freier zu erzählen, von der Verkehrskontrolle, dem Kellner in der Kneipe oder dem

Taxifahrer? Dazwischen passt immer noch eine Gewalttat, beantworte ich mir die Fragen selbst. Sie werden es nicht glauben und mir einen Strick daraus drehen. Vielleicht ist der Freier sogar ihr Chef. Bisher haben sie alle Informationen gegen mich genutzt. Freilassen werden sie mich frühestens, wenn ein Anwalt erscheint. Bis dahin werden sie versuchen, mich weichzukochen. Machbuba kann mich bis auf Weiteres nicht entlasten. Ich spiele den Gedanken durch, dass sie stirbt, ohne vorher aufzuwachen. Dann werden sie mich einsperren. Ich fühle mich egoistisch, jetzt an mich zu denken. Doch Untersuchungshaft in einem Land wie Südafrika heißt häufig, monatelang in einer viel zu kleinen Gefängniszelle mit einem Dutzend anderer Straftäter zu sitzen, die bestimmt nicht so friedlich sind wie ich. Über die Zustände in den Gefängnissen hier habe ich gerade noch in der Zeitung gelesen. Eine Nacht lang kann ich mich vielleicht verteidigen, möglicherweise eine zweite, danach bin ich dran. Entweder ich spiele deren Spiel mit und bin der Underdog, der Fußabtreter. Danach habe ich HIV, Gelbsucht und andere Krankheiten. Einen Weißen in ihren Händen zu haben ist bestimmt eine Freude für manch einen, der sich schon immer entrechtet fühlte. Oder ich wehre mich, dann werde ich dort von den Wärtern mit den Füßen zuerst rausgetragen.

Bitte, bete ich zu wem auch immer, lass Machbuba nicht sterben.

In der Innenstadt fahren wir kreuz und quer. Der Verkehr steht immer wieder, der Bärtige hupt und schimpft. Ich wünschte mir, ich hätte nur seine Probleme.

Der gejaulte Singsang eines indischen Popsongs dringt aus der Brusttasche des Bärtigen. Es ist sein Mobiltelefon, er schaut auf das Display und eilt sich das Gespräch anzunehmen. Seine Stimme erhebt sich um etliche Oktaven ins Falsett, als er ins Telefon säuselt:

"Hallo meine Liebste, wie geht es dir?"

Ich spitze meine Ohren und lausche. Bis zu mir auf der Rückbank dringt das rüde Geschimpfe am anderen Ende der Leitung. Er versucht sie mehrfach zu unterbrechen, bleibt aber immer beim "Aber, ich..." stecken. Er windet sich wie ein Aal und Schweiß bildet sich auf seiner Stirn. Seine Unterwürfigkeit ist beschämend. Abrupt endet das Gespräch und er blickt stirnrunzelnd auf sein Display. Sie hat eingehängt.

Der Kleine schaut mitleidig zu ihm hinüber und fragt:

"Stress?"

Der Bärtige besinnt sich wieder seiner Rolle und brummt in seiner natürlichen tieferen Stimmlage kurz und knapp:

"Ja."

Der Große ist nicht der harte Kerl, den er vorgibt zu sein. Wer vor seiner Frau derartig devot buckelt, kann nicht im übrigen Leben selbstbewusst sein. Er wird auch Angst vor seinen Vorgesetzten haben. Das zu wissen könnte hilfreich sein für die kommenden Verhöre. Er wird mir gegenüber pokern. Ist er der Typ Mensch, der die Frustration seines Privatlebens in sadistischer Weise an wehrlosen auslebt? Ich hoffe, er wird sich nicht zu viel zuschulden kommen lassen, um mein Geständnis zu erpressen.

Meine Gedanken werden unterbrochen, als wir von der Rückseite auf den Hof des Wachgebäudes einbiegen und parken. Der Große zerrt mich grob aus dem Wagen und schubst mich vor sich her zum Eingang. Eine hübsche Polizistin in Uniform kommt uns entgegen und grüßt freundlich. Der Kleine hält kurz an, lacht über beide Wagen und ruft ihr scherzend etwas nach. Auch der Bärtige bleibt andächtig stehen und murmelt etwas wie „Lekker, bru" (Afrikaans für: lecker, Bruder). Kaum ist sie vorbei, knufft mich der Bärtige wieder in die Seite und treibt mich voran. Die Wache betreten wir durch den rückwärtigen Eingang und gehen zu den Büros. Durch eine Glasscheibe blicken wir in den Vorraum der Wache, dort sitzen auf Bänken etliche Männer, fast alle schwarz oder farbig. Angst macht mir nicht ihre Hautfarbe, die offensichtliche Verwahrlosung oder ihre Tattoos, die sich manchmal wie dunkle Blutergüsse über den Hals bis auf den Schädel ziehen. Es ist die Verrohung, die aus ihren Gesichtern spricht.

Der Bärtige führt mich in sein Büro und setzt mich auf den Stuhl vor seinen Schreibtisch. Der Kleine verschwindet und ist noch durch die Scheibe im Nachbarbüro zu sehen. Der Bärtige stellt mir zunächst Fragen zu meiner Person und tippt alles gewissenhaft in seinen Computer. Neben ihm steht ein Bild seiner Familie, fünf glückliche Gesichter im Sonnenschein, sein Lichtblick in der Verbrechensbekämpfung. Er wiederholt dieselben Fragen wie vorhin, die ich ihm wahrheitsgemäß beantworte. Da ich noch ein zweites Mal an Machbubas Haus gesehen wurde, gebe ich es zu. Ich erkläre dem Officer, das ich nochmals versuchen wollte, Machbuba davon abzubringen, den Fremden zu treffen. Die Ursache ihres Treffens mit dem Mann lasse ich unerwähnt. Ich bin mir nicht im Klaren, ob Machbubas Betätigung als Callgirl belastend oder entlastend für mich ist.

Am Ende legt der Bärtige das Protokoll und einen Stift vor mir ab und sagt:

"Unterschreiben!", als ob das meine Verpflichtung wäre.

"Ich werde erst irgendetwas unterschreiben, wenn ich meinen Anwalt gesprochen habe.", antworte ich ihm.

"Ich werde dir was zeigen.", sagt er zu mir gereizt in einem Ton, der auf nichts Gutes hoffen lässt. Er zieht mich am Ellenbogen erst durch das Büro und dann den Flur entlang. Am Ende stehen wir vor einer Gittertür, er gibt einen Code ein und wir können passieren. Dahinter liegen auf beiden Seiten des Ganges einige Gitterzellen. Gleich Ästen, die sich auf einen Waldweg strecken, ragen schwarze Gliedmaßen durch die Gitterstäbe. Er quetscht mir den Arm, zeigt in eine Zelle mit etlichen Insassen und setzt mit drohendem Tonfall fort:

"Hier wirst du jetzt die nächsten Tage verbringen, die zwei Coloureds da drüben sind Gangmitglieder und Mörder, für die bist du ein weiches Pausenbrot. Sie haben zusammen mehr als ein Dutzend Menschen erschlagen, erstochen und erschossen. Wenn die mit dir fertig sind, wünscht du dir, du hättest direkt gestanden. Dann würde ich dich nämlich jetzt in eine Einzelzelle legen und deinen Anwalt anrufen, damit du deine Verhandlung erlebst. Also, unterschreibst du?"

"Ich habe nichts damit zu tun. Ich habe mehrere Leute nachmittags und abends getroffen, die bezeugen können, dass ich allein unterwegs war. Ich kann aber nicht für jede 5 Minuten des

Tages ein Alibi nachweisen. Nachts bin ich allein im Bett gewesen und dafür gibt es keine Zeugen.", antworte ich dem Polizisten.

"O.k., das ist deine eigene Wahl, dann gehst du jetzt hier hinein, ich habe dich gewarnt. Morgen früh sprechen wir uns wieder." Dann tastet er meine Hosentaschen ab, entledigt mich meiner Handschellen, schließt die Tür auf und schubst mich in die beleuchtete Zelle.

Das ist spätestens der Augenblick, in dem mein bisheriges Leben mir entgleitet.

17. Schwarz, Weiß und Farbig

Hinter mir fällt die Tür ins Schloss, der Schlüsselbund klimpert, die metallenen Schließzylinder greifen ratschend ineinander, dann verklingen die Schritte des Bärtigen am Ende des Flurs.

Jetzt bin ich auf mich allein gestellt und mein Puls schlägt schnell. Alle meine Sinne sind gespannt und ich spüre lauernde Blicke auf mir. Der unangenehme beißende Geruch kasernierter Männer steigt mir in die Nase. Ich fühle mich wie ein Stück Fleisch, das in einen Löwenkäfig geworfen wurde. Schnell versuche ich, meine Umgebung zu erfassen. Auf beiden Seiten des winzigen Raums stehen je zwei Etagenbetten, auf denen dunkelhäutige Männer liegen und mich beobachten. Nur das erste Etagenbett rechts von mir ist komplett frei. Der Korridor dazwischen ist keine Körperlänge breit. Dahinter hängt eine nackte Glühbirne von der Decke, darunter befindet sich ein Waschbecken und eine Toilettenschüssel.

Mein Hirn arbeitet fieberhaft, während ich immer noch im Eingang stehe. Lege ich mich in ein freies Bett und versuche unauffällig zu bleiben, wird das als Schwäche ausgelegt, dann bin ich heute Nacht Freiwild. Also muss ich in Aktion treten und das Bild eines unkalkulierbaren, selbstbewussten und aggressiven Mannes abgeben.

"Männer, hört mir zu!", beginne ich meine Ansage.

"Ich bin Marcel und freue mich genauso wie ihr über unser Zusammensein. Morgen bin ich hier wieder raus. Ich bin ein friedfertiger Mensch, aber jeder, der sich mir ungebeten mehr als eine Armlänge nähert, wird mich bestens kennenlernen. 15 Jahre habe ich geboxt, ich bin recht gut im Nahkampf. Wenn einer von euch die Zähne verlieren möchte, kann er direkt vortreten."

Ich habe langsam gesprochen, halte die Arme vor der Brust verschränkt, mein Herz schlägt mir bis zum Hals. Meine dünnen Boxkenntnisse aus dem Studentensport werden mir hier kaum helfen, hoffentlich möchte keiner meine Fähigkeiten austesten. Ich habe hoch gepokert, aber muss mit viel Glück nur ein paar Tage durchhalten. Noch kommt kein Geräusch aus irgendeinem Bett. Sollte ich herausgefordert werden, muss ich alles geben, sofort und ohne zu zögern. Ich versuche abzuwägen, ob ich im oberen oder unteren Bett in der besseren Verteidigungsposition bin. Oben habe ich mehr Überblick, werde eher gesehen und kann treten. Unten könnten sie schlechter zu zweit angreifen, aber ich habe weniger Raum zum Kämpfen. Da ich davon ausgehen muss, mich allein zu verteidigen, habe ich vermutlich oben die bessere Wahl getroffen. Als keine Reaktion eintritt, schwinge ich mich möglichst athletisch auf das freie obere Bett zu meiner rechten Seite und strecke mich zum Gitter hin aus. Um gelassen zu wirken, verschränke ich meine Hände hinter dem Kopf und warte auf einen Überfall, aber nichts geschieht. Mindestens zwei der sechs Typen sind richtig gefährlich, wenn sie Gangmitglieder sind, wie der Bärtige sagte. Sie arbeiten zusammen und terrorisieren bestimmt die anderen Vier. Also muss ich versuchen, entweder Schonfrist zu bekommen, oder mich mit den vier Schwächeren zu verbünden. Oder am besten beides.

Minuten später kommt von gegenüber die Antwort in Englisch mit afrikaansen Brocken:

"Ich bin Tyron. Du hast dich vorgestellt und schwingst groot Woorde, du sollst aber eines wissen. Es gibt nur een Baas hier und der bin ich. Wenn du nicht morgen weg bist, hast du zwei Moelikheit. Entweder wirst du einer van ons, gehörst zur Gang oder du wirst uns dienen. Du wirst alles machen was Vrouens

174

doen, putzen und skoonmaken. Sonst wirst du doodgaan. Later gaan je slaap und dann helfen dir deine Fäuste nicht mehr. Verstaan je?"

"O.k., Tyron, verstanden. Morgen bin ich wieder weg.", antworte ich betont lässig in den Raum und spähe in das hintere untere Bett.

"Warum bist du hier und wo kommst du her?", fragt Tyron nach.

"Ich komme aus Deutschland und sitze wegen schwerer Körperverletzung."

Mit Vorsatz verwende ich den Ausdruck Körperverletzung, weil er sich martialisch anhört. Sie sollen wissen, dass ich dazu fähig bin. Schwere Körperverletzung bedeutet zumindest für mich eine derartige Rohheit des Täters, dass dieser per se furchteinflößend sein muss. Wer hätte gedacht, dass ich jemals mit so einer Tat protze, die ich nicht einmal begangen habe. Natürlich verschweige ich, dass es sich bei meinem vermeintlichen Opfer um eine Frau handelt.

"Also wer seid ihr da drüben?", frage ich auf die andere Seite, um den Kontakt herzustellen.

Die erste Antwort kommt von einem hünenhaften Schwarzen mit einer Bassstimme, der mir links gegenüber auf der oberen Etage liegt und dessen Füße über das Bett hinaus ragen. Seine Hautfarbe ist so dunkel, dass ich ihn kaum erkennen kann.

"Fela ist mein Name, ich komme aus Nigeria."

Aus der Dunkelheit der Pritsche darunter meldet sich ein weiterer Schwarzer:

"Felix, bin aus Malawi."

Vom oberen Bett auf meiner Seite antwortet danach: "Kumar, ich bin aus Kapstadt."

Ich richte mich etwas auf und sehe vor mir in das ebenmäßige Gesicht eines jungen, indisch anmutenden Mannes mit langem, glattem Haar. Er gehört eher in ein Bollywoodmovie als ins Gefängnis, er wird hier Freunde finden, denke ich mir.

Von der Pritsche darunter meldet sich eine quäkende geschlechtslose Stimme: "Vimal, ich komm auch von hier."

175

Ich muss mich vornüber beugen, um ihn zu erkennen. Vimal ist offensichtlich auch indischen Ursprungs und leidet mächtig an Übergewicht. Er ist sicher das erste Opfer, wenn es hier zu Übergriffen kommt. Zumindest wenn die Priorität nicht Attraktivität ist.

Jetzt fehlt nur noch einer, der über Tyron. Der ist bestimmt seine rechte Hand. Wenn die beiden zusammen halten, haben sie hier die Herrschaft. Die beiden Schwarzen wirken hart gesotten, so wie sie aussehen, schützen sie sich gegenseitig erfolgreich. Die beiden Inder sind dagegen leichte Beute. Das sind keine Männer, die sich ohne Waffe verteidigen können.

"Und wer bist du?", frage ich den Coloured, der oberhalb von Tyron liegt.

Ich sitze immer noch aufrecht auf meinem Bett, schaue ihn an und warte.

Du hast mich nichts zu fragen, ist seine unausgesprochene Ansage.

Er blickt zurück, stumpf und stumm, als ob ich nicht existieren würde. Wahrscheinlich haben ihm die Drogen den Verstand geraubt. Sein Schädel ist eingefallen und er mümmelt mit seiner fast zahnlosen Kauleiste ohne Unterlass auf etwas herum. Da er immer wieder seine Finger betrachtet, sie kurz in den Mund schiebt und mit den verbleibenden Zähnen bearbeitet, wird es ein Fingernagel sein. Keine Antwort ist auch eine Antwort. Jetzt sind die Fronten geklärt. Ich schätze sein Alter auf ungefähr 30 Jahre, vielleicht auch jünger. Sein Lebenswandel hat ihn im Zeitraffer altern lassen. Er ist schlank und so hellhäutig wie die meisten Coloureds aus den Flats, sodass man seine Tätowierungen gut erkennen kann. Auf seinen Unterarmen sehe ich fast vollflächig kleinteilige Kritzeleien. Sie sind offensichtlich von ihm selbst gestochen oder von anderen Knastinsassen, die keinerlei künstlerische Begabung besaßen. Sein ganzer Körper wird so aussehen, denn aus seinem V-Neck T-Shirt kriechen allerlei Ornamente wie unförmige Muttermale seinen Hals hinauf, durch sein Gesicht und über seinen kurz geschorenen Schädel. Ihn und Tyron darf ich nicht aus den Augen verlieren.

Ich muss versuchen, mich vor der Nachtruhe mit Fela zu solidarisieren, um hier ungeschoren rauszukommen.

Kurze Zeit später gibt es das Mittagessen. Durch eine Klappe werden Blechtabletts geschoben. Tyron steht als Erster auf, um sein Essen zu holen, Fela nach ihm. Er ist dem Gitter allerdings näher und steht Tyron im Weg. Fela überragt Tyron bestimmt um einen ganzen Kopf. Tyron zischt kurz, woraufhin Fela sich umdreht und ihn fragend anschaut. Tyron signalisiert ihm mit einer Kopfbewegung zur Seite zu treten. Fella scheint nicht gewohnt sich unterzuordnen und zögert. Ich erwarte gespannt den ersten Eklat, doch unerwartet tritt der Schwarze zur Seite und lässt Tyron vor. Hinter Tyron steht sein Adjutant, er ist zwar etwas größer aber sehr schmächtig. Die beiden in Reihe sehen aus wie zwei Wesen unterschiedlicher Gattungen. Der eine ist groß und von stolzer Haltung, mächtige Muskeln wölben sich unter seinem Hemd, seine Haut ist von ebenhölzener Schwärze ohne einen Makel. Im Gegensatz zu Fellas athletischen Gestalt wirkt der Adjutant nur kümmerlich und kränklich. Fahle tätowierte Haut spannt sich über seiner knochigen krummen Statur, seine schmutzige Trainingsanzug schlackert an seinem ausgemergelten Körper. Aber auch ihn lässt Fela vor. Dann erst nimmt er sich sein Essen. Wenn es nicht schon längst geschehen ist, hat er nun seine Position in der Zellenhierarchie eingenommen. Die anderen folgen schweigend, erst Felix, dann ich und schließlich die Inder, scheinbar ohne sich Gedanken über den Vorfall und die Konsequenzen für die Hackordnung zu machen.

Wir essen auf unseren Betten, es gibt Suppe und ein Brötchen. Felix habe ich gerade zum ersten Mal stehend gesehen, als er sich sein Tablett holte. Er ist relativ klein und gedrungen, hat einen entschlossenen Gesichtsausdruck und ist nicht älter als 22 Jahre. Ich bin sicher, er kann und würde sich verteidigen, wenn es nicht aussichtslos ist. Kumar ist das Gegenteil von ihm, er ist groß und wirkt im ersten Augenblick kräftig. Er geht demonstrativ breitbeinig, wobei er mit den Schultern wankt wie auf hoher See. Er bläst seinen Brustkorb auf und zieht den Bauch ein, um Eindruck zu schinden. Schaut man genauer hin, erkennt man leicht den eitlen Poser. Seine Beine sind dünn, sein Oberkörper schwabbelig, man meint förmlich, seine Angst zu riechen. Er kommt nicht aus den Townships, hat noch nie die Gewalt der Straße außerhalb der virtuellen Realität seiner Videospiele erlebt.

"Hey Fela, du musst ordentlich Hunger haben bei deiner Größe, willst du mein Brötchen haben?", frage ich den Nigerianer und reiche ihm mein Brötchen über die Bettengasse an. Er reagiert überrascht, ein freundliches Gespräch hat hier scheinbar noch keiner geführt.

"Danke.", sagt er lächelnd und nimmt das Brot.

"Wie lang bist du schon hier?", setze ich nach und bin mir klar, dass 10 weitere Ohren mithören.

"Seit gestern."

"Und du Felix?", frage ich nach unten.

"Seit vorgestern.", grummelt er mit vollem Mund.

"Wie lange bleibt man hier, bevor die einen verlegen?", frage ich in den Raum.

Keiner antwortet, das war mir klar, ich habe die Machtverhältnisse richtig eingeschätzt. Noch gibt es keine Allianzen, nur die zwischen Tyron und seiner rechten Hand. Vor den beiden haben alle Angst und das nicht ohne Grund.

"Fela, ich schlafe schlecht. Ich habe Angst, dass mir einer nachts mein Kopfkissen nimmt. Was hältst du davon, ich bleibe die erste Hälfte der Nacht wach und passe auch auf deins auf. Die zweite Hälfte passt du auf, O.k.?"

"Hohoho", dringt sein tiefes Lachen zu mir herüber, doch trotz seiner Kräfte muss auch er sich in acht nehmen. Der Schlaf macht alle gleich wehrlos.

"Gute Idee und wenn Felix noch mitmacht, schlafen wir mehr als zu Hause, eh?", antwortet Fela und blickt zu Felix hinunter, um sich seiner zu vergewissern.

Felix schaut kauend nach oben und zögert einen Moment, dann lächelt er und nickt:

"Bin auch dabei, ich hab zwei Nächte nicht geschlafen."

"Du wirst müde sein und Schlaf brauchen. Ich wache zuerst 3 Stunden, dann Fela, dann du. Ich habe eine Uhr.", antworte ich und mir fällt ein Stein vom Herzen. Die beiden habe ich auf meiner Seite, denke ich gerade erfreut, als ich Tyrons Blick auf meine Uhr wahrnehme.

"Deutscher, du bist hier bis der Anwalt kommt, dann gehst du nach Hause oder nach Polsmore*, bis zur Verhandlung.", bemerkt Felix.

"Wenn sie meinen, noch ein Geständnis aus dir raus zu quetschen, verrottest du hier.", meldet sich Fela.

"Hört sich an, als wärst du schon mal hier gewesen?", frage ich Felix.

"Zwei Mal."

In der Suppe sind Hülsenfrüchte gewesen, der Geruch in der Zelle war bis dahin schon übel, jetzt ist er schauderhaft. Wenn sich einer der Männer auf die frei stehende Kloschüssel setzt, bekommen alle andern das Spektakel mit. Doch das ist nun meine geringstes Problem. Wäre ich vor zwei Wochen verhaftet worden, wäre mir alles egal gewesen. Ich hätte die Nacht auf mich zukommen lassen und mich mit meinen Händen gegen irgendwelche selbst gebauten Waffen gewehrt. Jetzt hänge ich wieder am Leben. Machbuba hat mir Kraft gegeben, ich will sie aus ihrer misslichen Situation befreien und mit ihr zusammen sein. Wieder denke ich an sie, in weißem Laken liegend, voller Prellungen und mit aufgeplatzten Lippen. Die aufsteigende Wut gegen diesen unbekannten Feigling, der ihr das angetan hat, erzeugt eine derartige Entschlossenheit in mir, dass ich mich nun zu jeder Gegenwehr in der Lage fühle. Ich stelle mir vor, der Adjutant würde jetzt provozieren und eine Grenze überschreiten, ich würde wie ein Pitbull losschießen und ihn stellvertretend für alle Ungerechtigkeit in diesem Land niederschlagen, bevor Tyron überhaupt in Aktion treten könnte. Meine Hände haben sich zu Fäusten geballt und ich versuche, meine Gewaltfantasien zu zügeln. In meiner Kindheit neckten meine Eltern mich immer wieder wegen eines Ereignisses. Ich kam im Schwimmbad zu ihnen gerannt und sagte, ich sei fast vom 5m-Brett gesprungen. Meine Eltern lachten und ich konnte ihre Reaktion nicht verstehen. Ihnen war klar, dass der letzte Schritt der schwerste ist und noch weit entfernt war. Nun bin ich mir allerdings sicher, wäre der Adjudant bis an mein Bett getreten, hätte ich mit aller Kraft in sein Gesicht geschlagen. Ich bin erstaunt über die Genugtuung, die schon die Vorstellung des Gefühls hinterlässt, meine Aggressionen an diesem einen Stellvertreter des Bösen auszulassen und fast traurig darüber, dass wir es nicht hinter uns gebracht haben.

Der Nachmittag verstreicht ohne Zwischenfälle. Beim Abendessen halten sich alle an die nun festgelegte Zellenhierarchie. Als ich mein Tablett abstelle, spricht mich Tyrons Adjudant von seinem Bett aus an. Aufrecht sitzend wippt er mit seinem Unterschenkel in den Raum. Erst gegen Abend scheint er wach zu werden. Er ist unglaublich hässlich mit all seinen Gesichtstattoos und schaut mich an wie ein Greis, der vergaß sein Gebiss anzuziehen, oder, wenn ich es mir genauer überlege, noch eher wie eine Ratte, die neugierig im Raum nach Futter späht.

"Zeig mal deine Uhr, Boer*.", fordert er mich auf.

Gedanken schießen mir durch den Kopf, was die passende Reaktion ist. Der Ausdruck „Boer" ist für mich eindeutig beleidigend. Jetzt ist der Moment gekommen, den Adjudanten in die Schranken zu verweisen. Ich lasse mir Zeit, ziehe die Uhr vom Handgelenk wie einen Schlagring über die oberen Fingerknochen, grinse möglichst souverän und winke ihn zu mir herüber:

"Los, komm in mein Bett du Nager, dann zeige ich dir meine Uhr von nahem!"

Er hat die Ironie meiner Aussage verstanden und ich habe meine Entschlossenheit glaubhaft gemacht.

Tyron kann sich ein leises Kichern nicht verkneifen, Humor scheint er zumindest zu haben. Jedes Wort ist ein Machtspiel, jedes Geräusch in diesem Raum wird interpretiert. Vierzehn Augen und Ohren in dieser Zelle entgeht nichts, kein Laut, kein Zwischenton. Jede Bewegung, jede Gewohnheit, selbst die Verdauungsgeräusche der anderen werden registriert. Fela furzt tief wie eine Tuba, Vimar eher wie eine Posaune. Kumar ist eitel und fährt sich oft durch sein Haar. Tyron hat ein Problem mit seiner Atmung, bestimmt wegen seiner gebrochenen Nase. Ständig zieht er den Rotz geräuschvoll hoch. Der Adjutant fummelt sich stundenlang am Mund herum, er hat kaum noch Zähne, die letzten Zwei will er bestimmt nicht verlieren. Von den beiden Schwarzen hört man am wenigsten. Langsam setzen sich die Puzzlestücke zusammen, die jeden Mann in dieser Zelle abbilden. Der Moment wird kommen, wo es helfen wird, die Vorlieben, Stärken und Schwächen der anderen zu kennen.

Lange denke ich darüber nach, was den Adjutanten zur Verunstaltung seines Äußeren bewegt hat. Selbst er wird das Bedürfnis haben, als attraktiv wahrgenommen zu werden. Ich unterstelle, dass jeder Mensch in der einen oder anderen Art gefallen will. Dass er sich so schöner findet, als ohne die Tattoos, halte ich für ausgeschlossen. Aber er wird intuitiv wissen, dass er durch sein martialisches Äußeres Angst verbreiten kann. Angst führt zu Macht und Macht wird insbesondere in den armen Townshipvierteln bestimmt als sexy wahrgenommen. Dort ist er wer. Die einen Frauen beeindruckt er so, die anderen nimmt er ungestraft gegen ihren Willen. Wofür Kapstadt international bekannt ist, die sonnigen weißen Strände, Weingüter, fröhliche Menschen und das gute Essen, ist ihm völlig fremd. Seine Umgebung dort ist die einzige Welt, die er kennt und die ihn interessiert. Die Zahl, die auf seiner Schläfe prangt, ist das Kennzeichen seiner Gang, erzählte Machbuba. Sicher ist, dass er so keine Chance im bürgerlichen Leben hat. Für ihn gibt es abwechselnd Knast und Gangland. Inwieweit in den kapstädter Townships die Gangzugehörigkeit ein besseres Leben verspricht, kann ich nicht beurteilen. Im Knast ist sie hilfreich, hier wird er den größten Teil seiner Zeit verbringen und hat sich in seiner Stumpfheit damit arrangiert. Soldaten beschimpfen sich als Zivilversager, wenn sie außerhalb der Kaserne nichts zu bieten haben. Das trifft auf den Adjutanten insbesondere zu.

Später geht Tyron auf die Toilette, stellt sich danach vor das Etagenbett der Inder und fordert Vimar auf: "Kom uit en maak die schijthuis skoon.".

Währenddessen setzt sich Kumar im Bett darüber langsam und vorsichtig in den Schneidersitz. Seine Mimik ähnelt der eines ängstlichen Kindes angesichts eines knurrenden Hundes. Alle Augen ruhen jetzt auf der dunklen Bettnische von Vimar. Der hebt schon Sekunden später seine kurzen dicken Beine aus seinem Bett und grummelt: "O.k., o.k., heute putz ich das."

"Nein nein, du dickes Schweinchen, du maakst dat schijthuis jetzt immer, morgens und andt, so lang ek dit se.", antwortet Tyron ihm hämisch.

Kumar mischt sich nicht ein und hat scheinbar noch nicht verstanden, dass er der Nächste sein wird.

Am frühen Abend herrscht Ruhe. Auch aus den anderen Zellen dringt weniger Lärm zu uns herüber als während des Tages. Durch einen Lüftungsschlitz kann ich erkennen, dass die Sonne untergegangen ist. Ich befürchte, die Stille ist trügerisch. Es ist die abendliche Ruhe vor dem Sturm, in der die, die nachts noch etwas vorhaben, ein Schläfchen machen und die, die Angst vor der Dunkelheit haben, nervös lauschend abwarten.

Plötzlich ertönt ein metallisches Geräusch vom Flur her. Die Wärter haben den zentralen Lichtschalter umgelegt. Eine Neonleuchte verlöscht nach der anderen, nur noch eine Reihe Notlampen tauchen den Flur in ein schwaches schmutziges Licht. Es ist 22.00 Uhr, in den Nachbarzellen erwacht nun das Leben wieder. Die verschiedensten Laute dringen zu uns herüber, die Geräuschkulisse ähnelt der meiner ersten Nacht in der afrikanischen Savanne. Wir übernachteten damals in einem Safaricamp. Erst nach Einbruch der Dunkelheit wurden die Räuber aktiv, es kämpfte ein Hyänenrudel mit Löwen um die Beute, die schaurigen Laute hielten uns die ganze Nacht wach. Diese Mischung aus Knurren, Brüllen, Kreischen und fast fröhlichem Gegacker dringt mir wieder ins Bewusstsein. Damals kuschelten Anna und ich uns mit wohligem Gruseln fester aneinander. Hier haben die Männer den ganzen Tag auf sich aufgepasst, nur die wirklich schweren Jungs schliefen. Das sind auch die, die wie die Raubtiere Afrikas des nachts zu neuem Leben erwachen. Die Wächter ließen sich nach der Essensausgabe nicht mehr sehen. Warum auch, sie haben kein Interesse in den Zellen Frieden zu stiften. Wie Wildhüter überlassen sie die Kräfte sich selbst.

"Fela und Felix, wenn ihr schlafen könnt, dann macht das jetzt. Ich pass auf euch auf. Wenn ich müde werde, löst Fela mich ab, O.K.?", frage ich laut und deutlich, sodass alle Zellengenossen meine Ansage mitbekommen.

"Ich lös dich ab.", brummt Fela.

Auch Felix murmelt sein Einverständnis.

In unserer Zelle herrscht zunächst Stille, wie ein Luchs lauere ich in die Dunkelheit und warte. Als ich später schläfrig werde, projiziere ich die sonnigen Bilder von meiner Wanderung auf den Lion's Head vor mein geistiges Auge, versuche mich aller Details zu erinnern und werde wieder eine Zeit lang wach.

Es sind über zwei Stunden vergangen, als ich die beiden Coloureds flüstern höre. Erst spricht Tyron, dann antwortet sein Adjutant leise kichernd. Die Bettfedern knarzen und die beiden huschen zum Bett der Inder. Alles geht sehr schnell. Selbst wenn Kumar noch wach gewesen wäre, hätte er kaum eine Chance gehabt. Der Adjutant sprint ihn von der Seite an und hält ihm etwas an den Hals. Kumar zieht es vor, bewegungslos liegen zu bleiben. Von Vimal ist nichts zu hören, wahrscheinlich nässt er gerade die Hosen vor Angst. Ich halte es für unmöglich, dass er noch schläft, da Tyron deutlich vernehmbar auf Kumar einredet, zärtlich, als spräche er zu einem Kind oder einer Geliebten. Dann greift er unter die Decke und macht sich an der Körpermitte des Inders zu schaffen. Es gruselt mich, diese bizarre Mischung aus Todesangst und sexueller Lust beobachten zu müssen. Was bewegt Tyron dazu, in einem stinkenden Raum mit Zuschauern einen wehrlosen männlichen Körper in Duldungsstarre zu missbrauchen. Wahrscheinlich ist er nicht einmal schwul. Immer wieder hört man, dass ein solches Verhalten in Gefängnissen gängig ist. Es scheint Tyron erregen, die Macht über Kumar zu besitzen, mit ihm machen zu können was er will, ohne dass er ihn ablehnen kann. So wie es ihm sonst bestimmt häufiger passierten würde. Den Adjutanten erregt es vielleicht zuzuschauen, oder er ist nur seinem Boss sklavisch gehorsam.

Ich halte mich aus dem Konflikt heraus und fühle mich schändlich dabei. Vielleicht wäre es ratsamer einzuschreiten und eine Front gegen die beiden zu bilden. Wäre ich länger in dieser Zelle, wäre es bestimmt die bessere Lösung. Dennoch denke ich ängstlich an meinen kurzfristigen Vorteil und fühle mich wie ein jämmerlicher Feigling. Ich entscheide, mich Fela und Felix nicht zu wecken, vermutlich sind sie längst von alleine aufgewacht. Dann dreht sich Kumar auf den Bauch. Tyron steigt nach oben auf sein Bett und kriecht zu ihm unter die Decke. Als der Inder schmerzvoll aufstöhnt und während sich der Akt vollzieht, rührt sich niemand aus unserer Zelle. Der Adjutant schaut Kumar dabei aus nächster Nähe ins Gesicht. Wenn er ihm nicht den kleinen Gegenstand an seinen Hals drücken würde, könnte man die Geste, mit der er ihm das Haar aus der Stirn streicht, als liebevoll deuten. Ich ringe mit mir aufzustehen und in den Raum zu rufen, "Los Jungs, das muss ein Ende haben, sonst sind wir als nächste dran". Wenn wir jetzt zu viert einschreiten würden, wäre der Spuk schnell beendet. Doch keiner scheint den ersten Schritt gehen zu wollen und so hören wir nur schuldbewusst dem scheinbar endlos andauernden quietschen der Bettfedern zu. Nach einigen Minuten steigt Tyron dann doch wieder vom Bett herunter, zieht seinen Gürtel dicht und verschwindet in seine Nische.

Der Adjutant zischt dem Inder noch ins Ohr: "Du kleines Stück Scheiße.", nimmt die Hand von seinem Hals und zieht sich in sein Bett zurück.

Kumar liegt immer noch bewegungslos auf dem Bauch und ich meine sein unterdrücktes Schluchzen zu vernehmen. Von den Coloureds dringt bald schon sägendes Schnarchen zu mir herüber.

Die Hölle, dass sind die anderen, schrieb einst Jean-Paul Satre.

Kumars Schicksal vor Augen fällt es mir nun leichter, die Nacht durch zu wachen. Ich starre in die Dunkelheit und versuche mich in meditativer Versenkung. In meinen Gedanken kehre ich zu Machbuba zurück, wir bauen uns ein Gästehaus in Nordhoek Beach auf und sind glücklich zusammen. Als ich durch den Lüftungsschacht das erste Morgenlicht fallen sehe, bin ich noch so in meiner Fantasiewelt gefangen, dass ich mich zur Räson zwingen muss um zu planen, worauf ich noch Einfluss habe. Sollte mein Anwalt in der Früh erscheinen und mich auf Kaution hier rausholen, werde ich als erstes Machbuba suchen. Sie wird in einem der Krankenhäuser der Innenstadt auf der Intensivstation liegen, wenn sie nicht schon gestorben ist. Mit dem Gedanken muss ich mich auseinandersetzen, auch wenn ich es kaum ertragen kann. Wenn sie gestorben ist oder vielleicht sterben wird, muss ich das Land verlassen, wenn ich nicht im Gefängnis mein Verfahren abwarten will. Falls es ihr besser geht, bleibe ich in Kapstadt, dann wird sie meine Hilfe brauchen und ihre Aussage wird mich entlasten. Ich muss einen Weg finden, ohne meinen Pass das Land zu verlassen. Von Südafrika kann ich nicht ausfliegen, ohne verhaftet zu werden. Ich muss ins Ausland gelangen, um von dort abzufliegen. Die Grenze zu Namibia ist der Oranje River im Norden, dort bin ich damals bei meiner ersten Afrika Reise gewesen. Die anderen Grenzen kenne ich nicht. Vor und hinter dem Fluss liegt menschenleere Wüste, die bestimmt von der Grenzpolizei kaum kontrolliert wird. Ich muss mit dem Auto so weit wie möglich fahren, zu Fuß weiter laufen, über den Fluss schwimmen und dann wieder den Wüstenstreifen überqueren, bis ich zur ersten Straße gelange. Dort könnte mich Lucie abholen und nach Windhoek bringen. Glücklicherweise habe ich mir vor ein paar Jahren einen Zweitpass ausstellen lassen, als ich häufiger in Arabien und Israel unterwegs war. Den soll mir Lucie mitbringen, mit dem werde ich aus Namibia ausreisen können.

Um Punkt sieben legen die Wärter wieder den Zentralschalter um und die Neonleuchten flackern auf. Anders als die

185

schrecklichen Sequenzen eines Albtraums, die kurz vor dem Erwachen noch einmal aufblitzen, um dann für immer zu verschwinden, kündigt sich hier die widerliche Realität mit einigen stotternden Momentaufnahmen an, um unverändert fortzubestehen. Den meisten Männern ist das kalte Neonlicht nach der unruhigen Nacht trotzdem willkommen, da es relativ sicheren Schlaf bis zum Erscheinen der Wächter verspricht. Kumar ist alles einerlei, er liegt regungslos auf dem Rücken und starrt ausdruckslos an die Decke. Mit lautem Geklapper kommt eine Stunde später um 8 Uhr das Frühstück, schon wieder ein Brötchen mit einer Schüssel weißer Bohnen kombiniert. Auch jetzt setzt Kumar nicht einen Fuß vor sein Bett.

Um 9 Uhr erscheint der kleine Polizist und holt mich ab. Er legt mir wieder die Handschellen an und führt mich ins Büro zum Bärtigen. Der sitzt schon am Schreibtisch im frisch gebügelten Hemd, die geölten schwarzen Haare kleben glänzend an seinem Kopf, ein Kaffee steht dampfend vor ihm.
"Guten Morgen Herr Goldman, haben sie gut geschlafen?", fragt er boshaft lächelnd.
"Bestens, danke der Nachfrage. Und sie?", spiele ich das Spiel mit.
"Setzen sie sich doch bitte.", weist er zuvorkommend auf den Stuhl.
Ich bleibe stehen, der Kleine lehnt an der Wand neben mir.
Der Bärtige mustert mich und fragt: "Haben sie es sich überlegt? Gestehen sie? Sie werden leider noch einige Tage in der Zelle verbringen bis ihr Anwalt sie sehen wird, wenn sie überhaupt so lange durchhalten.".
"Ich bin unschuldig, ich möchte sofort meinen Anwalt sehen und die deutsche Botschaft sprechen. Ich bin deutscher Staatsbürger, sie werden sehr viel Ärger mit ihren Vorgesetzten bekommen, wenn die erfahren, wie sie meine Rechte verletzt haben. Lassen sie mich telefonieren, weitere Gespräche können wir uns sparen."
Die Vorstellung, noch länger eingesperrt zu sein, jagt mir mächtig Angst ein. Trotzdem versuche ich, Haltung zu bewahren. Ich verschränke meine Arme protestierend vor der

Brust, was angesichts meiner Handschellen ein umständliches Unterfangen ist und erwidere entschlossen seinen Blick.

"Das ist also ihr letztes Wort? Sie brauchen nur zu gestehen, dann wird alles besser für sie.", macht der Kleine einen weiteren Versuch, bis ich ihn unterbreche.

"Ich will meinen Anwalt...", weiter komme ich nicht.

Der Bärtige macht ein Handzeichen, das die Beendigung unseres Gespräches signalisiert. Der Kleine nimmt mich wieder am Arm und führt mich ab.

"Das können sie nicht machen, ich will mit der Botschaft sprechen!", rufe ich ihm noch nach. Die Türe fällt aber schon hinter uns zu. Dieses Mal nehmen wir allerdings einen anderen Weg durch die Wache. Er endet in einem unmöblierten kleinen Raum, der nur mit einem Tisch und zwei Stühlen bestückt ist. Ich vermute, dass jetzt das Verhör ohne Zeugen ansteht und fange an zu schwitzen. Der Kleine schubst mich auf einen der Stühle, sodass ich fast nach hinten kippe. Dann weißt er mich barsch an, sitzen zu bleiben und verlässt den Raum. Auch der Kleine möchte einmal zeigen, was in ihm steckt. Ich lasse meinen Blick durch den Raum schweifen, auf dem uralten vergilbten Linoleumboden sehe ich dunkelbraune Flecken, die von getrocknetem Blut herrühren könnten. Düstere Gedanken gehen mir durch den Kopf. Wie viele menschliche Tragödien haben sich hier schon abgespielt, wie viele Schmerzensschreie verhallten ungehört in diesen vier Wänden. Bestimmt wurde die Wache schon vor 30 Jahren zu Apartheidzeiten von der weißen Polizei genutzt, da schlugen die weißen Folterknechte die schwarzen Widerstandskämpfer zu Brei. Von denen wurde kaum einer je zur Rechenschaft gezogen. Jetzt hat sich das Blatt gewendet. Ich sah kaum weiße Gesichter auf der Wache, auch hier hat sich Black Empowerment durchgesetzt. Nun bekomme ich die Revanche.

Ein paar Minuten später öffnet sich die Tür, und ein weißer Mann im hellen Tropenanzug wird von dem Bärtigen in den Raum geführt. Er ist klein und dick, unter dem Arm trägt er eine abgegriffene Ledertasche. Sein Kopf ist hochrot und wächst wie eine Rübe durch sein lichtes rötliches Haar. Die fleckige

Kopfhaut beweist, dass der keltische Hauttyp nicht für die afrikanische Sonne bestimmt ist. Seine kleinen Augen berühren beinahe einander am Nasenbein und wirken orientierungslos hinter den Gläsern seiner Nickelbrille. Er sieht nicht aus wie ein Folterknecht, so viel ist mir sofort klar.

"Würden sie uns jetzt allein lassen.", raunzt er erstaunlich selbstbewusst den Polizisten an, es klingt mehr nach einer Anweisung als einer Bitte.

Der Bärtige wirft mir noch einen grimmigen Blick zu, folgt aber erstaunlicherweise und schließt, wenn auch widerwillig, die Tür hinter sich.

"Guten Morgen Herr Goldman, ich bin ihr Anwalt, Peer Smeet ist mein Name, wie geht es ihnen?", fragt er nun freundlich und reicht mir die Hand.

Ich atme auf und könnte ihn umarmen vor Freude.

"Den Umständen entsprechend.", antworte ich ihm.

"Haben sie irgendetwas unterschrieben, ein Geständnis?", fragt er und schaut mich durch dicke Brillengläser an.

"Natürlich nicht, ich bin unschuldig, das Opfer ist meine Freundin."

"O.k., dann hole ich sie auf Kaution hier raus, ihre Wirtin Silvie hat ihnen das Geld vorgestreckt, ich muss sie darauf hinweisen, dass sie das Land nicht verlassen dürfen."

"Ich werde sie bezahlen, auch die Kaution, machen sie sich keine Gedanken. Wissen sie denn, was mir vorgeworfen wird?"

"Das ist mir bekannt, aber bis zu einem Gerichtsprozess kann es relativ lange dauern. Dazu wird es gar nicht kommen, wenn das Opfer überlebt und sie entlastet. Wir warten ein paar Tage und beraten uns dann bei mir im Büro. Ich bringe sie gleich nach Hause, ich muss noch ein paar Formalitäten erledigen, bis gleich.".

Er klopft von innen an die Tür, als ihm geöffnet wird und er den Raum verlässt, möchte ich ihn am liebsten festhalten. Eine Ewigkeit später öffnet sich wieder die Tür, der kleine Polizist tritt zunächst ein, dann mein Anwalt.

"Sie sind bis auf weiteres auf Kaution frei.", knurrt der Kleine und schließt mir die Handschellen auf, "Bleiben sie im Hotel und melden sich einmal täglich hier morgens persönlich auf der Wache. Melden sie sich nicht, werden wir sie einsperren und ihre Kaution verfällt."

Wieder laufe ich durch die langen Gänge des Polizeigebäudes, dieses Mal fühle ich mich weit wohler in Begleitung meines Anwaltes.

18. Erkenntnis

Wir verlassen die Wache durch das Portal des Haupteinganges. Vor der Türe blendet mich die Sonne und ein warmer Wind bläst mir ins Gesicht. Geschäftige Menschen laufen auf dem Fußweg an uns vorbei, telefonieren, lachen und jeder lebt sein eigenes kleines Leben. Ich blinzele in die Sonne und habe das überwältigende Gefühl, dass sich mein Leben in genau diesem Augenblick vollständig ändert, dass ich seinen unendlich kostbaren Wert plötzlich spüre. Ärzte, Psychologen und Medikamente konnten ihn mir nicht vermitteln. Jetzt erkenne ich ihn vehement wie nie zuvor. Ich bin frei und hier, ich lebe und will von nun an jeden Moment so schätzen, wie es möglich ist. Die letzten Wochen gipfelten in einem Erkenntnisprozess, der durch meinen Gefängnisaufenthalt abgeschlossen wurde. Das Leben ist es wert mit Leidenschaft gelebt zu werden. Ich kann dem Teufel nur ein Schnippchen schlagen, wenn ich trotz aller Widrigkeiten versuche, den Moment zu genießen und glücklich zu sein.

"Kommen sie, dort steht mein Wagen.", sagt der Anwalt und legt mir die Hand auf die Schulter. Besorgt schaut er mir ins Gesicht. Er muss denken, ich habe den Verstand verloren. Ich stehe da wie Jesus mit geöffneten Händen der Sonne zugewandt, Menschen strömen um mich herum und ich lache mit Tränen in den Augen.

"Haben sie dort Schlimmes erlebt?", fragt er einfühlsam und blickt zurück auf das Gefängnisgebäude in meinem Rücken.

"Alles ist gut.", antworte ich ihm, "Geben sie mir bitte noch eine Minute."

Er geht schon vor zu seinem Wagen, ich bleibe stehen und versuche den Moment zu konservieren, ihn für immer in meiner Erinnerung zu bewahren. Dann folge ich ihm auf die andere Straßenseite, wir steigen in sein Auto und fahren los.

"Was ist ihr Plan jetzt?", fragt er mich.

Der widerliche Geruch des am Rückspiegel baumelnden Duftspenders steigt mir in die Nase und holt mich wie Riechsalz in die Realität zurück.

"Bitte bringen sie mich in meine Pension nach Sunset Beach, von dort fahre ich zu meiner Freundin. Wissen sie, in welchem Krankenhaus sie liegt?"

"Frau Ignozi liegt im Groote Schuur Hospital hier im Zentrum, das sagte mir der Kommissar zumindest. Ihr muss es sehr schlecht gehen."

"Dann packe ich gleich meine Sachen, fahre bei ihr vorbei und verlasse danach das Land. Machen sie sich keine Gedanken, ich habe genug Geld, ich werde sie bezahlen, ich überweise alles von Deutschland aus. Kann ich sie auch damit beauftragen, alle Zahlungen für die beste Krankenversorgung für meine Freundin zu veranlassen?"

"Das wäre möglich. Wie wollen sie ohne Pass außer Land kommen?", schaut er skeptisch zu mir hinüber.

"Das lassen sie bitte meine Sorge sein. Hoffentlich, lieber Gott, überlebt meine Freundin, dann wird sich alles von allein aufklären. Das Risiko zu Unrecht bis dahin im Gefängnis zu sitzen werde ich nicht eingehen, damit tue ich ihr keinen Gefallen. Im Zweifelsfall kann ich ihr in Freiheit von Deutschland aus besser helfen, als von hier aus der Zelle.", antworte ich ihm.

Vor meinem Gästehaus lässt er mich aussteigen, wünscht mir viel Glück und gibt mir seine Visitenkarte.

Aus meinem weiß getünchten Feriendomizil kommen mir fröhliche Gäste entgegen und die Palmen wehen im Wind, es sieht aus wie zuvor und doch hat sich alles verändert. Jetzt erscheint mir das wunderbare Haus wie ein Trugbild. Kurz frage ich mich, ob ich nur in der Endlosschleife eines bösen Albtraumes gefangen bin. Ich kneife mir in den Arm, aber nichts ändert sich. Machbuba liegt im Sterben und ich bin nun auf der Flucht.

In der Rezeption treffe ich Silvie, bedanke mich bei ihr für ihre Hilfe, weihe sie in meinen Plan ein und verspreche ihr, von Deutschland aus sofort meine Schulden zu begleichen.

"Das tut mir so leid. Sag mir, wenn ich dir helfen kann. Ich wünsche deiner Freundin und dir alles Gute.", verabschiedet sie sich. Ich weiß nicht, wie ich ihr für ihre Hilfsbereitschaft danken soll.

Dann springe ich unter die Dusche, packe schnell meine Sachen, rufe ein Taxi und verlasse das Haus. Auf dem Weg in die Stadt plappert der Taxifahrer gut gelaunt und ohne Unterlass vor sich hin. Seine Musik macht mich gereizt und aus seiner Lizenz am Armaturenbrett sehe ich, dass auch er Felix heißt. Das ruft mir das traurige Gesicht meines Zellengenossen Felix vor Augen, der nicht das Glück hatte, eine Kaution gestellt zu bekommen. Südafrika hat für mich seine Unschuld verloren. Alles wird gut, rede ich mir ein und quetsche mir beide Daumennägel. Wieder fahre ich auf die Silhouette des Tafelberges zu und muss mir alle Mühe geben, sie nicht als bedrohlich zu empfinden. Vor dem Portal des Krankenhausgebäudes steige ich aus und frage nach Machbuba Ignozi an der Information. Die Dame findet sie im Computer auf der Intensivstation und lässt mich passieren. Im Laufschritt hetze ich über die langen nach Desinfektionsmittel riechenden Gänge. Die Intensivstation ist mit selbstschließenden Türen verschlossen. Davor laufe im Kreis von einem Fenster zum anderen und knabbere mir nervös die Lippen wund. Ich werde so lange warten, bis jemand hinaus kommt und muss dann improvisieren. Es erscheint mir wie eine Ewigkeit, doch schließlich öffnet sich wie von Geisterhand die Doppeltür und eine junge indisch-stämmige Ärztin in ihrem blutverschmierten OP-Kittel tritt hinaus.

Ich trete ihr entgegen und spreche sie an:

"Entschuldigen sie bitte, ich brauche ihre Hilfe. Eine Patientin, Machbuba Ignozi, liegt hier auf der Station. Können sie mir etwas über sie sagen? Es ist sehr wichtig für mich."
Ihre Augen sind rot unterlaufen, sie scheint gerade von einer langen Schicht zu kommen und wirkt völlig übernächtigt.
"Wenn sie kein Angehöriger sind, darf ich ihnen nicht helfen.", antwortet sie, tritt einen Schritt zurück und mustert mich argwöhnisch.
"Ich bitte sie, sie ist meine Freundin. Ich muss wissen, wie es ihr geht. Sagen sie mir nur, ob sie überlebt und wieder gesund wird!", flehe ich sie an.
Ich kann kaum mehr an mich halten, drehe mich zur Seite, Tränen laufen mir über die Wangen und ich muss mir die Nase wischen.
Zunächst blickte sie mich noch skeptisch an, fasst sich dann aber doch ein Herz und legt mir die Hand zum Trost auf den Arm:
"Die Polizei war schon zweimal hier. Es ist bisher noch kein Angehöriger vorbei gekommen. Sie glauben nicht, was für Kerle sich manchmal als Angehörige ausgeben, daher muss man vorsichtig sein. Frau Ignozi ist immer noch in einem kritischen Zustand, aber sie ist zäh. Ihre Knochenbrüche und Prellungen werden heilen, die Schwellung des Gehirns macht uns aber Sorgen. Sie liegt noch im künstlichen Koma. Mehr kann ich ihnen nicht sagen."
"Ich übernehme alle medizinischen Kosten für sie, werde aber verschwinden müssen, da man mich unrechtmäßig verdächtigt, etwas damit zu tun zu haben. Mein Anwalt wird sich mit dem Krankenhaus in Verbindung setzen. Ich bitte sie inständig, helfen sie ihr!"
"Ich werde tun, was ich kann.", antwortet die Ärztin und blickt mich mitfühlend an.
"Ich weiß nicht, wie ich ihnen danken soll."
Ich schüttele ihre Hand und will sie nicht loslassen, nehme sie in beide Hände und hätte sie fast trotz ihres blutigen Kittels umarmt, unterlasse es dann aber. Schweren Herzens verlasse ich die Station. Ich bilde mir ein, dass sie eine gute Seele ist, eine

Ärztin, die sich wirklich um die Menschen sorgt und klammere mich an den Gedanken, dass sie Machbuba helfen wird.

Vor dem Krankenhaus blicke ich die hohe Fassade hinauf, auf die Fensterreihe, hinter der ich sie vermute und muss schlucken. Noch nie habe ich gebetet, inständig und aus wirklichem Glauben heraus. Einige Male habe ich sogar gespottet über Menschen, die es erst in der Not begannen... und doch tue ich es jetzt selbst, gegen jede Überzeugung. Da es das einzige ist, was mir jetzt noch übrig bleibt. Dann verabschiede ich mich innerlich von ihr, steige in ein wartendes Taxi und lasse mich zu meinem Auto bringen.

Mein Benz lässt mich nicht im Stich. Er springt sofort an und so mache ich mich auf den Weg. An einem Internetcafe in Woodstock halte ich an, setze mich vor einen freien Bildschirm und bestelle etwas zu Essen. Um die Fluchtroute auszuarbeiten, schaue ich mir zunächst einige Satellitenaufnahmen an, die das Terrain abbilden. Es gibt zwei Grenzübergänge zu Namiba, einen an der Küste im Westen, einen im Osten im Gebirge. Von den Bergen kommend schlängelt sich der Oranjeriver bis zu seiner Mündung im Atlantik, er bildet die natürliche Grenze zwischen Namibia und Südafrika. Ich vermute, dass es zwischen den beiden Grenzübergängen in der Wüste wenig Kontrollen geben wird, da die Gegend bis auf ein paar vereinzelte Siedlungen unbewohnt ist. Ich drucke mir die Satellitenbilder und eine Karte aus. Das letzte Stück bis zum Fluss führen nur noch Schotterpisten. Ich schätze, dass ich nicht mehr als 5 km Luftlinie laufen muss und dass es zu Fuß maximal die doppelte Strecke sein wird. Dazu kommt noch die Durchquerung des Flusses, die ich nicht als problematisch erachte. Wenn Lucie allerdings nicht wie geplant mitspielt, wird es schwierig.
Es klingelt endlos bis sie meinen Anruf entgegennimmt.
"Hallo Lucie, wie geht es dir?", frage ich sie vielleicht etwas zu freundlich.

"Ich habe länger nichts von dir gehört.", ist ihre säuerliche Antwort.

"Lucie, ich kann es dir jetzt nicht erklären, ich habe ein Riesenproblem und brauche deine Hilfe, kannst du mir helfen?", komme ich direkt zur Sache.

"Was ist los? Klar helfe ich dir.", antwortet sie nun besorgt.

"Ich bin in ernsten Schwierigkeiten und muss sofort außer Landes, bitte stell jetzt keine Fragen. Kannst du morgen nach Namibia fliegen? Wenn es nicht so dringend wäre, würde ich dich nicht bitten."

"Aber ich...", stottert sie, "Du überrascht mich etwas."

"Ja oder nein.", antworte ich.

Mir ist klar, dass mein Plan ohne sie scheitern wird.

"Kannst du mir nicht.....", setzt sie wieder an, doch ich unterbreche sie sofort.

"Ja oder nein, ich bitte dich nur dieses eine Mal."

"Jaa.", mault sie zurück.

"Ich danke dir. Buch bitte direkt einen Flug, fliege sobald wie möglich, am besten heute Abend. Bring bitte meinen Zweitpass mit, den findest du in meinem Schreibtisch. Fliege nach Windhoek, miete dir einen Geländewagen und fahre nach Rosh Pinah im Süden an die Grenze. Von dort fährst du übermorgen bei Sonnenaufgang nach Oranjemund, ich warte auf dich an der Strecke am Straßenrand. Bitte gib mir so bald wie möglich Bescheid, ob du es Übermorgen früh schaffst, sonst einen Tag später. Dort im Grenzgebiet gibt es nichts, bestimmt auch keine Telefonverbindung."

"O.k. mein Schatz, ich mach das für dich, ich vermisse dich."

"Ich dich auch, danke dir, bis bald.", antworte ich und drücke auf den roten Knopf. Am liebsten würde ich im Erdboden versinken vor Scham. Wenn eine Notlüge in meiner Situation jetzt nicht akzeptabel ist, wann ist sie es dann, beruhige ich meine Gewissensbisse und versuche mich wieder auf die Lösung meiner Probleme zu konzentrieren. Obwohl es jetzt um meine Existenz geht, bin ich ruhig und kontrolliert. Alle meine vergangenen Dramen erscheinen mir heute absurd und lächerlich. Früher, das weiß ich nun, war ich nie in wirklicher

Not. Heute, wenn überhaupt jemals zuvor, hätte ich tatsächlich einen Grund in Depressionen zu verfallen, denke ich kämpferisch.

In einem Einkaufszentrum kaufe ich alles, was ich für meine Flucht benötige. Ich will so schnell wie möglich aus Kapstadt heraus. Wenn Machbuba stirbt, werden sie sofort versuchen mich zu verhaften. Auch wenn sie überlebt, werden sie mich ab morgen Abend suchen, da ich mich nicht auf der Wache gemeldet haben werde und sie noch keine Aussage gemacht haben wird. Ein goldener Mercedes Oldtimer ist sehr schnell zu fahnden. Im einsamen Grenzgebiet bin ich daher am sichersten. Ich lade alles in den Kofferraum, starte den Benz und fahre los.

19. Flucht

Wenige Kilometer hinter der nördlichen Stadtgrenze von Kapstadt beginnt trockenes Buschland. Ich fahre durch goldgelbe Landschaften, nur selten zeigt sich hinter einer Niederung im Westen das Blau des Ozeans. Das Massiv des Tafelbergs sehe ich noch lange in meinem Rückspiegel, erst als es hinter einer Anhöhe verschwindet, fühle ich mich auf fremdem Terrain. Aus dem wolkenlosen Himmel brennt erbarmungslos die Sonne, die Hitze flimmert über dem Asphalt. Auf den endlosen geraden Strecken durch die flachen Ebenen werden meine Lieder schwer. Nur selten finden sich kleine Ortschaften in der kargen Ödnis. Hinter dem Gebirgszug der Ceder Berge breitet sich wieder Flachland bis zum Horizont vor mir aus. Später passiere ich lang gezogene Hügellandschaften, die mich an Andalusien erinnern und zerklüftete Canyons wie in Nevada. Mittlerweile bin ich todmüde, zwinge mich aber durchzuhalten. Trotz der Trockenheit der Landschaft finden sich immer wieder spektakuläre Panoramen. Ich versuche bewusst ihre Schönheit wahrzunehmen und mich damit zu beschäftigen, um die Müdigkeit zu verdrängen. Später auf einer schnurgeraden

Passage drängen sich Bilder von Machbuba so real in mein Bewusstsein, dass sich meine Fantasie verselbstständigt. Ich streichele ihren Nacken und stelle mir gerade vor sie zu küssen, da verlassen meine Reifen die Fahrbahn und schleudern durch Geröll und Buschwerk. Holpernd komme ich in einer Senke vor einem quer liegenden Baumstamm zum Stehen. Zunächst bleibe ich stumpf sitzen, reibe mir die Augen und fixiere das Hindernis vor mir. Sekundenschlaf muss mich übermannt haben. Gerade noch rechtzeitig bin ich aufgewacht, etwas weiter und ein Baum hätte meinen Benz gebremst. Dann steige ich aus und gehe um den Wagen herum. Entgegen meiner Befürchtung ist er weitestgehend intakt geblieben, nur die Stoßstange ist verbeult und ein Scheinwerfer kaputt. Ich zünde mir eine Zigarette an, lehne mich an den Kotflügel und beruhige mich langsam. Dann rangiere ich vorsichtig aus der Senke heraus und setze meine Fahrt fort. Ein weiterer Unfall wird bestimmt nicht so glimpflich enden, ich werde in der nächsten Ortschaft eine Pause machen müssen.

Bald halte ich vor einem blütenweiß getünchten Gebäude im kapholländischen Baustil. Die Außentemperatur nähert sich 40 Grad, drinnen ist es dank der meterdicken Mauern wunderbar kühl und riecht nach Bohnerwachs. In den letzten 200 Jahren haben sich in diesem Haus offensichtlich keine Veränderung ergeben. Dunkle Holzböden knarren, an den Wänden hängen alte Porzellanteller, die Tischdecken sind handgewebt, es sieht aus wie in einem holländischen Heimatmuseum. Im Regal stehen Gläser mit eingeweckten Pfirsichen und handgeschriebene Etiketten. Sie sehen verlockend aus und sind sicher hausgemacht. Die Bedienung trägt eine geklöppelte Schürze und ein Häubchen auf dem Kopf. Als ich die alte weiße Dame in Englisch anspreche, antwortet sie in Afrikaans mit sittenstrengem und gänzlich humorlosem Gesichtsausdruck. Durch die offene Küchentür sehe ich schwarze Frauen fleißig arbeiten. Das Stück Obstkuchen mit Schlagsahne schmeckt so hervorragend wie bei meiner Großmutter, der Filterkaffee auch. Weiße Touristen fühlen sich bestimmt wohl in diesem Anachronismus, mich bedrückt er nun. Ich zahle bei der alten Dame und fahre weiter.

Ob sich hier auf dem Lande irgendetwas in den Köpfen der Menschen geändert hat? Wäre ich mit Machbuba eingekehrt, hätte ich bestimmt von der Hausdame einen missbilligenden Blick geerntet. Vor 30 Jahren hätten sie ihr den Eintritt verwehrt oder direkt die Polizei gerufen.

Gegen Abend trifft die SMS von Lucie ein und ich atme auf: „Ich sitze im Flugzeug, wir treffen uns übermorgen früh am Treffpunkt, deine Lucie."
Immer wieder kämpfe ich mit Sekundenschlaf, ich bin übermüdet, will aber den Abstand zu Kapstadt vergrößern. Am Abend treffe ich in Springbok ein, der letzten Stadt vor der Grenze. Ich finde ein Gästehaus, das mir auch noch ein spätes Essen serviert und gehe unmittelbar danach ins Bett.

Am nächsten Morgen schlafe ich aus und fahre nach dem Frühstück weiter. Je näher ich der Grenze komme, desto wüstenartiger wird die Landschaft. Die Sonne steht im Zenit und blendet, die Luft flimmert. Still brütet die einsame Landschaft in der Hitze vor sich hin. Gelegentlich tauchen Staubteufel auf und tanzen eine Zeit solo durch die Ebene, um dann genauso schnell wieder zu verschwinden, wie sie gekommen sind. Kein Baum wächst hier mehr, kaum ein Strauch. Kurz vor der Grenze verlasse ich die Autobahn und wechsele auf eine Landstraße, dann auf einen Schotterweg. Hinter meinem Wagen baut sich eine riesige Staubwolke auf, fahre ich langsamer, holt sie mich ein. Der Benz hat seinen Glanz verloren, der Staub dringt durch jede Ritze und legt sich im Innern gleichmäßig rotbraun ab. Selbst zwischen meinen Zähnen knirscht der Sand.
Die Piste endet in einer kleinen Siedlung am Flussbett des Oranjerivers. Sanddrift ist eine Geisterstadt, wahrscheinlich bin ich hier der erste Tourist seit Jahren. Der trostlose Ort besteht nur aus wenigen einfachen Häusern und Hütten. In einem ist ein kleiner Laden untergebracht. An dieser Stelle ist der Fluss fast 40m Meter breit und fließt gemächlich durch sein steinernes

Bett. Das vegetationslose Gebirge, das sich mir gegenüber auf der anderen Seite des Flusses erhebt, gehört schon zu Namibia. Dort werde ich heute Nacht, nachdem ich den Fluss durchschwommen habe, eine Passage suchen müssen, um zu der Straße zu gelangen, von der mich Lucie morgen früh abholen wird. Wenn alles so läuft wie geplant.

Da ich nicht weiß, ob es hier am Ort Grenzpolizei gibt, parke ich meinen Wagen vorsichtshalber etwas außerhalb und tarne mich als Wanderer. Früher spottete ich über Outdoorkleidung, jetzt bin ich wirklich auf sie angewiesen. Der deutsche Tourist trägt gerne schon im Flugzeug gebügelte Trekkingoutfits. Daher kaufte ich gestern eine Kakihose aus Mikrofaser und ein atmungsaktives Kakihemd. Ein beiger Trekkinghut komplettiert das Bild. Aus meinem Rucksack ragt ein Trinkschlauch, um jederzeit der Dehydrierung vorzubeugen. Schnüre ich den Hut noch unter meinem Kinn, ist jede Verwechselung mit einem illegalen Migranten ausgeschlossen. Wenn es hier überhaupt illegale Grenzübertritte gibt, dann vermutlich aus der Gegenrichtung von Zentralafrikanern, die über Namibia nach Südafrika reisen wollen. Sanddrift liegt in der Innenkurve des Oranjerivers. Zunächst wandere ich den Fluss aufwärts und prüfe seine Fließgeschwindigkeit an verschiedenen Stellen, er wird mich heute Nacht nicht aufhalten, da bin ich mir sicher. Leider entdecke ich keine Lücke in den geröllbedeckten Berghängen Namibias, die mir eine einfache Passage versprechen. Es so heiß, dass mein Hemd am Körper klebt. Nach einigen Kilometern kehre ich um und folge dem Fluss abwärts. Erfreut stelle ich fest, dass die Berghänge auf der anderen Seite niedriger werden. Allerdings sehe ich dort einen Zaun, der auf ein militärisches Sperrgebiet oder eine Grenzbefestigung schließen lässt. Auf meiner Flussseite steht ein etwas größeres Haus, über dessen Eingang das Wappen Südafrikas prangt, eine Polizeistation. Meine Entscheidung ist gefallen, ich werde versuchen flussaufwärts das Gebirge überqueren und leider klettern müssen. Den Wagen werde ich zuvor bei der Polizeiwache abstellen. Wenn sie nicht besetzt ist, werde ich den Wagenschlüssel einwerfen, wenn doch, werde ich den Schlüssel stecken lassen.

Dazu lege ich einen Zettel mit der Bitte, den Vermieter zu kontaktieren. An diesem Ort wird der Benz von mir verlassen nach einigen Tagen ungewollt den Besitzer wechseln. Ich möchte den netten Autovermieter nicht enttäuschen und das Fahrzeug in Rechnung gestellt bekommen. Dann entferne ich mich aus der Siedlung, um nicht weiter Verdacht zu erregen. Selten lässt sich jemand auf den sandigen Straßen sehen, wenn doch bleibt er stehen und verfolgt mich stumpfsinnig mit seinem Blick. Es scheint, dass alle Einwohner von Sanddrift mich auf Schritt und Tritt aus ihren Häusern beobachten. Wann immer ich ein Haus passiere, bewegt sich ein Vorhang und ein dunkles Gesicht verschwindet im Raum. Daher widerstehe ich der Versuchung, an der verfallenen Hütte mit der Aufschrift Supermarkt ein kaltes Bier zu kaufen, obwohl mir die Zunge am Gaumen klebt. Bis Mitternacht muss ich die Zeit totschlagen, vorher sollte ich nicht loslaufen.

Ich fahre ein paar Kilometer bis zu einem Berghang, parke den Wagen und wandere ein Stück hinauf. Die Sonne steht schon tief und ich bin verblüfft, wie gnädig das Abendlicht die Grautöne des Gerölls in warmes rotbraun verwandelt. Die Mittagshitze war unerträglich, der jetzt aufkommende Wind trocknet den Schweiß und setzt Steppenhexen in Bewegung. Ich lasse meinen Blick über den Flusslauf in die Richtung seines Deltas schweifen und muss schlucken. Wäre jetzt Machbuba an meiner Seite, würden wir uns über das Farbspiel des Abendhimmels austauschen und die Zweisamkeit genießen.

Zurück am Auto mache ich mir etwas zu Essen, obwohl ich keinen Hunger habe. Ich muss Kraft für die Wanderung tanken, wer weiß, was mich heute Nacht erwartet. Ich würge 3 kalte Hotdogs herunter, trinke ein warmes Bier und packe meinen Rucksack. Dann lege ich den Sitz um und schließe die Augen.

Kurz vor Mitternacht schellt mein Wecker. Ich ziehe ein schwarzes T-Shirt an und fahre los. Der Ort hat wenige Laternen und auch die Häuser sind kaum beleuchtet. Sanddrift wirkt ausgestorben wie nach einer Epidemie. Die Polizeistation ist unbesetzt, um die nackte Glühbirne am Eingang flattern Motten so groß wie Vögel. Ich parke den Wagen davor und zögere einen Augenblick am Briefkasten. Dann lasse ich den Schlüssel fallen und werfe die Nachricht hinterher. Jetzt gibt es kein Zurück mehr.

Zügig schreite ich los, kaum habe ich die Laternen des Dorfes hinter mir gelassen, umgibt mich dunkle Nacht. Der Weg geht in Geröllhalden über, leider spendet die dünne Mondsichel zu wenig Licht und ich muss jeden Schritt sorgfältig wählen. Hier gibt es keinen Elektrosmog, wie im Planetarium sind die Sterne des südlichen Firmaments zu erkennen. Die Hitze hat sich verzogen aber die Luft ist immer noch angenehm warm, gelegentlich unterbricht Hundegebell aus dem Dorf die nächtliche Wüstenstille. Ich habe keine Taschenlampe gekauft, da mich das Licht im Zweifelsfall verraten würde. Nach einem halbstündigen Fußmarsch steige ich zum Fluss hinunter und verpacke meine Schuhe in dem wasserdichten Rucksack. Erst balanciere ich barfuß über die runden Steine, dann wate ich durch das Wasser über unebenen rutschigen Grund. Im Internet fand ich die Information, dass es im Fluss keine Krokodile gibt und hoffe dem trauen zu können. Trotzdem fühle ich mich in dem schwarzen Geplätscher äußerst unwohl. Irgendwann nimmt mir die immer stärker werdende Strömung den Halt meiner Füße und ich treibe los. Wie die Gnus bei der Überquerung des Mara River, schießt es mir durch den Kopf und kurz packt mich die Angst. Um so wenig wie möglich zu platschen, mache ich ruhige lang gezogene Schwimmstöße. Die Strömung ist stärker als erwartet und trägt mich schnell wieder auf den Ort zu. Als ich das andere Ufer erreiche, bin ich in Sichtweite von Sanddrift und krieche auf allen vieren aus dem Wasser. Schnell ziehe ich die Schuhe hinter einem Busch an und laufe geduckt in die Deckung des Berghanges, der sich vor mir höher aufbaut, als es von der anderen Seite schien. Dann gehe ich wieder flussaufwärts. Nach einiger Zeit sehe ich eine Senke zwischen zwei Bergspitzen, die mir die Überquerung erleichtern könnte, verlasse das Flussbett und marschiere den Hang hinauf. Die Dunkelheit macht mir zu schaffen, ich muss aufpassen nicht auf den Geröllbrocken umzuknicken. Um Schlangen zur Flucht zu bewegen, trete ich fest auf. Größere, gefährliche Tiere soll es hier nicht geben, zumindest keine Löwen. Leoparden und Hyänen kann man gelegentlich antreffen, las ich im Internet, sie sollen aber keine Gefahr für Touristen darstellen. Als ich an einer höhlenähnlichen Vertiefung vorbeigehe und plötzlich Geraschel darin vernehme hoffe ich, dass sie sich daran halten, auch wenn sie des Nachts einsame Wanderer durch die Berge streifen sehen. Tiere sollten mein kleinstes Problem sein, rede ich mir ein und gehe zügig weiter. Kurz vor dem Gipfel muss ich anfangen zu klettern. Es gibt keinen Weg mehr und ich zerreiße mir erst die Hose, dann mein T-Shirt. Meine Knie und Ellenbogen bluten. Ich habe zwar noch nicht die Spitze erreicht, aber gönne mir die erste Pause. Da ich nicht genau weiß, wie viel Strecke noch vor mir liegt, zwinge ich mich bald weiter zu klettern. Oben angekommen bin ich zittrig und lasse meinen Blick schweifen. In der Dunkelheit ist mein Ziel nicht zu erkennen, einzig sehe ich in meinem Rücken Sanddrift und den Fluss in seinem Bett. Ich falle bergab kurz in den Laufschritt, muss aber wieder langsamer werden, als sich ein zweiter Hang ankündigt. Meine Kräfte lassen nach, und die Zeit droht knapp zu werden. Den zweiten Hang bewältige ich etwas schneller, doch kurz vor dem Gipfel höre ich plötzlich schauderhafte Schreie. Sie dringen aus den Kehlen großer Tiere und können nicht weit von mir entfernt sein. Wäre ich abergläubisch, würde ich panisch zurücklaufen. Erkennen kann ich nichts, aber diese Mischung aus tiefem Brüllen und grellem Gekreische ist mir nicht völlig fremd. Dieses infernalische Konzert erinnert mich an die Affenhorde von Nordhoek. Ich muss mich zwingen, weiter zu gehen. Meine Angst wächst von Schritt zu Schritt, hier kann mir keiner helfen. Unmittelbar hinter der Erhebung müssen die Biester sein. In meiner Not nehme ich in jede Hand einen dicken Stein. Ich bin unentschlossen, soll ich mich bemerkbar machen, oder geduckt an ihnen vorbeischleichen. Dann erreiche ich die zweite Bergspitze und blicke auf eine kleine Senke vor mir in der sich dunkle Gestalten bewegen. Unmittelbar ebbt das Gebrüll ab und ein großer Schatten kommt mit großen Sätzen auf mich zugesprungen. Ich hebe einen Stein zum Wurf, doch kurz vor mir kommt das haarige Tier zum Stehen. Sein gefletschtes weißes Gebiss blitzt mir in der Dunkelheit entgegen. Es ist ein Pavianmännchen von erheblicher Größe, seine Mähne lässt ihn noch massiger wirken. Jetzt, wo es keinen Ausweg mehr gibt, werde ich mutiger. Ich schreie ihn an, er brüllt zurück, ich schreie wieder. Der Rest der Herde ist in Aufruhr und hüpft auf und ab, greift aber auch nicht an. Sie keifen nur ohrenbetäubend zur Unterstützung ihres Führers. Wenn das Alphamännchen mich verletzen wollte, wäre ich in Sekunden erledigt. Doch unerwartet beendet er seinen Scheinangriff. Als sei nichts gewesen dreht er sich um und geht zu seiner Herde zurück, sein Gang bockbeinig und stolz. Damit konnte man nicht rechnen, im Dunklen von einer Herde Artverwandter angegangen zu werden. Vorsichtig gehe ich einen Bogen um die Affen herum. Sie folgen wieder friedlich ihren Tätigkeiten, als sein nichts gewesen.

Bergab komme ich nun schneller voran und verfalle in den Laufschritt. Über dem Horizont im Osten kündigt sich durch einen helleren Streifen zaghaft der Morgen an. In einer Stunde muss ich an der Straße sein, oder Lucie wird mich verpassen. Ich laufe immer schneller, mittlerweile bin ich in einer Ebene angelangt, die leider durch kleine Gräben, Täler und Geröllfelder unterbrochen wird.

Völlig erschöpft trinke ich einen Schluck, um meine ausgetrocknete Kehle zu befeuchten. Ich habe fast die Hälfte meines Wasservorrates schon getrunken. Mein Körper schmerzt mittlerweile überall. Meine Kleidung ist zerfetzt, abgesehen von den unzähligen kleinen Blessuren hat mein Rucksack meinen Rücken weichgeklopft. Beide Füße haben üble Blasen. Der Schweiß, der über meine Schürfwunden läuft, brennt höllisch. Wenn mich ein Grenzer so mitgenommen sieht, sperrt er mich sofort ein. Von außen nicht sichtbar, aber am schlimmsten peinigen mich allerdings meine Oberschenkel, mein Schritt ist völlig wund gescheuert. Normalerweise rasiere ich mich regelmäßig, dem bin ich in den letzten Tagen nicht nachgekommen. Am Kinn stellt das kein Problem dar, beim

Laufen fühlt es sich nun an, als ob zwei Igel in einem Einkaufsnetz zwischen meinen Beinen baumeln.

Der Himmel färbt sich nun am Horizont hellblau, bald wird die Sonne aufgehen. Jetzt wäre das Kakihemd auf dem Sandboden die bessere Deckung, Ersatzkleidung habe ich allerdings nicht mitgenommen. Noch weit entfernt sehe ich einen Scheinwerfer, nun kann ich einschätzen, wo sich die Straße befinden muss. Hoffentlich ist das nicht Lucie. Ich gebe alles, springe über Gräben, renne über Sandfelder und muss doch immer wieder Umwege nehmen, weil steinerne Hindernisse mir den Weg versperren. Das Fahrzeug passiert meinen angepeilten Punkt der Straße lang bevor ich dort eintreffe. Ich halte kurz schwer atmend inne und fluche vor mich hin.

Dann geht die Sonne auf und wirft einen horizontalen Strahl ins Tal. Ich versuche immer wieder zu joggen, schleppe ich mich aber mittlerweile mehr, als zu laufen. Schnell wird das Licht wärmer, Grautöne werden kupferfarbend. Von Osten kommend sehe ich die Scheinwerfer eines weiteren Fahrzeugs im Schatten der Berge aufleuchten und spurte mit letzter Kraft. Ich muss noch ein gutes Stück schaffen. Wenn das Lucie sein sollte, wird es knapp. Es bleiben 400 m und das Gelände ist uneben. Der Graben vor mir macht den Plan zunichte, ich springe hinein und knicke mit dem Fuß um. Als ich wieder den Rand erklommen habe, hat auch das Auto mich passiert und ich winke sinnlos den Rücklichtern hinterher. Mir ist zum Heulen zumute. Dann zwinge ich mich zur Raison und knie auf dem Asphalt. Mein Herz rast noch immer und kommt erst langsam zur Ruhe. Falls das Lucie war, wird sie bestimmt noch eine Stunde bis Oranjemund fahren und dann umkehren. Vielleicht hat sie es überhaupt nicht bis hierher geschafft, weil sie eine Wagenpanne hatte oder ein anderes Problem. Um nicht von einer passierenden Grenzstreife bemerkt zu werden, humpele ich weiter zu einem blickgeschützten Graben. Ich muss mich so verstecken, dass ich die Straße in beide Richtungen einsehen kann, aber nicht selbst gesehen werde. Wieder gönne ich mir einen Schluck Wasser. Ich habe nicht eingeplant den Tag in der brütenden Wüstensonne zu warten. Hier gibt es nichts, was mir

Schatten spenden könnte, spätestens heute Mittag brauche ich neues Wasser. Beruhige dich, spreche ich laut mit mir, sie wird schon kommen. Mein Telefon in der Plastikhülle funktioniert noch, hat aber keinen Empfang in dieser Ödnis. Die nächste Stunde verbringe ich damit, mir die Fliegen vom Leib zu halten und einen Skorpion zu beobachten, den ich unter einem Stein entdecke. Dann bemerke ich eine Staubwolke im Westen, wieder kommt ein Auto, dieses Mal aus der anderen Richtung. Ich warte, bis es so nah ist, dass ich Details erkennen kann. Zwei Menschen sehe ich darin, daher bleibe ich in meinem Versteck. Außerdem ist es ein alter roter Pick-up, den kann Lucie kaum gemietet haben. Mittlerweile ist es so heiß, dass mein schwarzes T-Shirt völlig vom Schweiß durchnässt ist. Die dunkle Farbe heizt es stark auf, ich ziehe es aus und fühle mich sofort besser. Bald wird mir wieder schwindlig, ich muss trinken, ich kann es nicht verschieben. Nur knapp ein Liter Wasser bleibt noch übrig. Die Sonne brennt nun so erbarmungslos, dass es auf meinen Schultern wie von kleinen Nadeln sticht. Zusehends färbt sich meine Haut krebsrot. Mein T-Shirt binde ich mir um den Kopf, um einen Sonnenstich zu verhindern. Trotzdem wird es mir schummerig, mein Kreislauf macht die Temperaturen nicht mehr lange mit. Der Sand beginnt zu flimmern und der Horizont verschwimmt. Wieder trinke ich etwas, blicke aufwärts und sehe ein Flugzeug. Es kommt von Süden und transportiert wahrscheinlich glückliche Kapstadttouristen. Sie haben bestimmt gerade kalte Getränke serviert bekommen und schauen nun auf diese unwirtliche Landschaft. Sie werden sich fragen, warum Menschen sich hier jemals niederließen und ob Tiere in dieser so lebensfeindlichen Umgebung existieren. Ich trinke mein letztes Wasser, eine Stunde halte ich noch durch. Danach muss ich das nächste Auto anhalten. Zu hoffen bleibt, dass dann auch eins erscheint und nicht alle zu Mittag pausieren. Es ist absurd, noch letzte Tage habe ich im Luxus gelebt und nun werde ich des versuchten Mordes verdächtigt, sitze in einem Graben in der Wüste und mache mein Leben davon abhängig, dass zufällig zur richtigen Zeit ein Fahrzeug die Straße passiert. Bis zum nächsten Ort zu laufen schaffe ich nicht mehr, weder nach Westen noch nach Osten. Als ich zum Himmel blicke, um den Sonnenstand zu schätzen, sehe ich in großer Höhe genau über mir etliche Raubvögel kreisen. Was können sie in dieser trockenen Landschaft suchen, sinniere ich. Scheinbar bin ich schon etwas dösig, sodass mein Hirn langsamer arbeitet, doch dann wird es mir mit grausen klar: Es sind Geier, die dort in luftiger Höhe auf meinen Tod warten. Sie haben erkannt, dass ich es hier nicht mehr lange aushalten kann und sie haben Zeit. Zwölf Uhr mittags, die Sonne steht jetzt im Zenit, die Schatten fallen senkrecht und es ist unerträglich heiß. Immer wieder halluziniere ich und ertappe mich dabei mit mir selbst zu sprechen. Zum ersten Mal ziehe ich es in Betracht, diesen Ort nicht mehr lebend zu verlassen. Ich fühle mich einsam und rede mir ein, dass Lucie mich aus Rache sitzen lässt. Kurzzeitig verdränge ich, dass sie das Recht dazu hätte. Zumindest wenn sie von meiner Durchtriebenheit auch nur etwas geahnt hätte. Noch einmal rappele ich mich auf und versuche mich zu konzentrieren. Mir wird klar, dass ich innerhalb der nächsten Stunde das Bewusstsein verlieren werde. Ich muss es riskieren, jedes Auto anzuhalten, selbst wenn es die Grenzpolizei ist. Wenn ich sichtbar am Straßenrand sitze, wird das nächste Fahrzeug stoppen, auch wenn ich keine Zeichen mehr geben kann und zur Seite kippe. Bei dieser Hitze und Trockenheit mumifiziere ich in kürzester Zeit. Ich krieche auf allen vieren aus dem Graben und probiere den Schneidersitz am Straßenrand. Beim Hinsetzen verbrenne ich mir die Hand, der dunkle Asphalt ist noch heißer als der Sandboden. Meine Zunge liegt vertrocknet wie eine Dörrpflaume in meiner Mundhöhle. Der Versuch mit mir selbst zu sprechen scheitert, es kommt nur noch ein Krächzen aus meiner staubtrockenen Kehle. Meine Lippen sind eingerissen, gleichen der Borke alter Bäume. Die Zeit vergeht und mir wird klar, dass mein Ende jetzt sehr nah ist. Jeder stirbt für sich allein, Machbuba im Krankenhaus und ich in der Wüste. Apathisch schwankend blicke ich ein letztes Mal nach links und rechts, dann versinke ich in deliriösen Fantasiewelten. Ein einsetzender Wind weckt mich noch einmal kurz auf, bringt aber keinerlei Erleichterung. Die flimmernde Hitze narrt mich mit ihren

Trugbildern, ich weiß nicht mehr, ob ich wache oder all das träume. Jetzt bin ich sicher, in der Weite ein Auto zu erkennen, bin aber zu schwach um aufzustehen. Die Temperaturen erinnern mich an das Saunaerlebnis, bei dem ein Gast mit dem Handtuch Luftwirbel erzeugte, die auf der Haut schmerzhaft brannten. Ich drifte weg und entkomme der Hölle um mich herum. Auf einmal sehe ich Machbuba, wie kann das sein? Sie kommt gegen das blendende Licht auf mich zu, reicht mir die Hand und zieht mich kraftvoll in die Höhe. Dann drückt sie mich und wir gehen gemeinsam Arm in Arm die Straße entlang. Endlich ist alles wieder gut, ich bin glücklich. Auch wenn ich ahne, dass es mein letztes Glück sein wird, will ich nicht mehr in die Realität zurückkehren.

20. Namibia

Wie aus einer anderen Welt dringt eine mir bekannte Stimme zu mit hindurch. Zunächst höre ich nicht hin und folge meinem Weg, dann kann ich es aber nicht weiter ignorieren. Ich spüre kühles Wasser im Gesicht, jemand klappst mich rechts und links auf die Wangen. Ich hatte mich mit meiner Traumwelt angefreundet und brauche Zeit um zu realisieren, dass ich gerade gerettet werde. Meine Augen sind so geschwollen, dass ich sie nur mühsam einen Spalt öffnen kann und erkenne Lucie. Ich versuche etwas zu sagen, kann aber nur unverständlich krächzen. Mein Kopf liegt auf ihrem Schoß, sie gibt mir vorsichtig einige Schlückchen Wasser und streicht über mein Haar. Mein Körper ist zunächst völlig gefühllos, als sei er nicht existent. Dann versucht Lucie mich auf die Rückbank ihres Autos zu zerren, schafft es aber nicht mich anzuheben. Nach weiteren Schlucken kommt etwas Kraft zurück und ich krieche wie ein Hund auf allen vieren selbst auf die Rückbank. Völlig entkräftet bleibe ich auf der Seite liegen und genieße zunächst nur die kalte Luft der Klimaanlage. Langsam erst spüre ich den pulsenden Schmerz des Sonnenbrandes auf meinem nackten Oberkörper und realisiere meine Rettung. Lucie spricht in einem fort auf mich ein, ihr Gerede rauscht wie ein Film an mir vorbei und dringt nur bruchstückhaft bis in mein Bewusstsein vor. Später hält sie noch einmal am Straßenrand an und gibt mir Wasser. Im Scherz schimpft mit mir, sagt mir liebevolle Dinge und weint immer wieder. Ich scheine wirklich bemitleidenswert auszusehen. Bald schon spüre ich mein schlechtes Gewissen gegenüber Lucie in mir aufkeimen.

Dann parken wir vor einem kleinen Hotel, Lucie greift mir unter den Arm und ich bin mit ihrer Hilfe in der Lage, das Zimmer zu erreichen. Rücklings lässt sie mich auf das Bett fallen und beginnt laut lamentierend meinen Körper zu inspizieren. Ich gehorche nur, als Lucie mich in die Dusche stellt. Schlotternd und krebsrot wimmere ich unter dem Wasserstrahl wie ein Kleinkind und fühle mich aller Würde beraubt. Vor dem Spiegel erschreckt mich mein Elend. Mein Oberkörper und Gesicht sehen aus, als hätte ich mich mit kochendem Wasser verbrüht, die ganzen Schürfwunden und Kratzer sind dagegen unbedeutend. Wieder im Bett beginne ich zu fiebern und mir wird so kalt, dass ich mich in die Wüstenhitze zurückwünsche. Lucie desinfiziert meine Wunden und gibt mir Schmerzmittel, sodass ich endlich der Tortur durch Schlaf entkommen kann. Am nächsten Morgen wache ich durch die Schmerzen meiner Verbrennungen auf. Immer wieder schlafe ich ein und muss die Prozedur über mich ergehen lassen, wenn Lucie die Verbände erneuert und Salben aufträgt. Am dritten Tag geht es mir besser, von meinem Gesicht fallen die Hautfetzen wie Verbandsstreifen ab. Bis dahin habe ich wenig mit Lucie geredet, mein desolater Zustand hat mich geschützt. Unser Verhältnis war das eines schwer Kranken zu seiner Pflegerin. Nachdem ich ihre Zärtlichkeiten nicht erwiderte, wurde auch ihr Verhalten kühler. Als Lucie nachmittags meine Wundsalbe erneuert, fragt sie mich, ob wir heute Abend zum ersten Mal wieder das Haus verlassen sollen, um Essen zu gehen.
Im einzigen schäbigen Restaurant des Ortes sitzen wir uns gegenüber und drucksen herum, bis Lucie gerade heraus mich

auffordert: "Komm, erzähl mir ehrlich deine Geschichte. Ehrlichkeit ist das Mindeste, was ich verdient habe, nach alledem."

Mir ist klar, dass Lucie einen Verdacht geschöpft haben muss. Manchmal regeln sich die Dinge auch von alleine, rede ich mir zunächst feige ein, um dem unangenehmen Gespräch zu entgehen. Dann setzt sich doch mein Vorsatz durch, meinem Leben eine neue Wendung zu geben. Ich beginne ihr meine Geschichte zu erzählen, ohne irgendetwas zu beschönigen oder wegzulassen. Nach über einer Stunde ende ich mit: "Und dann wachte ich in deinen Armen auf der Straße auf."

Lucie hat die ganze Zeit über kein Wort gesagt, zwischenzeitlich schluckte sie und ihre Augen waren feucht.

"Dann wäre ja alles geklärt. Ich fühle mich von dir ausgenutzt, bin aber trotzdem froh, dass ich gekommen bin, um dir zu helfen. Das hättest du auch für mich getan. Ich bitte dich, von nun an Distanz zu mir zu wahren, ich möchte keinen Kontakt mehr zu dir haben, um mich von dir lösen zu können. Ist das zu viel verlangt?", fragt sie mit belegter Stimme.

So werde ich sie in Erinnerung behalten, wird mir bewusst als ich sie anblicke. Sie hat einen besseren als mich verdient. Sie wird einen Mann finden, der zu ihr passt und mit dem sie Kinder aufziehen kann, wie sie es immer wollte.

"Du hast mir das Leben gerettet, dafür bin ich dir dankbar und du kannst mich um alles bitten. Vielleicht habe ich einen Riesenfehler gemacht, aber ich glaube, dass die Veränderungen für mich notwendig waren. Ich spüre jetzt wieder Gefühle, selbst in der Wüste ging es mir besser, als während meiner depressiven Phase. Für meine Krankheit warst du nicht verantwortlich, ich war in mir gefangen und zu der Zeit nicht der Richtige für dich. Ich möchte jetzt versuchen, ein neues Leben zu beginnen und will es anders machen als zuvor. Wenn Machbuba überlebt, gehe ich nach Kapstadt zurück und baue mir dort eine neue Existenz auf, wenn nicht, werde ich in Deutschland bleiben und mir dort etwas neues überlegen. Ich werde nicht wieder in meine alten Schemata zurückfallen."

Lucie nickt und sagt nichts. Dann stehen wir auf und gehen zurück, neben einander, stumm und ohne jeglichen Körperkontakt. Vor dem Eingang des Hotels nehme ich sie in den Arm, ich spüre wie sie leidet und drücke sie. Trösten ist immer das, was der macht, der gegangen ist und sein schlechtes Gewissen beruhigen will. Ich fühle mich mies, weil ich ihr weh getan habe und ihr nicht mehr geben kann als Mitleid, Freundschaft und warme Worte. Das ist es aber nicht, was sie sich von mir erhofft.

"Auch wenn ich nicht der richtige Mann für dich war, hoffe ich, dass wir unsere Beziehung positiv in Erinnerung behalten und sich eines Tages eine Freundschaft daraus entwickelt."

Ich habe den Satz noch nicht beendet, da schäme ich mich schon der Abgedroschenheit meiner Worte, den so leicht zu durchschauenden Versuch, mich vor ihrer Verachtung durch eine gratis Gegenleistung zu retten. Lucie schaut mich einen Moment versteinert an, dreht sich um und geht hinein, ohne zu antworten.

Für den nächsten Abend haben wir den Abflug vom Hosea Kutako International Airport geplant. Unser Zusammensein fühlt sich besser an, seit dem wir uns ausgesprochen haben und ich bin froh darüber, Klarheit geschafft zu haben. Während der Fahrt zum Flughafen haben wir genug Zeit durchzuspielen, wie wir vor der Zollbeamtin als glückliches Paar auftreten wollen.

Ich kaufte mir noch in Windhoek ein Touristenoutfit. So stehen wir beide locker flachsend vor der schwarzen Uniformierten und reichen ihr unsere roten Reisepässe hinüber. Die junge Dame wundert sich erwartungsgemäß über meinen fehlenden Einreisestempel und mustert mich argwöhnisch.

"Wie und wann sind sie eingereist?"

"Gemeinsam per Flugzeug natürlich, zu Fuß war zu weit.", antworte ich ihr lachend.

"Was haben sie denn nur 5 Tage in Namibia gemacht?"

"Ein Freund von uns hat geheiratet, das wollten wir nicht verpassen. Leider müssen wir übermorgen wieder arbeiten. Für einen ordentlichen Sonnenbrand hat es aber dennoch gereicht.", antworte ich ihr so charmant lächelnd wie möglich.

"Warten sie bitte hier.", antwortet sie und verschwindet mit meinem Pass in einem Büro. Ich plappere gespielt fröhlich weiter und Lucie hört vermeintlich amüsiert zu, während die Schlange hinter uns länger und länger wird.
Es kommt mir vor wie eine Ewigkeit, als die Beamtin wieder gemächlich zurückgeschlurft kommt.

Trotz des Völkermordes an der Urbevölkerung Namibias während unserer kurzen Kolonialzeit haben wir Deutsche in Namibia kein negatives Image und der deutsche Tourismus und die Entwicklungshilfe sind bedeutend für das Land. Auch diese Beamtin scheint sich nicht mit Geschichte zu beschäftigen und keine Ressentiments gegenüber Deutschen zu haben. Sie lässt ohne weiteres Aufheben ihren Stempel auf meinen Pass hinuntersausen. Erleichtert gehen wir im Pulk mit anderen deutschen Urlaubern zum Gate und heben kurze Zeit später ab. Wieder blicke ich durch mein Fenster auf die im Abendlicht so idyllisch anmutende ziegelrote Wüstenlandschaft und lasse die letzten Wochen in Gedanken an mir vorbeiziehen. Aus der Distanz von oben mit einem kühlen Glas Wein in der Hand ist es schwer vorstellbar, dass mein Skelett dort unten jetzt liegen würde, wenn Lucie nicht rechtzeitig erschienen wäre. Die Geier hätten nicht mehr von mir übergelassen. Als könnte sie meine Gedanken erahnen, stupst sie mich an, um mit mir anzustoßen.

Ich rede mir ein, glücklich sein zu müssen, da mein Leben gerettet ist, kann aber noch keine wirkliche Freude empfinden. Durch mein Fenster sehe ich auf einer dieser endlosen Wüstenpisten ein einsames Auto fahren. Wohin seine Reise geht, frage ich mich, da keine menschliche Siedlung weit und breit zu erkennen ist. Warum auch immer bildet sich ein Kloß in meinem Hals und meine Augen werden feucht. Der Stress der letzten Tage war zu viel für mich, jetzt erst in der Sicherheit des Flugzeuges entlädt sich die Anspannung. Ich bestelle mir noch einige Gläser Wein bis ich in betäubten Schlaf falle.

21. Abendland

Nach der Landung in Frankfurt fahren wir mit dem Transferbus durch deutsches Herbstwetter. Sowie das hiesige Farbspektrum sich häufig aus unendlich vielen verschiedenen Grautönen zusammensetzt, besteht es in Namibia aus genauso vielen Rottönen. Ich war nur ein paar Wochen unterwegs, es scheint mir aber wie eine Ewigkeit, wie die Rückkehr nach einer langen Weltreise. Es beschleicht mich das Gefühl, in meiner Heimat nicht mehr zu Hause zu sein. Mein Gehirn fängt wieder an zu arbeiten, zu analysieren und zu planen, bevor ich in meinem Appartement angekommen bin. Was soll ich hier mit mir Sinnstiftendes anfangen, frage ich mich, während matschige braune Äcker an mir vorbei ziehen. Sinnstiftend muss es sein, sonst wird sich meine Stimmungslage bald wieder den Farben des Landes anpassen und ich werde wie zuvor in ein emotionales Loch fallen. Ich sollte mich nach einer Berufung umzuschauen, die meinem Leben einen neuen Inhalt gibt. Ich bin Unternehmensberater und habe nie etwas anderes gemacht. Werde ich es mit meinem Ego vereinbaren können, als Anfänger zu beginnen, oder sollte ich doch besser versuchen, schnell genug Geld zu verdienen, um finanziell unabhängig zu werden? Ich muss mir eingestehen, dass es mir in Afrika leichter fallen würde, einen Berufswechsel anzugehen. In Kapstadt hätte ich den Verzicht auf Status und Vermögen gegen Machbuba und den Reiz des Neuen getauscht. Noch bevor ich meine Haustüre aufschließe fasse ich den Vorsatz, nach Afrika zurückzukehren, sobald ich dort nicht mehr mit dem Freiheitsentzug zu rechnen habe.

In meiner Wohnung räume ich mechanisch Sachen hin und her um mich abzulenken und nicht das einzig Wichtige zu unternehmen, was mir auf der Seele liegt. Ich versuche es zu verdrängen, bin aber unterbewusst ständig damit beschäftigt. Dann halte ich die Ungewissheit nicht mehr aus und überwinde meine Angst vor schlechten Nachrichten. Hektisch tippe ich die Nummer des Anwaltes ein.

"Guten Morgen Herr Smeet, hier spricht Marcel Goldman."
"Guten Morgen Herr Goldman, wie geht es ihnen?"
"Es geht, ich bin nun in Deutschland angekommen."
"Tatsächlich? Ich gratuliere."
"Ich wüsste gerne, wie es um meine Freundin steht."
"Ich weiß noch nichts genaueres."
"Sind sie bei ihr gewesen?"
"Ja, ich war vorgestern im Krankenhaus, aber nicht bei ihr im Zimmer, man ließ mich nicht vor. Es soll ihr ein bisschen besser gehen, sagte mir eine Ärztin. Sie soll nicht mehr im Koma liegen, es heißt, sie wird wahrscheinlich überleben.", berichtet der Anwalt und mein Herz machte einen Sprung.
Dann fährt er fort: "Nächste Tage treffe ich sie hoffentlich und werde mich danach bei ihnen melden, in Ordnung?"
"Das sind sehr gute Nachrichten, bitte rufen sie aus dem Krankenhaus direkt an, ich möchte mit ihr reden, wenn sie ansprechbar ist. Können sie das so bald wie möglich arrangieren?", antworte ich ihm.
"Das geht klar, ich werde es versuchen.", verabschiedet er sich.

Als ich mich wieder beruhige habe, drehe ich die Heizung auf und nehme eine Dusche. Dann ziehe ich mir warme Kleidung an, öffne einen Stapel Briefe und frage mich, was ich mit der Gebühreneinzugszentrale, Rentenversicherung, Krankenversicherung und Pflegeversicherung zu tun habe, sollte ich doch nach Kapstadt zurückkehren können. Pflichtbewusst erledige ich dennoch alle Arbeiten.
Am Abend werde ich immer unruhiger, habe aber nicht das Bedürfnis andere Menschen zu treffen und irgendetwas sinnloses zum Zeitvertreib zu unternehmen. Ich habe das Gefühl, mich mein Leben lang abgelenkt zu haben. Wie ein Raubtier im Käfig laufe ich kreuz und quer durch meine Wohnung. Ich trinke gelegentlich einen Whisky und stopfe Popcorn in mich hinein, die einzige Nahrung aus meinen Schränken, die noch essbar ist. Dann bestelle ich mir eine Pizza ins Haus. Ich entscheide mich dagegen, Einkaufen zu gehen. Würde ich mich jetzt wieder

komfortabel in Deutschland einrichten, hätte ich das Gefühl, meinen Vorsatz zu korrumpieren und meinen Traum zu beerdigen. Später sehe ich mir den Film „Out of Afrika" an. Bis zur Schlussszene hab ich zu viel Whisky getrunken. Vor Sehnsucht nach Machbuba kann ich kaum einschlafen.

Am nächsten Morgen bin ich innerlich so unruhig, dass ich nach dem Sonnenaufgang im Park vor meiner Tür joggen gehe. Befriedigung kann ich aus meiner Tätigkeit allerdings nicht ziehen, so sehr vermisse ich Machbuba, Afrika, das Licht, die Farben, die Sonne und die Wärme. Wieder zu Hause nehme ich eine Dusche und betrachte mich danach im Spiegel. Auf der Flucht habe ich abgenommen, meine Wangen sind hohl und der Bart macht mich älter. Die Wunden sind fast verheilt, mein Gesicht pellt sich ein letztes Mal und darunter kommt rosige Haut zum Vorschein. Äußerlich werden mich bald nur noch kleine Narben an diese Episode in meinem Leben erinnern und doch bin ich jemand anderes geworden.

Das Klingeln des Telefons unterbricht meine Gedanken.

"Hallo, mit wem spreche ich?"

"Peer Smeet, wie geht es Ihnen?"

"Gut gut, sind sie im Krankenhaus gewesen?", platze ich heraus.

"Ja, ich komme gerade von ihrer Freundin. Eine Ärztin benachrichtigte mich vorhin, dass ich vorbeikommen kann und dann..."

"Ja sprechen sie, wie geht es ihr?", unterbreche ich ihn ungeduldig.

"Sie ist außer Lebensgefahr und kommt wieder zu Kräften.", antwortet er und ich kann kaum vor Freude an mich halten.

"Das sind gute Nachrichten, was hat sie für Verletzungen?"

"Ein Gehirntraume, ihr Gesicht ist voller Prellungen, sie hat einen Kieferbruch, mehrere gebrochene Rippen und innere Verletzungen, mehr weiß ich auch nicht."

"Ist sie denn ansprechbar?"

"Ja, ihr Gehirntrauma hat sich gebessert, heute Morgen war schon die Polizei bei ihr."

"Ja, und was...", unterbreche ich ihn.

"Würden sie mich bitte aussprechen lassen, dann erfahren sie gleich alles.", raunzt er mich an, "Sie hat ausgesagt und sie entlastet, sie hat aber auch niemand anderen beschuldigt."

"Lässt die Polizei dann die Anklage gegen mich fallen?"

"Ja, das ist schon geschehen. Sie sind ein freier Mann. Außerdem habe ich eine eidesstattliche Erklärung verfasst mit der Benennung des Täters, die hat Frau Ignozi unterschrieben und mich beauftragt, sie bei mir zu deponieren. Die Kopie werde ich diesem Mann zuschicken. Sollte er Frau Ignozi noch einmal belästigen, bin ich ermächtigt, das Dokument der Polizei zu schicken. Ich glaube, sie haben in Zukunft Ruhe vor dem Kerl."

"Das sind fantastische Neuigkeiten!"

"Sehe ich sie wieder in unserem schönen Land? Sie müssten auch ihren Pass bei mir abholen kommen, den wird mir die Polizei aushändigen und die Kaution zurückerstatten."

"Darüber werde ich nachdenken.", antworte ich ihm und hänge ein.

22. Nach Hause

Es ist 12 Uhr mittags und es ist immer noch nicht hell geworden. Ich schalte das Licht und die Heizung an. Die Böen des Herbststurms lassen die nackten Äste gleich knochiger Finger gegen die Scheibe klopfen.

Ich setze mich an meinen Schreibtisch, blicke in den trostlosen Garten und zögere noch einen letzten Augenblick. Dann ziehe ich die Tastatur zu mir heran und buche den Flug.

Ich werde hier nicht mehr einkaufen müssen.

Wieder lasse ich meinen Blick über die endlosen roten Dünen der Namibwüste schweifen und bin bester Laune. Wie wunderbar und kostbar scheint mir das Leben nun, ich kann es nicht erwarten.

Ich bestelle noch ein Glas Weißwein bei der netten Stewardess und nehme mir vor, alle schlechten Gewohnheiten in Afrika hinter mir zu lassen.

Sie fragt mich: "Was gibt es für einen Grund so zu strahlen?"

"Unendlich viele.", antworte ich ihr.

Ende

ANHANG:

*Afroafrikaner: siehe Wikipedia Schwarzafrikaner

*ANC:
African National Congress

*Ärger/Anger:
when you are so full of ANGER. Anger heißt auch Zorn, Wut, Sorge, Plage, Ärger

*Black Empowerment Act (siehe Wikipedia):
Broad-Based Black Economic Empowerment (kurz B-BBEE oder BBBEE; deutsch etwa „Breit angelegte wirtschaftliche Stärkung von Schwarzen") ist ein Affirmative-Action-Programm zur Erreichung der wirtschaftlichen Chancengleichheit von vormals benachteiligten Bürgern in Südafrika. Es wurde 2003 unter dem kürzeren Namen Black Economic Empowerment (BEE) begonnen und mehrmals modifiziert. Entgegen seinem Namen sieht es auch die Förderung von Coloureds und Indern vor.

*Boer:
heißt soviel wie Farmer auf Afrikaans aber wird abfällig für die Weißen, insbesondere holländisch stämmigen Südafrikaner verwendet

*Break:
wo die Welle bricht

*City Bowl:
die Innenstadt Kapstadts, die in den Grenzen der Berghänge liegt

*Coloureds (Definition aus Kapstadt.de):
Jede Person dunklerer Hautfarbe wurde bis ins späte 18. Jh. in Abgrenzung zu den Weißen als „coloured" bezeichnet. Die

Apartheid-Regierung klassifizierte im 20. Jh. alle, die nicht afrikanisch, asiatisch oder weiß waren, als Coloured (Farbige). Der Ursprung der Coloureds reicht in die Zeit der holländischen Besiedlung zurück, ihre Vorfahren sind zum großen Teil Khoikhoi, San und Sklaven aus Ostafrika, Malaysia, Indonesien und Indien, aber auch Weiße. Afrikaans ist die erste Sprache der meisten Coloureds, die knapp 9 % der Gesamtbevölkerung ausmachen. Sie leben heute vorwiegend in der Western Cape Province und machen mehr als die Hälfte der dortigen Bevölkerung aus.

Wikipedia: Im Gegensatz dazu wurde in den USA der Ausdruck Farbiger oder (in US-Rechtschreibung) colored seit der Kolonialzeit nur für Menschen verwendet, die aufgrund (mindestens teilweise) afrikanischer Herkunft (Afroamerikaner) eine dunkle Hautfarbe haben. Von diesen beiden überholten Begriffen zu unterscheiden ist der seit den 1970er und 1980er Jahren zunehmend als Selbstbezeichnung gebrauchte Ausdruck "person of color" (Plural: people of color).

*Duckdiven:
vor hohem schaumigen Weisswasser sollte der Wellenreiter mit der Brettspitze untertauchen und unter der Welle durchtauchen, um nicht zurückgespült zu werden

*Farbige:
siehe Coloureds

*Indisch-stämmig:
siehe Coloureds

*Leash:
elastische Schnur die das Brett mit dem Wellenreiter verbindet

*Lineup:
Wellenreiter liegen nebeneinander und warten in Rheinfolge auf ihre Welle

Muti*:
Medizin der Sangomas, meist pflanzlich, gelegentlich aber auch tierische oder menschliche Körperteile

*Namibia:
Die deutsche Kolonialherrschaft dauerte in Namibia nur gut 30 Jahre und endete schon nach dem ersten Weltkrieg, doch sind vielerorts noch deutsche Spuren zu finden. Erstaunlicherweise werden Deutsche in Namibia überaus zuvorkommend behandelt, bedenkt man den Völkermord des deutschen Generals von Trotha, dem ca. 80.000 Angehörige der Urbevölkerung zum Opfer fielen.

*Pollsmoor:
berüchtigtes Gefängnis in Kapstadt

*Rasse:
Es sind unzählige Definitionen zu finden, ich wählte folgende aus Wikipedia aus:
„Die Diskrepanz zwischen der Verschiedenheit in der äußeren Erscheinung und der Gleichförmigkeit der genetischen Ausstattung erklären Luca und Francesco Cavalli-Sforza in ihrem Buch Verschieden und doch gleich (1994) folgendermaßen: „Die Gene, die [im Verlauf der Evolution] auf das Klima reagieren, beeinflussen die äußeren Merkmale des Körpers, weil die Anpassung an das Klima vor allem eine Veränderung der Körperoberfläche erforderlich macht (die sozusagen die Schnittstelle zwischen unserem Organismus und der Außenwelt darstellt). Eben weil diese Merkmale äußerlich sind, springen die Unterschiede zwischen den Rassen so sehr ins Auge, dass wir glauben, ebenso krasse Unterschiede existierten auch für den ganzen Rest der genetischen Konstitution. Aber das trifft nicht zu: Im Hinblick auf unsere übrige genetische Konstitution unterscheiden wir uns nur geringfügig voneinander.[82]"

*Schwarz:
siehe Wikipedia:
Die Bezeichnung Schwarze deutet auf eine sehr dunkle Hautfarbe der so bezeichneten Menschen hin. Vielfach werden jedoch Menschen mit allen möglichen Varianten der Hautpigmentierung von dunkelsten bis zu sehr hellen Hautfarben einbezogen, einschließlich Albinos. Daher ist die Bezeichnung „Schwarze" kein Indikator der Hautfarbe, sondern einer rassentheoretischen oder ethnischen Einteilung. Die Bezeichnung wird auch verwendet, um verschiedene Populationen aufgrund historischer und prähistorischer Herkunftsbeziehungen zusammenzufassen.
Einige Verwendungen des Begriffs umfassen nur Menschen mit relativ junger schwarzafrikanischer Abstammung (siehe Afrikanische Diaspora), die zumeist auch die typisch schwarzafrikanischen Merkmale aufweisen.
Wikipedia: Im Gegensatz dazu wurde in den USA der Ausdruck Farbiger oder (in US-Rechtschreibung) colored seit der Kolonialzeit nur für Menschen verwendet, die aufgrund (mindestens teilweise) afrikanischer Herkunft (Afroamerikaner) eine dunkle Hautfarbe haben. Von diesen beiden überholten Begriffen zu unterscheiden ist der seit den 1970er und 1980er Jahren zunehmend als Selbstbezeichnung gebrauchte Ausdruck "person of color" (Plural: people of color).
Siehe oben in Abgrenzung: couloured/colored

*Schwarzafrikaner: siehe Wikipedia Schwarzafrikaner. Diese Bezeichnung wird abgelehnt. ...... „Zumeist im Englischen wird auch die Bezeichnung *People of African heritage* („Menschen afrikanischer Herkunft", wörtlich „afrikanischen Erbes") verwendet und stellt ebenfalls eine Eigenbezeichnung im Sinne des gemeinsamen kulturellen Erbes dar."....

*Takeoff:
Wenn die Wellenreiter los paddeln und auf ihr Brett aufspringen

Danksagung:

Mein besonderer Dank gilt dem Fotokünstler und Freund Björn Thomas, der mir das Coverfoto unentgeltlich zur Verfügung gestellt hat. Das Foto hat Björn von einem Gefangenen in einem amerikanischen Gefängnis geschossen. Das Originalfoto ist verkäuflich.